IM SCHATTEN DES TODES

ECON Historischer Kriminalroman

Im ECON Taschenbuch Verlag sind außerdem folgende Titel von Elizabeth Peters lieferbar:

Der Fluch des Pharaonengrabes (TB 25096)
Verloren in der Wüstenstadt (TB 25098)
Die Schlange, das Krokodil und der Tod (TB 25099)
Was du heute kannst ermorden... (TB 25060)

Zum Buch:

Eine friedliche Fahrt auf dem Nil muß sich die junge, abgeklärte Amelia Peabody wohl aus dem Kopf schlagen, denn erstens laufen ihr nicht nur die durchaus interessanten Emerson-Brüder, ihres Zeichens Ägyptologen, über den Weg, sondern sie muß auch noch ihren verrufenen, mittellosen Schützling Evelyn Barton-Forbes vor allen möglichen Verehrern und zudem vor einer plötzlich sehr lebendigen Mumie retten ... Daß sie damit genau in ihrem kriminalistischen Element ist, überrascht überhaupt nicht, doch wer hätte gedacht, daß sie sich auch noch für ganz andere verzwickte Fälle engagieren würde ...?

Zur Autorin:

Elizabeth Peters hat an der *University of Chicago* in Ägyptologie promoviert. Sie hat über 20 Krimis geschrieben und ebenso viele Thriller unter dem Pseudonym Barbara Michaels. 1986 hat sie den *Antony Grand Master Award* und 1989 den *Agatha Award* gewonnen. Sie lebt in Chicago und in Frederick, Maryland.

Elizabeth Peters

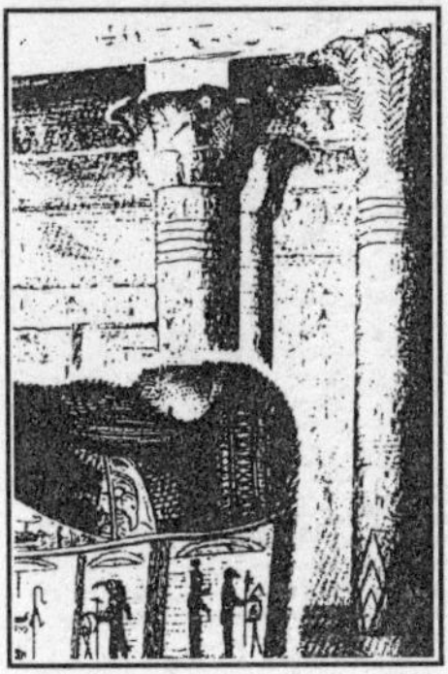

IM SCHATTEN DES TODES

Ein Kriminalroman aus dem 19. Jahrhundert

ECON Taschenbuch Verlag

Im Schatten des Todes
Veröffentlicht im ECON Taschenbuch Verlag,
ECON Verlag GmbH, Düsseldorf
1996
Lizenzausgabe

Titel des amerikanischen Originals:
CROCODILE ON THE SANDBANK
Aus dem Amerikanischen übersetzt von Leni Sobez

Umschlaggestaltung: Init GmbH, Bielefeld
Titelabbildung: The Complete Encyclopedia of Illustration,
Park Lane, New York 1979
Satz: ECON Verlag
Druck und Bindearbeiten: Ebner Ulm
Printed in Germany
ISBN 3-612-25145-7

BEMERKUNGEN DER AUTORIN

Obwohl die Hauptpersonen reine Fantasiegestalten sind, erscheinen kurz auch einige historische Figuren. Maspero, Brugsch und Grebaut waren in den achtziger Jahren des vorigen Jahrhunderts ausgezeichnete Kenner ägyptischer Antiquitäten, und William Flinders Petrie begann seine große Karriere in Ägyptologie um die gleiche Zeit. Petrie war auch der erste Archäologe von Beruf, der in Tell el Amarna grub, und ich habe mir die Freiheit genommen, meinen fiktiven Archäologen einige seiner Entdeckungen und auch seine fortschrittlichen Ideen über Methodologie zuzuschreiben. Die Behandlung des bemalten Pflasters ist zum Beispiel die, welche Petrie selbst beschrieben hat.

Im übrigen versuchte ich, Land und Leute und den Stand der archäologischen Forschung des späten neunzehnten Jahrhunderts möglichst genau zu beschreiben. Die Einzelheiten dazu entnahm ich zeitgenössischen Reisebüchern. In der Wiedergabe der Orts- und Pharaonennamen bediente ich mich der damals üblichen Schreibweise; so hieß der ketzerische Pharao früher *Khuenaten*, doch moderne Wissenschaftler wählen die Schreibweise *Akhenaten*, und *Usertsen* ist der moderne *Senusert*.

1. KAPITEL

Evelyn Barton-Forbes sah ich zum erstenmal in Rom. Unser Zusammentreffen war Zufall, wenn auch ein sehr glücklicher. Ich hatte ja immer genug Energien für zwei.

An jenem Morgen hatte ich ziemlich gereizt mein Hotel verlassen. Alle meine Pläne waren schiefgegangen, und das bin ich nun einmal nicht gewöhnt. Mein kleiner italienischer Führer spürte meine schlechte Laune und trottete schweigend hinter mir drein. Sonst redete er ununterbrochen. Aus einer ganzen Schar von Jungen, die sich Fremden als Führer und Dolmetscher anboten, hatte ich ihn deshalb ausgewählt, weil er etwas weniger schurkisch aussah als die anderen.

Ich kannte diese Burschen genau, die ihre Arbeitgeber bedenkenlos ausnützten und betrogen, doch ich dachte nicht daran, auch deren Opfer zu werden. Das hatte ich Piero bald klargemacht. Ich kaufte Seide und handelte so erbarmungslos mit dem Ladenbesitzer, daß Pieros Provision auf ein Minimum zusammenschmolz. Darüber beklagte er sich in seiner Muttersprache bei dem Kaufmann und äußerte sich dabei abfällig über meine Manieren und mein Aussehen. Ich ließ ihn eine Weile reden und machte dann eine Bemerkung über seine Manieren. Ich spreche und verstehe Italienisch nämlich ganz gut. Danach kam ich mit Piero wunderbar zurecht. Ich beschäftigte ihn ja nicht, weil ich einen Dolmetscher brauchte, sondern damit er Botengänge für mich erledigte und meine Pakete trug.

Meine Sprachkenntnisse und die Mittel für Auslandsreisen stammten von meinem Vater, der Wissenschaftler war und ein Antiquariat hatte. In der kleinen Provinzstadt, in der er zu leben vorzog, gab es wenig Abwechslung, und so studierte er immer weiter. Ich habe einiges Talent für Sprachen, egal ob tot oder lebendig. Papa mochte sie lieber tot. Die Vergangenheit war seine Leidenschaft, und gelegentlich tauchte er daraus auch für kurze Zeit auf. Dann blinzelte er und stellte fest, daß ich, seit er mich zum letztenmal bemerkt habe, ein ganzes Stück gewachsen sei.

Wir kamen wunderbar miteinander zurecht. Meine sechs älteren Brüder hatten nichts übrig für Vaters Studien. Sie waren erfolgreich als Kaufleute und in anderen Berufen, und so war eben ich die kleine Sonne der letzten Jahre meines Vaters. Mir gefiel dieses Leben, denn es gab mir Gelegenheit, meine wissenschaftlichen Neigungen zu entwickeln. Da mein Vater nichts übrig hatte für die praktischen Seiten des Lebens, blieben sie mir überlassen, und ich schacherte recht erfolgreich mit dem Bäcker und dem Fleischer. Nach Mr. Hodgkins, dem Fleischer, hatte ich mit Piero keine große Mühe.

Später starb mein Vater; um genau zu sein: er schrumpfte immer mehr zusammen und vertrocknete völlig. Ein naseweises Hausmädchen behauptete, er sei schon volle zwei Tage tot gewesen, ehe es jemand bemerkte, doch das ist eine schamlose Übertreibung. Richtig ist, daß er irgendwann im Laufe der fünf Stunden, die ich in seinem Studierzimmer verbrachte, sanft entschlafen ist. Er saß in seinem Ohrenbackensessel und schien nachzudenken, doch als ich, einer

Ahnung folgend, zu ihm trat, schauten mich seine Augen mit genau dem gleichen fragenden Blick an wie immer. Ich meine, das ist eine sehr gemütliche und schöne Art, zu sterben.
Niemand war erstaunt, daß er seinen Besitz mir vermachte, denn ich war das einzige seiner Kinder ohne eigenes Einkommen. Meine Brüder hatten nichts dagegen einzuwenden, wie sie auch die treuen Dienste akzeptiert hatten, die ich meinem Vater leistete. Sie explodierten auch nicht, als sie erfuhren, daß dieses Vermögen eine halbe Million Pfund betrug. Sie waren eben dem Irrtum unterlegen, daß ein Gelehrter unbedingt auch ein Narr sei. An Debatten mit dem Fleischer war mein Vater zwar nie interessiert, um so mehr aber an guten Geldanlagen, und da war er ebenso beharrlich wie in seinen Studien. Also starb er zur allgemeinen Überraschung als reicher Mann.
Als dies dann bekannt wurde, drohte mein ältester Bruder James zwar damit, daß er das Testament anfechten werde, doch das redete ihm Papas Anwalt, der ausgezeichnete Mr. Fletcher, ziemlich leicht aus. Dann kamen unzählige Nichten und Neffen, die in den Jahren vorher durch Abwesenheit geglänzt hatten; sie luden mich ein, doch bei ihnen zu wohnen, und warnten mich vor Mitgiftjägern.
Warnungen waren unnötig. Mit meinen damals zweiunddreißig Jahren hatte ich noch nie einen Heiratsantrag erhalten und war eine alte Jungfer. Das wußte ich, doch es machte mir nichts aus. Auch über mein Aussehen machte ich mir noch nie Illusionen, ich bin ja schließlich kein Dummkopf.
Gewisse Gentlemen und meine Verwandten ermunterte ich sogar noch zu Besuchen, weil sie mich amüsierten – bis ich bemerkte, daß ich zynisch wurde. Deshalb beschloß ich, auf Reisen zu gehen, denn das wollte ich schon immer tun, und vor allem jene Länder besuchen, mit denen sich Vater beschäftigt hatte, wie Griechenland, Rom, Babylon und das hunderttorige Theben.

Als ich meinen Entschluß gefaßt hatte, brauchte ich nicht mehr viel Zeit für die Vorbereitungen. Mr. Fletcher machte mir schnell noch einen Heiratsantrag, den ich genauso humorig ablehnte, wie er vorgetragen worden war. »Ich dachte, es sei einen Versuch wert«, meinte er dazu trocken. »Miß Amelia«, fügte er hinzu, »ich frage Sie jetzt als Ihr Anwalt: Haben Sie die Absicht, jemals zu heiraten?«
»Nein«, antwortete ich. »Grundsätzlich habe ich einiges gegen die Ehe. Für einige Frauen mag sie recht gut sein, denn was sollten diese armen Dinger sonst tun? Warum sollte sich aber eine unabhängige und intelligente Frauensperson den Launen eines tyrannischen Ehemannes unterwerfen? Ich versichere Ihnen, ich habe noch nie einen Mann kennengelernt, der so vernünftig gewesen wäre wie ich selbst.«
»Das kann ich Ihnen durchaus glauben«, meinte er. Und dann platzte er heraus: »Warum ziehen Sie sich aber so entsetzlich an? Um Bewerber abzuschrecken?«
»Aber, Mr. Fletcher!« protestierte ich. »Meine Kleider passen genau für das Leben, das ich führe. Die gegenwärtige Mode ist für eine aktive Person völlig ungeeignet. Diese engen Humpelröcke und die Schnürmieder, in denen man nicht einmal atmen kann ... Und die Turnüre! Die ist doch völlig idiotisch! Ich trage sie nur deshalb, weil man ein Kleid ohne Turnüre heutzutage nicht gemacht bekommt. Ich kann aber wenigstens auf dezenten Stoffen und einem Minimum an Kinkerlitzchen bestehen. In roter Seide mit Spitzchen und Rüschchen und Troddelchen käme ich mir närrisch vor.«
»Trotzdem dachte ich immer, Sie würden in roter Seide mit Spitzchen und Rüschchen recht hübsch aussehen«, antwortete Mr. Fletcher lächelnd.
Meine gute Laune war gerettet, doch ich schüttelte den Kopf. »Geben Sie's auf, Mr. Fletcher. Mir können Sie nicht schmeicheln, denn ich kenne die Liste meiner Fehler viel zu genau. An einigen Stellen bin ich zu mager, an anderen zu

füllig, meine Nase ist zu lang, mein Mund zu groß, mein Kinn ist zu männlich. Blasse Haut und rabenschwarzes Haar sind im Moment unmodern, und meine grauen Augen unter den dichten Brauen jagen den Leuten Angst und Schrecken ein, denn vor Güte strahlen sie selten. Können wir jetzt zu den Geschäften übergehen?«

Ich folgte seinem Rat und machte mein Testament, wenn ich auch noch lange nicht die Absicht hatte, zu sterben; es ist jedoch immer mit einem gewissen Risiko verbunden, in ungesunde Gegenden zu reisen. Mein ganzes Vermögen vermachte ich dem Britischen Museum, in dem Papa so viele glückliche Stunden verbracht hatte.

Schließlich suchte ich mir noch eine Reisegefährtin, weil ich einsam war, nicht weil ich es unschicklich gefunden hätte, allein zu reisen. Immer hatte ich für Papa gesorgt, und ich brauchte auch jetzt einen Menschen, für den ich sorgen konnte. Miß Pritchett war ein paar Jahre älter als ich, kleidete und benahm sich jedoch so, als sei sie wesentlich jünger. Allerdings sahen die Rüschchen und Spitzchen an ihrem Knochengerüst recht grotesk aus, und ihre Stimme klang sehr schrill. Sie war ungeschickt, einfältig und neigte zu Ohnmachts- und Schwächeanfällen, oder sie gefiel sich darin, sobald sich eine Gelegenheit dazu ergab. Ich hatte ganz schön zu tun, wenn ich sie durch die Straßen Kairos und die Wüsten Palästinas schleifen wollte.

Kaum hatten wir jedoch Rom erreicht, als sie an einem Typhusfieber erkrankte. Sie kam zwar durch, aber ich mußte meine Reise nach Kairo um zwei Wochen verschieben. Da sie eine lange Erholungszeit benötigte, schickte ich sie nach England zurück und übergab sie der Obhut eines Geistlichen und seiner Frau, die gerade Rom verließen. Ihr Gehalt wollte ich ihr bezahlen, bis sie einen neuen Posten fände. Sie versuchte, als sie sich verabschiedete, weinend meine Hand zu küssen.

Meine Pläne waren also durchkreuzt, und ich fühlte mich schlechter Laune. Meine ganzen Vorbereitungen hatten zwei

Personen gegolten. Sollte ich mir eine neue Gefährtin suchen oder die Reise einsam antreten? Darüber dachte ich nach, als ich der trostlosen Kuhweide einen Besuch abstattete, die einstmals das historische Forum von Rom gewesen war.
Es war ein unfreundlicher Dezembernachmittag. Piero sah trotz der von mir gekauften Jacke wie ein frierender, geschorener Pudel aus. Die umgestürzten Säulen waren von braunem, dürrem Unkraut überwuchert. Ich las ein paar gemeißelte Inschriften und stellte den Ort fest, wo Cäsar überfallen wurde; damit war ich zufrieden und setzte mich zu kurzer Rast auf einen Säulenstumpf.
Von Piero ließ ich mir den heißen Tee geben, den die Hotelküche zusammen mit einem kleinen Imbiß für mich vorbereitet hatte. Während ich meinen Tee trank und Piero im Korb nach etwas Besserem kramte, bemerkte ich in der Nähe einen Menschenauflauf und schickte Piero zum Nachschauen, was es dort gebe. Viele Fremde, berichtete er wenig später, seien um eine junge englische Dame versammelt, die am Boden liege. Was konnte eine solche junge Dame auch anderes sein als Engländerin? Und sie sei ganz gewiß tot, weil sie sich nicht rühre.
Nun, Engländerin oder nicht, ich zweifelte, daß sie tot sei. Piero liebte als Römer das Dramatische ein wenig zu sehr, und von den vielen Fremden schien niemand etwas für die junge Dame zu tun. Also ging ich hin, schob energisch mit meinem kräftigen Sonnenschirm einige Gentlemen zur Seite und stand endlich neben der jungen Dame. Sie sah erbarmenswert aus, und niemand hatte auch nur einen Finger für sie gerührt.
Ich kniete neben ihr nieder, setzte mich auf die Fersen und bettete den Kopf des Mädchens auf meine Knie. Es tat mir unendlich leid, daß ich keinen Mantel oder Umhang trug, doch das ließ sich leicht ändern.
»Ich brauche Ihren Mantel, Sir«, sagte ich zum nächsten Herrn. Er war dick, rundgesichtig und hatte viele Lagen Fett, die ihn warm hielten. Vorher hatte er mit seinem

Goldgriffspazierstock nach dem Mädchen gestochert, um zu sehen, ob sich das arme Ding noch rühre. Das mußte er mir jetzt büßen.
»Was wollen Sie von mir?« knurrte er.
»Ihren Mantel, Sir«, erwiderte ich ungeduldig. »Sofort ziehen Sie ihn aus. Aber schnell!« Das sagte ich nicht sehr leise; sein Gesicht wurde immer röter, als er seinen Mantel langsam auszog. Das Mädchen war, wovon ich mich überzeugt hatte, nicht tot, sondern nur ohnmächtig. Nun hüllte ich das arme Ding in den warmen Mantel ein und musterte es dabei. Da ich selbst recht unscheinbar bin, liebe ich Schönheit über alles, und dieses Mädchen konnte ich nur bewundern.
Natürlich konnte sie nur Engländerin sein, denn so makellose weiße Haut und so blaßgoldenes Haar sind bei keiner anderen Nation zu finden. Ihre Wimpern waren einige Schattierungen dunkler als ihr Haar und ungewöhnlich lang. Für die winterliche Kälte war sie mit einem Sommerkleid und einem dünnen Mantel sehr dürftig gekleidet. Alles sah recht abgetragen aus, mußte früher aber ziemlich teuer gewesen sein und zeugte von bestem Geschmack. Die Handschuhe an ihren zarten Händen waren sauber gestopft. Das Mädchen bot einen armseligen Anblick, schien jedoch von bester Abkunft zu sein und mußte wohl unter Hunger und Kälte leiden.
Da flatterten plötzlich die dunklen Wimpern, die Lider hoben sich und enthüllten Augen von einem sehr dunklen, wundervollen Blau. Als sie mich erfaßten, kam etwas Rot in ihre Wangen, und das Mädchen versuchte, sich aufzusetzen.
»Bleiben Sie ruhig liegen«, mahnte ich und drückte sie zurück. »Sie waren ohnmächtig und sind noch schwach. Ich habe einen Imbiß bei mir. Wenn Sie etwas zu sich genommen haben, sehen wir weiter.«
Sie versuchte zu protestieren, und die starrenden Gaffer machten sie sehr verlegen. Ich befahl den Leuten also zu verschwinden. Von dem Herrn, dessen Mantel ich gefordert

hatte, ließ ich mir seine Hoteladresse geben. Ich versprach ihm, den Mantel bis zum Abend zurückzuschicken. »Eine Person von Ihrem Umfang sollte auf keinen Fall so schwere Kleidungsstücke tragen«, mahnte ich ihn noch.
Die Dame neben ihm, die auch so dick war, empörte sich. »Wie können Sie es wagen, so etwas zu sagen! Das ist unerhört!«
»Sicher ist das unerhört«, gab ich ihr recht. »Ich verspreche Ihnen jedoch, Madam, keinen Versuch zu machen, Ihnen christliche Gefühle beizubringen, denn das wäre vergeblich. Am besten ist es also, wenn Sie mit diesem dicken Mann hier schnellstens verschwinden.«
Ich hatte inzwischen dem Mädchen ein paar Happen aus dem Korb zu essen gegeben. Sie hatte Hunger, das sah man, doch sie aß sehr langsam und wohlerzogen. Also war sie eine Dame, wie ich vermutet hatte. Sie trank den Rest des Tees und aß ein Stück Brot, und nun konnte ich sie mit Pieros Hilfe in einen Wagen setzen, der uns zu meinem Hotel brachte. Der herbeigerufene Arzt bestätigte meine Diagnose. Die junge Dame leide an keiner Krankheit, sondern an Hunger und Kälte, erhole sich aber schnell.
In meinem Kopf formte sich schon ein Plan, und ich kam auch bald zu einem Entschluß. Das Mädchen sah wohl sehr zierlich aus, dennoch mußte es von sehr kräftiger Konstitution sein. Sie schien weder Freunde noch Verwandte zu haben, die sie vor einem so desolaten Zustand hätten bewahren können, doch dem konnte man ja schließlich abhelfen. Ich sagte ihr also, was ich zu tun gedachte.
Sie saß im Bett. Travers, meine Dienerin, gab ihr Suppe ein. Beiden schien dies keinen Spaß zu machen. Travers ist eine rundliche Person mit einem freundlichen Gesicht und der Seele einer vertrockneten alten Jungfer. Da ich es nicht dulde, wenn sich jemand über das, was ich tue, beklagt, trug sie eine gekränkte Miene zur Schau. Nur so konnte sie ihre Gefühle ausdrücken.
»Das genügt jetzt, Travers«, sagte ich. »Du kannst gehen.

Aber mach die Tür ordentlich hinter dir zu.«
Als wir allein waren, musterte ich meinen Schützling und war mit dem, was ich sah, durchaus zufrieden. Das Flanellnachthemd war viel zu groß für das zierliche Persönchen. Sie brauchte Kleider, und es mußten hübsche, nette Sachen sein, also von der Art, die ich nie hatte tragen können. In Blaßgrün, Rosa und Lavendel mußte sie entzückend aussehen. Wie hatte dieses Mädchen nur in einen so trostlosen Zustand geraten können? Sie bemerkte, daß ich sie musterte und senkte die Augen, doch dann sprach sie; ihre Stimme klang wie die einer wohlerzogenen jungen Dame, und die Worte verstand sie ausgezeichnet zu wählen.
»Ich bin Ihnen zu unbeschreiblichem Dank verpflichtet, aber seien Sie versichert, Ma'am, daß ich Ihr gutes Herz nicht ausnützen werde. Ich habe mich jetzt erholt. Wenn Sie Ihre Magd anweisen, mir meine Kleider zu bringen, werde ich Sie sofort von meiner Anwesenheit befreien.«
»Ihre Kleider ließ ich wegwerfen«, antwortete ich. »Die Mühe des Waschens und Bügelns lohnte sich nicht mehr. Sie müssen sowieso bis morgen im Bett bleiben. Morgen lasse ich eine Näherin kommen. Am nächsten Freitag geht ein Schiff nach Alexandria. Eine Woche müßte genügen. Sie werden einiges einkaufen müssen. Wenn Sie mir sagen, wo Sie wohnen, lasse ich Ihre Sachen holen.«
Ihr Gesicht drückte die verschiedensten Gefühle aus; erst Empörung, dann Mißtrauen, schließlich Entsetzen. Da sie mich nur offenen Mundes anstarrte, fuhr ich ziemlich ungeduldig fort: »Ich nehme Sie als Reisegefährtin mit nach Ägypten. Miß Pritchett wurde krank. Ihr wollte ich zehn Pfund jährlich bezahlen. Natürlich werde ich Sie für die Reise ausstatten. In einem Flanellnachthemd können Sie schließlich nicht auf Reisen gehen.«
»Nein«, gab das Mädchen zu, »aber ...«
»Ich bin Amelia Peabody, eine alte Jungfer, unabhängig und reise zu meinem Vergnügen. Wollen Sie sonst noch etwas wissen?«

»Nein, ich weiß alles«, antwortete das Mädchen ruhig. »Ich war nicht ganz ohnmächtig, als Sie zu meiner Rettung kamen, und erkenne Herzensgüte auf den ersten Blick. Aber, meine liebe Miß Peabody, Sie wissen nichts über mich. Ich könnte ja vielleicht ... kriminell oder haltlos sein.«
»Nein, nein«, wehrte ich ab. »Ich treffe zwar meine Entschlüsse sehr rasch, doch niemand kann mir Dummheit vorwerfen. Ich denke nur schneller und gründlicher als die meisten Leute und habe Menschenkenntnis.«
Der Mund des Mädchens zitterte, und an einem Mundwinkel erschien ein Grübchen. »Ich bin nicht das, was Sie denken«, sagte sie leise, »doch ich bin Ihnen meine Geschichte schuldig. Habe ich sie erzählt, so werden Sie alles Recht haben, mich hinauszuwerfen.«
»Na, dann fangen Sie an. Ich werde sie dann schon beurteilen.«
Das Mädchen begann zu sprechen:
»Ich bin Evelyn Barton-Forbes. Ich war noch ein kleines Kind, als meine Eltern starben, und aufgezogen wurde ich von meinem Großvater, dem Earl of Ellesmere. Sie scheinen den Namen zu kennen. Er ist alt und ehrenhaft. Mein Großvater wird von vielen als geizig gescholten, obwohl er sehr reich ist. Menschenfreund war er nie, doch mich behandelte er gütig. Er nannte mich immer sein Lämmchen. Vielleicht war ich das einzige menschliche Wesen, zu dem er je freundlich war. Er verzieh mir sogar, daß ich ein Mädchen und nicht der ersehnte männliche Erbe bin.
Ich bin das einzige Kind des ältesten Sohnes meines Großvaters, kann aber Titel und Besitz nicht erben, weil ich ein Mädchen bin. Als mein Vater starb, war mein Vetter Lucas Hayes der nächste männliche Verwandte.
Ich hatte Lucas immer gern, und er tat mir leid, weil Großvater immer so unfair zu ihm war. Er sagte, er möge Lucas wegen seiner ausschweifenden und zügellosen Gewohnheiten nicht, doch ich denke, hier handelt es sich vorwiegend um Gerüchte. Aber mein Vetter ist eben seines

Vaters Sohn, und deshalb mag er ihn nicht. Großvaters älteste Tochter ging nämlich mit einem Italiener durch. Mein Großvater ist jedoch ein Brite bis auf die Knochen und mag besonders die romanischen Völker nicht. Er hält sie für gerissen, betrügerisch und falsch. Meine Tante ließ sich also vom Conte d'Imbroglio d'Annunciata entführen. Großvater enterbte sie und tilgte ihren Namen aus der Familienbibel. Noch auf ihrem Totenbett wartete sie vergeblich auf ein Wort des Trostes und der Verzeihung. Er sagte, der Conte sei kein Edelmann, sondern ein Betrüger und Mitgiftjäger, doch ich bin überzeugt, daß dies nicht zutrifft. Sicher hatte der Conte wenig Geld, doch sein Titel war echt. Lucas hielt es, als er volljährig wurde, für klug, seinen Namen zu ändern. Er nennt sich jetzt Lucas Elliot Hayes und gab den italienischen Titel auf.

Eine Zeitlang ging es ganz gut, und ich glaubte sogar, mein Großvater dachte an eine Heirat. Lucas würde ja den Titel und den Grundbesitz erben, doch ohne das Privatvermögen meines Großvaters war der Besitz nur eine Last. Großvater ließ keinen Zweifel daran aufkommen, daß sein Vermögen ich erben würde. Es kam jedoch nicht soweit.

Großvater warf Lucas hinaus, als er von dessen bösen Streichen erfuhr, und ich war darüber erleichtert, da ich Lucas nicht liebte, obwohl ich ihn gern hatte. Ich war nämlich sentimental und der Meinung, eine Heirat ohne Liebe sei ein Unding. Und zu meinem Unglück verliebte ich mich.

Meinem Großvater gefielen meine Zeichnungen, und auch Lucas hatte sie immer sehr gelobt. Deshalb hielt mein Großvater nach einem Zeichenlehrer Ausschau. So kam Alberto in mein Leben.

Damals erschien mir sein Gesicht engelhaft, heute kommt es mir eher wie das eines Teufels vor. Er sprach mit ungemein weicher Stimme ein ziemlich fehlerhaftes Englisch. Kurz gesagt, er verführte mich und überredete mich zur Flucht mit ihm. Ich verließ also den alten Mann, der mich liebevoll erzogen hatte, gab meine moralischen Grundsätze und meine ganze Zuneigung für meinen Großvater auf. Ich kann jetzt von Alberto nur voll Verachtung reden, doch noch mehr Vorwürfe mache ich mir selbst. Ich verdiente mein elendes Los.

Das Ende der Geschichte ist schnell erzählt. Ich nahm meine wenigen Schmuckstücke mit, die mir mein Großvater geschenkt hatte. Der Erlös daraus reichte nicht sehr lange. Alberto bestand darauf, daß wir in einem Stil reisten, der meinem Stand entsprach. Als wir jedoch in Rom ankamen, war die Unterkunft, die wir da bezogen, sicher in keiner Weise standesgemäß, denn mein Geld war zu Ende. Alberto wich mir aus, wenn ich fragte, was er zu tun gedächte, und wegen unserer Heirat fand er auch immer Ausreden. Als guter Katholik könne er sich nicht mit einer Ziviltrauung abfinden, sagte er, und ich war ja nicht katholisch. Oh, wie naiv ich doch war!

Vor einer Woche brach dann meine Welt vollends zusammen. Alberto war die meiste Zeit des Tages weg, und kam er nach Hause, war er betrunken und mißlaunig. Eines Morgens fand ich mich dann in einer ärmlichen, kalten Dachkammer allein. Er hatte alles mitgenommen, was irgendwie von Wert war. Mir hatte er nur einen Brief zurückgelassen. Die schlechte, fehlerhafte Schrift war fast noch schlimmer als die Gemeinheiten, die er enthielt. Er habe sich nur an mich herangemacht, weil ich eine reiche Erbin sei, aber nun habe mich mein Großvater aus seinem Testament gestrichen, wie er im britischen Konsulat von Rom erfahren habe; und außerdem habe der alte Mann, wie er ihn nannte, einen Schlaganfall erlitten. Es sei ihm gerade noch gelungen, mich in einem neuen Testament völlig zu enterben, doch danach sei er in ein Koma gefallen, das nur zum Tod führen könnte. Damit sei ich für ihn wertlos. Er habe viel angenehmere Aussichten.

Sie können sich meinen Zustand vorstellen, Amelia. Ich war einige Tage krank. Die alte Frau, der das Haus gehörte, entdeckte bald, daß ich völlig mittellos war und warf mich heute hinaus. Ich wäre am liebsten gestorben, denn was sollte ich anfangen? Ich hatte meinem Großvater sehr viel angetan, und er würde mich wohl nicht zurücknehmen wollen. Nur Ihre Herzensgüte rettete mich dann vor dem Tod. Aber ich kann nicht länger bleiben. Ich muß Sie anekeln, wenn Sie es mir auch nicht zeigen. Sprechen Sie, Amelia, ich bitte Sie! Ich will demütig Ihre Vorwürfe hinnehmen, denn ich habe sie verdient.« Evelyns blaue Augen waren von Tränen verschleiert, als sie geendet hatte, doch sie war ruhig geblieben. Ich schwieg lange, denn ich mußte nachdenken. Mein Schweigen schmerzte das Mädchen, und sie duckte sich zusammen, als erwarte sie einen Schlag. Ich war so verwirrt, daß ich schließlich etwas ganz anderes fragte, als ich hätte fragen wollen.

»Sagen Sie, Evelyn – wie ist es? Ist es angenehm?«

Evelyn war so verblüfft, daß sie mich nur wortlos anstarrte. Ich fuhr deshalb fort: »Sie müssen mir verzeihen, wenn ich Sie ausfrage, doch dazu bot sich mir nie eine Gelegenheit. Man hört so widersprüchliche Dinge. Meine Schwägerinnen flüstern miteinander und sprechen von dem Kreuz, das eine Frau zu tragen habe, aber ich habe auch die Dorfmädchen mit ihren Liebsten gesehen, und sie scheinen kein Kreuz zu tragen. Du lieber Himmel! Ich scheine ja nicht einmal die richtigen Worte zu finden. Verstehen Sie, was ich meine?«

Evelyn starrte mich noch immer an, dann schnitt sie eine merkwürdige Grimasse und schlug die Hände vor das Gesicht. Ihre schmalen Schultern bebten.

»Sie müssen entschuldigen«, bat ich. »Natürlich wollte ich nicht ... Und nun werde ich es nie erfahren ...«

Aber da ließ Evelyn die Hände fallen. Ihr Gesicht war rot und noch tränenfeucht – aber sie lachte! Ich glaubte an einen hysterischen Anfall und hob die Hand.

»Nein, nein, ich bin nicht hysterisch«, wehrte sie ab. »Aber Amelia, Sie sind ... Ist das alles, was Sie mich nach einer solchen Geschichte fragen können?«

Ich überlegte. »Nun, viel zu fragen gibt es da nicht. Ihr alter Großvater und der Schurke von einem Liebhaber verdienen keine Fragen. Und Ihre übrigen Verwandten müssen ebenso hartherzig sein, sonst hätten Sie sich an diese wenden können.«

»Und mein verdorbener Charakter stößt Sie nicht ab?«

»Ich halte ihn nicht für verdorben. Diese böse Erfahrung dürfte ihn eher gestärkt haben. Wissen Sie, ich hielte es für besser, Sie würden sich davon überzeugen, daß die Ihnen von mir gebotene Stellung dem entspricht, was ich sagte. Ich kann Ihnen Referenzen geben ...«

»Nein, das ist überflüssig«, wehrte sie ab. »Nur eines möchte ich wissen, Amelia. Warum sagten Sie: ›Nun werde ich es nie erfahren ...‹?«

»Nun, es ist unwahrscheinlich, daß ich persönlich derartige Erfahrungen mache. Ich bin ja mit dem Gebrauch von Spiegel und Kalender vertraut. Ich bin schließlich zweiunddreißig Jahre alt und unansehnlich. Ich schmeichle mir nicht. Und die in unserer Gesellschaft erforderliche Schwachheit des Weibes ist mir auch nicht eigen. Ich könnte weder einen Mann ertragen, der sich von mir beherrschen läßt, noch einen, der mich zu beherrschen versucht. Ich bin jedoch neugierig und dachte ... Nun, meine Brüder versichern mir ständig, ich dächte und redete unpassend.«

»Ich habe Ihre Frage noch nicht beantwortet«, sagte Evelyn. »Es ist schwierig, eine richtige Antwort zu geben. Im Moment schüttelt es mich vor Grauen, wenn ich an die Stunden in ... Albertos Armen denke, aber damals ... damals ...« Ihre Augen glänzten. »Oh, Amelia, unter den richtigen Umständen ist es ein herrliches, ein großartiges Erlebnis!«

»Ah, genau das dachte ich mir. Nun, meine liebe Evelyn, ich bin Ihnen für diese Information sehr dankbar. Wenn Sie jetzt also die von mir angebotenen Referenzen ...«

Sie schüttelte ihre goldenen Locken. »Ich brauche keine Referenzen. Amelia, ich komme gerne mit als Ihre Reisege-

fährtin. Ich denke, wir werden gut miteinander zurechtkommen.«
Da küßte sie mich auf die Wange. Das erstaunte mich so, daß ich etwas murmelte und aus dem Zimmer ging. Ich hatte ja nie eine Schwester gehabt, doch jetzt war mir, als hätte ich eine gefunden. Ich kann, ohne meine Energie ungebührlich zu unterstreichen, von mir behaupten, daß ich einen einmal gefaßten Entschluß sehr schnell in die Tat umsetze. In der folgenden Woche knackte und krachte die lethargische Stadt der Päpste unter meinen Schritten.
Auch einige Überraschungen erlebte ich. Evelyn wollte ich anziehen und ausstaffieren wie eine schöne lebende Puppe, für die ich all die hübschen unpraktischen Kleider und Sächelchen zu kaufen gedachte, die ich selbst nicht tragen konnte. Das gelang mir nicht, obwohl sie mir niemals widersprach. Zum Schluß hatte sie eine entzückende, sehr geschmackvolle und erstaunlich billige Garderobe, und ich selbst hatte ganz gegen meine Absicht auch ein halbes Dutzend Kleider gekauft. Ein Abendkleid, das ich ganz bestimmt niemals anziehen wollte, war aus karmesinroter Seide mit einem so tiefen Ausschnitt, wie ich ihn noch niemals getragen hatte. Die Röcke waren über eine gewaltige Turnüre drapiert und ließen einen mit Ziermünzen bestickten Unterrock ahnen. Evelyn wählte die Stoffe aus und trieb die Schneiderin auf ihre sanfte Art viel nachdrücklicher an als ich auf meine energische. Wenn Evelyn zu mir sagte: »Dieses Kleid kannst du tragen«, dann trug ich es auch. Sie entdeckte auch meine Schwäche für bestickten Batist, und die feinen für sie gedachten Unterkleider und Nachthemden entstanden nach meinen Maßen.
Diese Woche verbrachte ich in einem Zustand halber Betäubung. Ich hatte das Gefühl, ein winziges, armseliges Kätzchen vor dem Ertrinken aus einem Teich gefischt zu haben, das sich innerhalb weniger Tage zu einem richtigen Tiger auswuchs. Soviel Verstand blieb mir gerade noch, daß ich einige praktische Schritte unternehmen konnte.

Ich bin keine Männerfeindin, wenn ich auch dem anderen Geschlecht gegenüber immer mißtrauisch blieb. Dieses Mißtrauen schien Evelyns Geschichte zu bestätigen, doch die Sache mit ihrem Großvater bedurfte einiger Nachforschungen. Ich ging also zu unserem Konsul in Rom.
Alberto hatte, sehr zu meiner Enttäuschung übrigens, die Wahrheit gesagt. Der Konsul kannte den Earl of Ellesmere persönlich, und er sorgte sich um die Gesundheit eines so wichtigen Mannes. Tot war er noch nicht, doch erwartete man sein Hinscheiden täglich.
Ich erzählte dem Konsul auch von Evelyn, der schon einigen Klatsch darüber gehört hatte. Ich hatte zwei Gründe, mit ihm über Evelyn zu sprechen: erstens den, um zu erfahren, ob ihre Verwandten nach ihr geforscht hatten, und zweitens sollte jemand über ihren Verbleib unterrichtet sein, falls man solche Nachforschungen anstellte. Der Diplomat hatte keine Anfragen vorliegen, erwartete auch offensichtlich keine, denn er kannte den alten Earl zu gut. Ich versorgte ihn also mit meiner Kontaktadresse in Kairo und überließ ihn im übrigen seinem Kopfschütteln und seinen gemurmelten Protesten, da er meine Handlungsweise mißbilligte.
Am achtundzwanzigsten gingen wir in Brindisi an Bord des Schiffes nach Alexandria.

2. KAPITEL

Ich will meinen verehrten Lesern die Beschreibung der Seereise und des Schmutzes von Alexandria ersparen. Jeder europäische Reisende, der seinen Namen schreiben kann, fühlt sich zur Abfassung seiner Memoiren verpflichtet, und das ist mehr als genug. Wir kamen jedenfalls ohne Zwischenfall in Kairo an und nahmen Aufenthalt in Shepheard's Hotel.

Jeder, der auf sich hält, wohnt bei Shepheard's. Früher oder später trifft man dort mit Sicherheit Bekannte, und das orientalische Leben kann man bei einer Limonade von der Terrasse aus genießen. Steife Engländer reiten auf Eselchen vorüber, die so klein sind, daß die Männer ihre Füße im Straßenstaub schleifen lassen; ihnen folgen Janitscharen in prächtigen, goldgestickten Uniformen, und sie sind bis an die Zähne bewaffnet; denen folgen wiederum Eingeborenenfrauen in wallenden schwarzen und stolze Araber in wehenden blauen und weißen Gewändern, Derwische mit fantasievollem Kopfputz, Süßigkeitenverkäufer und Wasserhändler, also eine endlose, faszinierende Prozession.

Die Kämpfe im Sudan hatten viele englische Reisende vergrämt, denn der verrückte Mahdi belagerte noch immer den ritterlichen Gordon in Khartum. Sir Garnet Wolseleys Entsatztruppe hatte Wadi Halfa erreicht und würde wohl bald den tapferen Gordon aus der Umklammerung der barbarischen Armee befreien. Man hielt es daher bei Shepheard's nicht für gefährlich, nach dem Süden in Richtung Assuan zu reisen.

Ich hegte zwar da gewisse Zweifel, doch ich wollte reisen, und das tat ich auch. Die einzige bequeme Methode, Ägypten kennenzulernen, ist die Reise auf dem Strom, denn alle bemerkenswerten Altertümer sind in dessen unmittelbarer Nähe zu finden. Ich hatte schon gehört, wie vergnüglich eine Fahrt mit einer Dahabije sei, also wollte ich sie ausprobieren. Man kann diese Boote mit allem erdenklichen Luxus ausstaffieren, soweit man ihn bezahlen kann, und bedient wird man wie ein König.

Aber die Auswahl einer Dahabije sei ein sehr heikles und mühsames Geschäft, versicherte man mir, und man lachte schallend über meine Zuversicht, in ein paar Tagen segeln zu können. Die Ägypter, verriet man mir, seien eine faule Gesellschaft, die sich zu nichts drängen ließe.

Ich behielt meine Meinung für mich, da mir Evelyn einen bedeutsamen Blick zuwarf. Dieses Mädchen wirkte ungemein erstaunlich auf mich; ich fürchtete, mit der Zeit könne ich sogar noch sehr sanft und mild werden. Wir waren uns darüber einig gewesen, daß sie nur als Evelyn Forbes, nicht aber unter ihrem vollständigen Namen auftreten sollte, da er zu vielen Engländern zu gut bekannt war. Wurde jemand neugierig, schützte ich regelmäßig Müdigkeit vor.

Natürlich war Evelyn manchmal bedrückt, wenn sie an die Vergangenheit dachte, doch sie verstand es auch, die Schönheiten des Landes zu genießen. Von unseren Zimmern aus konnten wir den Hotelgarten überschauen. Die hohen Palmen waren schwarze Schattenbilder im herandämmernden Morgen, wenn sich der dunkle Himmel mit durchsichtigem Licht und blaßrosa Perlenschimmer füllte. Die Kuppeln

und Minaretts der Moscheen überragten malerisch die Baumwipfel, und die Luft war von köstlicher, kühler Frische.
Es war gut, daß wir den Tag mit dem Anblick solcher Schönheit begonnen hatten, als wir nach dem Frühstück zur Werft von Boulaq gingen, um eine Dahabije zu mieten. Hunderte von Booten lagen dort vor Anker, und der Lärm war unbeschreiblich.
Die Boote unterscheiden sich eigentlich nur in der Größe. Die Kabinen liegen im Heck, und ihr Dach ist gleichzeitig ein Oberdeck, das sich mit Möbeln und Markisen ausstatten und so zu einem herrlichen Freiluftsalon machen läßt. Die Mannschaft bewohnt das untere Deck. Dort gibt es eine Küche, einen Verschlag mit einem Holzkohlenofen und eine Sammlung von Pfannen und Töpfen. Die Dahabijes sind Boote mit flachem Kiel und zwei Masten, und wenn die Segel sich im leichten Wind blähen, sind sie ein sehr malerischer Anblick.
Welches Boot sollten wir wählen? Nun, die Wahl war nicht allzu schwierig, denn die meisten Boote strotzten vor Schmutz. Natürlich durfte man keine englischen Maßstäbe anlegen, wenn auch die primitivsten hygienischen Einrichtungen vorhanden sein mußten. Selbstverständlich waren die größeren Boote in einem besseren Zustand als die kleinen. Es ging mir nicht um die höhere Ausgabe, sondern es kam mir lächerlich vor, für uns beide und eine Magd zehn Einzelkabinen und zwei Salons zu haben.
Evelyn bestand darauf, daß wir uns einen Dragoman nehmen sollten. Ich dachte, das sei nicht nötig, weil ich schon auf der Seereise ein bißchen Arabisch gelernt hatte, doch ich gab nach. Unser Mann war ein Kopte namens Michael Bedawee, ein dicklicher, kaffeebrauner Bursche mit weißem Turban und abenteuerlichem, schwarzem Bart; allerdings paßt diese Beschreibung auf die meisten Ägypter. Was unseren Michael auszeichnete, war sein freundliches Lächeln und die Ehrlichkeit seiner weichen, braunen Augen. Wir ent-

schieden uns sofort für ihn, und er mochte uns offensichtlich bald sehr gern.
Michael half uns bei der Auswahl des Bootes. Die *Philae* war von mittlerer Größe und ungewöhnlich sauber. Der Reis, wie man den Kapitän nannte, war uns auch sympathisch. Er hieß Hassan und stammte aus Luxor. Mir gefiel sein ruhiger Blick und eine Andeutung von Humor, wenn ich meine paar arabischen Worte anbrachte, sooft es ging. Mein Akzent muß fürchterlich gewesen sein, doch Reis Hassan beglückwünschte mich zu meinen Sprachkenntnissen. Infolgedessen war der Handel bald abgeschlossen.
Wir waren stolz auf unser Schiff, das nun vier Monate lang unsere Wohnung sein sollte. Es hatte vier Kabinen, je zwei zu beiden Seiten eines schmalen Ganges. Sogar ein Badezimmer hatten wir. Am Ende des Ganges öffnete sich die Tür in einen halbrunden Salon, der das ganze Schiffsheck einnahm; ein langer Diwan folgte der geschwungenen Wand, und acht hohe Fenster ließen viel Licht ein. Den Boden bedeckten Brüsseler Teppiche, und die Wandvertäfelung in Weiß mit Goldrand erweckte den Eindruck großer, luftiger Weite. Die scharlachroten Vorhänge paßten herrlich zu den prunkvollen, goldgerahmten Spiegeln, und ein sehr hübscher Eßtisch mit passenden Stühlen vervollständigte die Einrichtung.
Schränke und Regale gab es genug, und wir hatten das Zeug, sie zu füllen. Ich hatte vor allem meines Vaters Bücher über Ägypten dabei und hoffte, noch mehr kaufen zu können. Ein Klavier wollten wir haben. Ich bin zwar völlig unmusikalisch, aber Evelyn spielte und sang sehr schön.
Das Boot war gerade von einer Reise zurückgekehrt, und Reis Hassan sagte, er brauche ein paar Tage zur Überholung verschiedener Geräte, ehe wir abreisen könnten; seine Leute wollten auch noch ihre Familien besuchen, und so legten wir, als ich bezahlte, den Reisetag auf eine Woche später fest.
Ein passendes Klavier zu finden, erwies sich als nicht leicht.

Ich wollte andere Vorhänge für den Salon, weil das Scharlachrot nicht zu meinem Abendkleid paßte. Evelyn meinte, es eile nicht so schrecklich, doch ich wußte, wie sehr sie fürchtete, im Speisesaal des Hotels Bekannte zu treffen.
Die Wartezeit nützten wir gut. Die Basare in Kairo sind faszinierend. Hier gibt es keine richtigen Läden; es sind eher große, vorne offene Schränke, vor denen die Kaufleute auf gekreuzten Beinen sitzen und ihre Kunden erwarten. Bei den Teppichhändlern wurde ich schwach und kaufte etliche Stücke für unseren Salon, wahre Schönheiten aus Persien und Syrien. Ich wollte auch für Evelyn ein paar Kleinigkeiten besorgen, doch sie nahm nur ein Paar Samtpantoffeln an.
Wir besuchten auch Moscheen und die Zitadelle, und ich interessierte mich besonders für die alte Kultur; deshalb sahen wir für einen Tag unseren ersten Besuch in Gizeh vor. Wenn ich gewußt hätte, was uns da bevorstand!
Die Pyramiden besucht jeder Reisende, denn seit dem Bau der Nilbrücke braucht man vom Hotel aus nur eineinhalb Stunden Fahrzeit. Wir brachen am frühen Morgen auf, damit wir den ganzen Tag vor uns hatten.
Selbstverständlich hatte ich Bilder gesehen, doch die Wirklichkeit der Pyramiden ist überwältigend. Die glatten, steilen Steinflanken führen hoch hinauf zur Plattform. Und die Farben! Der ägyptische Kalkstein wirkt in der hellen Sonne vor dem tiefblauen Himmel so, als sei er aus mattem Gold. Die ganze ebene Fläche, auf der die drei großen Pyramiden stehen, sind mit Gräbern, kleineren und zerfallenen Pyramiden und sandgefüllten Löchern durchsetzt, und in einer großen Sandmulde erhebt sich der majestätische Kopf der Sphinx. Der Körper dieses herrlichen Werkes muß immer wieder vom Sand befreit werden. Ein solches Meisterwerk aus Menschenhand gibt es kein zweites Mal.
Wir machten uns zur größten der drei Pyramiden auf, zum Grab des Khufu. Erst in ziemlich geringer Entfernung erkannten wir die riesigen Steinblöcke, und wir überlegten

uns, wie wir in den langen und ziemlich engen Röcken diese Stufen erklettern sollten.
Es gelang uns mit Hilfe von je drei Arabern. Je einer stützte uns links und rechts, ein dritter schob von hinten an, und so standen wir bald auf der Gipfelplattform. Evelyn erschien mir ein bißchen blaß, doch mich nahm die großartige Aussicht völlig gefangen. Diese Plattform hat eine Größe von etwa dreißig Fuß im Quadrat, und einige Steinblöcke, die von der abgetragenen Spitze übrig waren, dienten als Sitze. Mir tränten vom angestrengten Schauen bald die Augen.
Es war ein unvergleichlicher Anblick: im Hintergrund die Minaretts und Kuppeln der Märchenstadt Kairo, im Vordergrund der grüne Streifen des fruchtbaren Niltales. Im Westen und Süden schimmerten golden die Wüsten. Am Horizont waren noch ein paar kleinere Pyramiden zu erkennen, die von Abusir, Sakkarah und Dahshoor.
Evelyn zupfte mich am Ärmel und riß mich aus meiner staunenden Begeisterung. »Könnten wir nicht absteigen?« bat sie. »Ich glaube, ich bekomme einen Sonnenbrand.«
Ihre Nase war trotz des breitrandigen Sonnenhutes schon dunkelrosa, und so ließen wir uns von unseren fröhlichen Führern wieder nach unten bringen. In das Innere der Pyramide mochte Evelyn nicht mitkommen. Ich ließ sie also bei einigen Damen zurück, raffte meine Röcke und folgte den Männern in die schwarze Tiefe.
Ah, es war schrecklich! Die Luft war kaum zu atmen, am Boden lag überall Schutt, und das Licht der flackernden Kerzen wirkte unheimlich. Die Gänge sind so niedrig und steil, daß man nur geduckt kriechen kann und von den Führern gestützt werden muß, wenn man nicht zurückrutschen will. Natürlich gab es auch Fledermäuse. Doch schließlich standen wir in der Königskammer aus schwarzem Basalt, in der nur der schwarze, massive Sarg stand, in den Khufu vor gut viertausend Jahren zur letzten Ruhe gebettet worden war. Oh, es war ein ungeheuer erhebendes Gefühl, das etwa jenem glich, das ich einmal als Kind erlebt

hatte. Mein Bruder William hatte behauptet, ich würde es nicht wagen, auf den Apfelbaum in unserem Garten zu klettern. Ich bewies es ihm, daß ich es wagte, und schaute vom höchsten Ast aus zu, wie er von einem der unteren Äste fiel und sich dabei den Arm brach.

Trotz meiner begeisterten Schilderung weigerte sich Evelyn standhaft, die Pyramide zu betreten.

Wir waren damals etwa eine Woche lang in Kairo, und ich hatte die begründete Hoffnung, in ungefähr zwei Wochen absegeln zu können. Ich war einige Male in Boulaq, um Reis Hassan ein wenig anzutreiben, doch nach dem Besuch von Gizeh ließ ich ihn in Ruhe. Ich hatte nämlich in mir eine gewisse Vorliebe für Pyramiden entdeckt und besuchte deshalb auch die beiden anderen Pyramiden von Gizeh und später auch die Stufenpyramide von Sakkarah. Von den kleineren Pyramiden in Sakkarah hat man die massiven Steinblöcke abgetragen und sie für andere Bauten verwendet; die Reste sind deshalb eigentlich nur noch Schutthaufen. Das war mir jedoch egal, denn Pyramiden in jeder Form waren nun meine Leidenschaft.

Ich war fest entschlossen gewesen, wenigstens eine der Grabkammern zu besuchen, die mit herrlichen Wandmalereien und Hieroglyphen-Inschriften geschmückt sind; wegen Evelyn verzichtete ich darauf, als sie das enge, dunkle Loch sah, in das ich an einem Seil hinabgelassen hätte werden müssen. Sie wurde totenblaß und drohte mir zu folgen. Da ließ ich es lieber sein.

Auch Travers mißbilligte meine Pyramidenausflüge. Etliche meiner Kleider ließen sich nicht mehr reparieren, und die anderen machten ihr sehr große Mühe. Besonders ekelte sie sich vor dem Fledermauskot, den ich gelegentlich und ohne es zu wissen mitbrachte. Einmal schlug ich einen Ausflug nach Dashoor vor, wo es einige hervorragende Pyramiden gibt, doch Evelyn weigerte sich energisch und wollte lieber das Museum von Boulaq besuchen. Das taten wir, denn nach dem Museumsbesuch konnte ich zu Hassan gehen.

Auf M. Maspero, den französischen Abteilungsleiter für Altertümer, freute ich mich. Mein Vater hatte mit ihm korrespondiert, und so durfte ich hoffen, daß mein Name ihm vertraut sei. Er war es, und wir fanden M. Maspero im Museum. Meistens ist er nämlich zu Ausgrabungen weg. Seinen Assistenten Emil Brugsch kannte ich nur seinem Ruf nach, denn er hatte vor wenigen Jahren das Versteck berühmter königlicher Mumien entdeckt. Während wir auf M. Maspero warteten, erzählte uns Herr Brugsch die Geschichte des Fundes. Gute zehn Jahre früher hatte eine Räuberfamilie aus Theben das Versteck der Mumie gefunden, weil der sehr zwielichtige Abd er-Rasool Ahmed in den Felsen am Rand seines Dorfes namens Gurnah eine Ziege suchte. Die Ziege war in eine Felsspalte gefallen, und da machte er seinen erstaunlichen Fund – die Mumien der großen Pharaonen, die nach der Ausplünderung ihrer Gräber hier versteckt worden waren.
Brugsch hatte von Sammlern Fotos von Gegenständen erhalten, die königliche Namen trugen, und ihm war sofort klar gewesen, daß diese Dinge aus Gräbern stammen mußten. Die meisten dieser Gräber befanden sich, wie er wußte, in Theben, und so bat er die Polizei, solche Leute zu beobachten, die plötzlich mehr Geld ausgaben, als sie offiziell hatten. Der Verdacht konzentrierte sich auf die Familie Abd er-Rasool, die sich inzwischen wegen der Aufteilung der Beute zerstritten hatte; einer verriet das Geheimnis an Brugsch.
Mir lag an diesem Herrn jedoch nichts; er steht seit langem im Dienst von M. Maspero und seinem Vorgänger M. Mariette, und sein Bruder ist ein sehr bekannter Wissenschaftler. Mir gefällt seine harte Art nicht, in der er die Foltern beschrieb, welchen die Diebe ausgesetzt wurden, um ihre Geständnisse zu erzwingen. Ihm war es auch zu verdanken, daß die königlichen Toten sofort in Sicherheit gebracht wurden. Innerhalb von acht Tagen waren sie auf einer Barke nach dem Norden unterwegs. Zahllose Klageweiber hatten die Flußufer gesäumt, um die alten Könige zu beweinen.

Endlich kam M. Maspero. Er war ein stämmiger, ungemein liebenswürdiger Mann mit einem kurzgestutzten, schwarzen Bart. Als artiger Franzose beugte er sich über meine Hand und begrüßte Evelyn voll Bewunderung. Von meinem Vater sprach er in Worten höchster Verehrung. Er bat uns um Entschuldigung, weil er uns nicht persönlich im Museum herumführen konnte, versprach jedoch, später wieder zu uns zu stoßen.

Ich war froh, daß er nicht bei uns war, denn ich hätte ihm sonst sicher gesagt, was ich von seinem Museum hielt. Es enthielt selbstverständlich eine ganze Menge der interessantesten Dinge, aber der Staub und das Durcheinander! Meine hausfraulichen Instinkte fühlten sich herausgefordert.

»Vielleicht bist du jetzt nicht ganz fair«, hielt mir Evelyn in ihrer sanften Art vor. »Es gibt so unendlich viele Gegenstände, täglich kommen neue dazu, und das Museum ist trotz der kürzlichen Vergrößerung viel zu klein. Wie soll man da immer Ordnung halten und Staub wischen können?«

»Um so mehr Grund, Ordnung zu halten«, erwiderte ich. »Früher wurde alles, was die europäischen Abenteurer fanden, außer Landes geschleppt. Nun besteht doch ein Abkommen zwischen Großbritannien und Frankreich, das den Franzosen die Aufsicht über alle Altertümer einräumt, während unser Staat Finanzen, Bildungs- und Gesundheitswesen, Außenpolitik und so weiter überwacht. Ich glaube, englischer Ordnungssinn wäre hier eher angebracht als französische Lässigkeit.«

Wir waren inzwischen in einem abgelegenen Raum angelangt, der mit unzähligen Gegenständen wie Vasen, Perlketten, winzigen Figuren und anderen Dingen angefüllt war, die in den vorderen Räumen keinen Platz gefunden hatten. »Schau dir doch das hier an!« sagte ich zu Evelyn, nahm ein Figürchen und rieb mit meinem Taschentuch den Schmutz ab. »Sie könnten doch ...«

Da erschütterte ein fast tierisches Heulen den kleinen Raum. Ehe ich noch nach dessen Quelle Umschau halten konnte,

entriß mir eine kräftige, sonnenbraune Hand die Statuette und brüllte mir ins Ohr: »Madam! Tun Sie mir den Gefallen und lassen Sie die unersetzlichen Kostbarkeiten in Ruhe! Schlimm genug, daß dieser unfähige Esel Maspero sie so miserabel behandelt, und jetzt wollen Sie in Ihrer Idiotie auch noch das vernichten, was er übrig läßt!«
Ich nahm meine ganze Würde zusammen und drehte mich zu diesem Kannibalen um. Er war sehr groß, hatte Schultern wie ein Stier und einen nach der Art assyrischer Könige geschnittenen schwarzen Bart. Sein Gesicht war dunkel wie das eines gewöhnlichen Ägypters, doch daraus funkelten mich wütende grellblaue Augen an. Die Stimme kannte ich ja schon, sie war ein tiefer, dröhnender Baß; dem Akzent nach schien er ein Gentleman zu sein, den Gefühlen nach war er es nicht.
Ich maß ihn von oben bis unten. »Sir, ich kenne Sie ja gar nicht.«
»Aber ich kenne Ihre Art, Madam! Diese britischen Weiber sind doch von allen die dümmsten und arrogantesten! Oh, ihr Götter! Diese Brut ist so unnütz und aufdringlich wie ein Moskitoschwarm, und kein Fleck der ganzen Erde ist vor ihnen sicher. Zum Verrücktwerden ist das!« Jetzt mußte er dringend einmal Atem holen. Diese Pause nützte ich aus.
»Und Sie, Sir, sind der überheblichste Brite mit den schlechtesten Manieren. Nun, wir britischen Frauen müssen den von den boshaften Männern verursachten schlechten Ruf reparieren, so gut es geht. Randalieren, von der eigenen Überlegenheit überzeugt sein …«
Vorsichtshalber trat ich ein paar Schritte zurück und griff fester um den Knauf meines Sonnenschirms. Ich bin nicht klein und ängstlich, aber dieser Mann überragte mich wie ein Turm, und er machte den Eindruck, als wolle er mich mit seinen sehr großen und sehr weißen Zähnen zerfleischen.
Ich schaute auf und sah Evelyn mit einem kleineren, schmäleren, bartlosen Ebenbild meines Gegners sprechen;

er war dunkelhaarig, blauäugig und groß, wenn auch nicht so bullig wie der andere, und der Bartlose legte dem Bärtigen eine Hand auf die Schulter.
»Radcliffe, du ängstigst ja diese Dame«, sagte er. »Ich bitte dich ...«
»Mich kann er nicht ängstigen«, erwiderte ich ruhig. »Aber Ihr Freund scheint einem Schlagfluß nahe zu sein. Leidet er sonst auch unter Gehirnschwäche?«
Der jüngere Mann schien nicht sehr besorgt zu sein, denn er lachte breit, und das gefiel mir. Aus Evelyns Miene schloß ich, daß wir uns da einig waren.
»Das ist mein Bruder, Madam«, erklärte der junge Mann fröhlich. »Sie müssen ihm verzeihen. Und du, Radcliffe, beruhigst dich jetzt wieder. Wissen Sie«, wandte er sich wieder an mich, »das Museum wirkt immer so auf ihn. Sie trifft keine Schuld an seiner Erregung.«
»Ganz sicher nicht!« rief ich. »Eine so unentschuldbare Unhöflichkeit ...«
»Amelia!« Evelyn versuchte mich am Arm wegzuziehen, weil der bartumrahmte Mund ein Wutgeheul ausstieß. »Wir wollen uns doch nicht weiter Grobheiten an den Kopf werfen.«
»Das liegt mir fern«, erwiderte ich kühl. Evelyn und der junge Mann tauschten Blicke, und wie auf Verabredung zerrte der junge Mann seinen aufgebrachten Bruder mit sich, während Evelyn etwas sanfter meinen Arm packte. Die anderen Museumsbesucher hatten uns voll atemloser Neugier beobachtet, gingen aber nun weiter, als rasche Schritte die Ankunft von M. Maspero ankündigten. Als er uns sah, lachte er breit.
»*Ah, c'est le bon Emerson*! Das hätte ich wissen können. Sie kennen einander schon?«
»Wir kennen einander nicht!« brüllte der Mann, der Emerson hieß. »Und wenn Sie, Maspero, einen Versuch dazu machen, dann schlage ich Sie mit einem Hieb zu Boden!«
M. Maspero lachte schallend. »Dann versuch ich es lieber

nicht ... Kommen Sie, meine Damen. Das hier ist unwichtiges Kleinzeug, ich zeige Ihnen die feineren Sachen.«
»Sie sind sehr interessant«, warf Evelyn mit ihrer sanften Stimme ein. »Ich bewundere die schönen Farben dieser Ketten.«
»Sie sind aber nicht wertvoll. Wir finden diese Ketten zu Hunderten. Es sind ganz gewöhnliche Fayencen.«
»Dann sind diese herrlichen Korallen und Türkise gar keine echten Steine?«
»*Mais non, Mademoiselle*, das alles sind nur Imitationen von Korallen, Türkisen, Lapislazulisteinen und dergleichen und bestehen aus einer farbigen Paste, die im alten Ägypten viel verwendet wurde.«
»Sie sind trotzdem sehr hübsch«, bemerkte ich. »Und schon das Alter dieser Gegenstände ist bewundernswert. Wenn man bedenkt, daß diese wunderschönen Perlen vor tausend Jahren um den Hals ...«
Der Schwarzbärtige wirbelte herum. »Dreitausend Jahre vor unserer Zeitrechnung«, korrigierte er mich wütend.
Maspero lächelte nur, nahm eine Kette aus winzigen blauen und korallenfarbenen Perlen und überreichte sie mit einer höflichen Verbeugung Evelyn. »Behalten Sie das bitte als Erinnerung an Ihren Besuch hier. Wie schade, daß ich nichts Schöneres für eine so entzückende junge Dame habe ... Und das ist für Sie, Mademoiselle Peabody.« Auch mir drückte er eine Kette in die Hand. »Tun Sie mir die Ehre, sie zu behalten, meine Damen – außer Sie fürchten den Fluch der ägyptischen Rachegeister ...«
»Ganz gewiß nicht«, versicherte ich ihm.
»Nun, und der Fluch des Mister Emerson?« fuhr er fort. »Sehen Sie, er ist schon wieder dabei, unfreundliche Dinge zu mir zu sagen.«
»Keine Angst, ich gehe schon«, knurrte Emerson. »In Ihrem Horrorhaus kann ich es sowieso nur ein paar Minuten aushalten. In aller Götter Namen, warum katalogisieren Sie nicht endlich diese ganzen Töpfe und Vasen?« Damit stürm-

te er hinaus und zog seinen Bruder mit sich, der aber noch einmal umschaute und Evelyn nicht aus den Augen ließ, bis sie seinen Blicken entzogen war.
»Er hat ein sehr aufbrausendes Temperament«, bemerkte M. Maspero voll Bewunderung. »Die Großartigkeit seiner Wutausbrüche nötigt einem Respekt ab.«
»Da kann ich Ihnen nicht beipflichten«, widersprach ich ihm. »Wer ist dieser Bursche eigentlich?«
»Ein Landsmann von Ihnen, Madam, der sich für die Altertümer dieses Landes interessiert. Er hat wundervolle Ausgrabungen gemacht, aber ich fürchte, für uns hat er nicht viel übrig. Nicht ein Archäologe in ganz Ägypten entgeht seiner beißenden Kritik.«
»Wir halten Ihr Museum für faszinierend«, warf Evelyn taktvoll ein.
Wir verbrachten noch ein paar Stunden dort. Nicht um die Welt hätte ich das in der Öffentlichkeit gesagt, aber ich fand Emersons Kritik mehr als berechtigt. Die Ausstellungsstücke waren unmethodisch aufgereiht, und überall lag Staub.
Evelyn war dann zu müde, um noch zum Boot zu gehen, und sie war auch sehr schweigsam und nachdenklich. »Mr. Emersons jüngerer Bruder hat nicht das heftige Familientemperament, glaube ich«, bemerkte ich während der Rückfahrt. »Hast du zufällig seinen Namen gehört?«
»Walter«, erwiderte sie und errötete.
Ich tat, als bemerkte ich nichts. »Ah, ich fand ihn sehr angenehm. Vielleicht begegnen wir ihm im Hotel.«
»Nein, sie wohnen nicht bei Shepheard's. Walt... Mr. Walter Emerson sagt, ihr ganzes Geld werde für die Ausgrabungen ausgegeben. Sein Bruder erhält einen Zuschuß von einem Museum oder irgendeiner Institution. Sein jährliches Einkommen ist nicht sehr groß, und sein Bruder Walter sagt, wenn er alle Reichtümer Indiens hätte, so würden sie ihm für seine Arbeit auch noch nicht genügen.«
»In der kurzen Zeit hast du aber sehr viel erfahren«, stell-

te ich amüsiert fest und beobachtete Evelyn aus den Augenwinkeln heraus. »Wie schade, daß wir die Bekanntschaft nicht nur mit dem jüngeren Bruder fortsetzen können und dem Wahnsinnigen ...«

»Wir werden einander kaum mehr begegnen«, warf Evelyn leise ein, doch da hegte ich recht deutliche Zweifel. Nach einer kurzen Mittagspause besorgten wir die Medikamente, die unser Reiseführer für unerläßlich hielt. Südlich von Kairo gibt es noch immer kaum einen Arzt. Ich hätte, wäre ich ein Mann gewesen, allzu gerne Medizin studiert, denn ich habe dafür eine natürliche Begabung. Ich falle beim Anblick von Wunden nicht in Ohnmacht, wie viele meiner männlichen Bekannten. Selbstverständlich hatte ich auf meiner Liste auch einige chirurgische Instrumente und war durchaus bereit, im Notfall auch Gliedmaßen, mindestens einen Finger oder eine Zehe, zu amputieren.

Michael, unser Dragoman, begleitete uns. Blaue Pillen, grüne Pillen, Chinin, Rhabarberpillen, verschiedene Puder, Desinfektionsmittel, Laudanum und vieles andere, vor allem reichlich Verbandmaterial wurden nacheinander abgehakt. Michael erschien mir die ganze Zeit hindurch ungewöhnlich still, und als Evelyn ihn schließlich nach dem Grund dafür fragte, erklärte er uns, sein Kind sei krank, wenn es auch nur eine Tochter sei.

Nun, weil wir gerade die medizinische Seite unserer Reise vorbereiteten, hielten wir es für angebracht, anschließend nach diesem Kind zu sehen, denn Michael war ehrlich bekümmert.

Es war ein altes, schmales Haus mit holzgeschnitzten Balkonen von sehr schöner Arbeit; sie sind typisch für Kairo. Es erschien mir schmutzig, wenn auch nicht ganz so verwahrlost wie die Umgebung, doch das Zimmer, in dem das kranke Kind lag, sah trostlos aus. Die Holzläden lagen vor den geschlossenen Fenstern, es war stockdunkel und stank fürchterlich. Im fahlen Licht einer rauchenden, übelriechenden Öllampe sah ich auf einem primitiven Lager ein süßes kleines Ding mit großen schwarzen Augen. Die plärrende Verwandtschaft jagte ich gleich davon und ließ nur die Mutter des Mädchens bleiben, die auch kaum älter als fünfzehn Jahre sein konnte.

Evelyn kniete bereits neben dem Mädchen, schob die wirren schwarzen Locken aus dem Gesicht und verscheuchte einen lästigen Fliegenschwarm. Die Mutter wagte aus Angst vor uns nicht zu protestieren, denn Fliegen sind dort ein notwendiges Übel, das man hinnehmen muß. Deshalb sind auch sehr viele Menschen dort blind, und die Kindersterblichkeit ist überaus hoch. Von fünf Kindern sterben drei sehr jung.

Ich sah den unglücklichen Michael an und beschloß, daß dieses Kind nicht sterben werde, wenn ich es irgendwie verhindern konnte. Wofür hatte ich so viele Medikamente gekauft?

Die Krankheitsursache war leicht zu entdecken. Das Mädchen hatte sich bei einem Sturz verletzt, und die Wunde war nicht desinfiziert worden. Sie hatte sich entzündet, und der kleine Arm war dick geschwollen. Mit einem desinfizierten Messer schnitt ich die Schwellung auf, und eine übelriechende Masse quoll heraus. Ich reinigte die Wunde und verband sie und unterwies auch die Eltern, wie sie das Kind nun zu pflegen hatten. Evelyn war mir eine große Hilfe. Übel wurde ihr erst, als wir im Hotel waren, aber da gründlich. Michael schickte ich sofort wieder nach Hause, damit er die jammernden Verwandten hinauswerfen konnte.

Abends fühlte sich Evelyn wieder einigermaßen wohl, und deshalb bestand ich darauf, daß wir unten speisten. Sie machte sich große Sorgen um ihren Großvater und quälte sich mit dem Gedanken ab, daß er allein sterben müsse. Deshalb wurde sie manchmal fast menschenscheu, was ich jedoch nicht zuließ.

In ihrem staubrosa Abendkleid mit den breiten Spitzenrüschen an den Ärmeln und dem gerafften Unterkleid sah Evelyn bezaubernd aus. Ich schlüpfte in meine karmesinrote Seide, wenn ich mich darin auch nicht ganz wohl fühlte. Wir erregten einiges Aufsehen, und etliche Gentlemen folgten uns nach dem Dinner in die Halle, hauptsächlich zu dem Zweck, von Evelyn ein Lächeln zu erhaschen. Plötzlich sah ich sie tief erröten. Ich folgte ihrem Blick und bemerkte unter der Tür den jungen Emerson, der im Abendanzug großartig wirkte. Er hatte nur Augen für Evelyn und schritt so schnell durch die Halle, daß er um ein Haar über einen niederen Tisch gestürzt wäre.

Er hatte auch seinen Bruder mitgebracht, und da mußte ich wirklich ein Lachen unterdrücken. Sein Abendanzug sah aus, als habe er ihn vor langer Zeit in eine Reisetasche gestopft und ihn jetzt wieder ausgegraben, jedoch vergessen, ihn bügeln zu lassen. Er sah wie ein riesiger schwarzer Bär aus, tappte unbeholfen hinter seinem Bruder drein und warf den elegant gekleideten Gästen mißtrauische Blicke zu. Walter begrüßte mich hastig und beschäftigte sich anschließend ausschließlich mit Evelyn. Und mir blieb der wütende Emerson, der mich voll Widerwillen musterte.

»Ich bin da, mich zu entschuldigen«, knurrte er.

»Angenommen«, antwortete ich. »Setzen Sie sich, Mr. Emerson. Ich bin überrascht, Sie hier zu sehen. Wie ich hörte, ist das gesellschaftliche Leben nicht nach Ihrem Geschmack.«

»Es war ja auch Walters Idee«, platzte er heraus, setzte sich und rückte so weit wie möglich von mir weg. »Ich hasse Dinge wie Hotels, Menschen, die ..., kurz, all dies hier.« Mit einer verächtlichen Handbewegung schloß er die großartige Halle und alle Gäste in seine Abneigung ein.

»Wo wären Sie dann lieber?« fragte ich.

»Irgendwo in Ägypten, am liebsten bei meinen Ausgrabungen.«

»In der heißen, staubigen Wüste, weit weg von jeder Zivilisation und allein mit unwissenden Arabern ...«

»Unwissend mögen sie sein, aber auf die Heuchelei der Zivi-

lisation kann ich verzichten. Ah, wie überheblich sind besonders die englischen Touristen! Bei den Ägyptern gibt es, wie überall, auch gute und schlechte, freundliche, fröhliche und treue Menschen, auch intelligente, wenn man sie unterweist ... Jahrhundertelang wurden sie von Despoten unterdrückt, sie sind mit Krankheit, Armut und Unwissenheit geschlagen, aber das ist nicht ihre eigene Schuld.«
Mich rührte es irgendwie, daß er so nachdrücklich für die unterdrückte einheimische Bevölkerung eintrat, aber sonst mochte ich ihn noch immer nicht.
»Sie müßten dann aber zu schätzen wissen, was die Briten für dieses Land tun. Die Finanzen zum Beispiel ...«
»Pah! Glauben Sie, das tun wir aus Herzensgüte? Fragen Sie die Einwohner von Alexandria, wie es ihnen gefiel, als sie vor zwei Jahren von britischen Kanonenbooten beschossen wurden. Wir sind nicht ganz so unzivilisiert wie die Türken, aber wir dienen auch nur unseren eigenen Interessen. Wir lassen es zu, daß dieser idiotische Franzose die kostbaren Altertümer verschleudert. Nun ja, unsere Wissenschaftler sind auch nicht gescheiter ... Nur ein junger Kerl namens Petrie scheint wirklich etwas von Archäologie zu verstehen, auch von Methodik, die da so bitter nötig ist. Diesen Winter arbeitet er im Delta. Leider hat er keinen Einfluß, und wir zerstören mutwillig eine ganze große Vergangenheit, weil wir wie Kinder im Sand herumbuddeln und dem Boden Dinge entreißen, von denen wir sorgfältig notieren sollten, wo und wie wir sie gefunden haben ... Gefäße ... Damit müßte etwas geschehen. Man müßte die verschiedenen Typen studieren, welche Ornamente zu welchen Formen gehören, man müßte Waffen und Möbelstücke ...«
»Zu welchem Zweck?« warf ich ein.
»Es gibt viele Zwecke. Gefäße verändern sich im Laufe der Zeit, entwickeln sich je nach Notwendigkeit und Mode. Man müßte lernen, das Alter dieser Gefäße zu bestimmen und der Gegenstände, die in und bei ihnen gefunden werden. Und nicht nur Gefäße – jedes Stückchen kann uns etwas über die

Vergangenheit lehren. Jetzt wird sehr vieles achtlos auf einen Haufen geworfen, unwissende Touristen schleppen vieles davon, was der Wissenschaft für immer verloren ist. Maspero rettet nur sehr eindrucksvolle Gegenstände, und die Hälfte davon wird ihm in seinem komischen Museum auch noch gestohlen oder zerschlagen.«

»Dann müßte man also auch Studien anatomischer Überreste fördern, nicht wahr?« fragte ich. »Man könnte bestimmen, welchen Rassen oder Rassenmischungen die alten Ägypter angehörten. Aber Wissenschaftler sammeln, soviel ich weiß, keine Knochen und Mumien, nicht wahr? Oder doch nur, wenn sie diese als Kuriositäten ausstellen können.«

Emerson vergaß vor fassungslosem Staunen den Mund zu schließen. »Guter Gott«, murmelte er, »eine Frau, die gescheite Fragen stellt? Ist denn das die Möglichkeit!«

Ich überhörte die darin liegende Beleidigung, denn mich interessierte das, was er zum Thema zu sagen wußte. Aber da wurde ich leider durch eine dramatische Störung unterbrochen.

Evelyn saß auf einem Stuhl neben dem Sofa, und Walter hatte die Hände auf die Lehne ihres Stuhles gelegt. Plötzlich sprang sie auf. Sie war weiß wie ein Leinenlaken und starrte zum Eingang der Halle.

Ich konnte nichts entdecken, was ihre Erregung gerechtfertigt hätte. Ehe ich noch etwas tun oder sagen konnte, sank Evelyn zu Boden. Walter versuchte etwas ungeschickt, sie aufzuheben, und es war gar nicht ganz einfach, sie aus ihrer Ohnmacht herauszuholen. Sie verlangte nur, in unsere Räume gebracht zu werden. Walters Hilfe wies sie jedoch voll Entsetzen zurück und bat mich, ich solle ihr helfen.

Ich konnte Walter gerade noch versprechen, ich würde ihn am Morgen von Evelyns Befinden unterrichten, wenn ihm daran liege, im Hotel nachzufragen. Dann führte ich Evelyn nach oben. Travers schickte ich zu Bett, denn sie war viel zu ungeschickt und mißmutig.

»Ich glaube, ich muß Travers nach Hause schicken«, bemerkte ich beiläufig, um Evelyn zum Reden zu bringen. »Sie mag Land und Leute nicht, das Boot ...«
»... und mich«, ergänzte Evelyn und lächelte matt.
»Von mir hält sie auch nichts«, erklärte ich ihr. »Wir können auch ohne sie zurechtkommen. Darum werde ich mich morgen kümmern. Evelyn, möchtest du mir nicht jetzt sagen, was ...«
»Das werde ich dir später erklären, Amelia, wenn ich ... Willst du nicht wieder nach unten gehen? Mr. Emerson ist sicher noch da. Du könntest ihn ... sie beruhigen und ihnen sagen, daß ich nur Ruhe brauche. Ich werde sofort zu Bett gehen.«
So, wie sie sprach, klang es nicht nach Evelyn. Sie wich meinen Augen aus, als ich sie musterte. Sie wurde wieder totenbleich, als es laut an unserer Tür klopfte. Wer konnte das sein? Wer klopfte zu dieser Stunde so unverschämt stürmisch?
Es war jedenfalls viel zu spät für einen Besuch in unseren Räumen. Walter war sicher nicht so unhöflich, und überdies hatte ich den Eindruck gewonnen, Evelyn wisse genau, wer dieser Besucher sei, und fürchte sich über alle Maßen vor ihm.
Da schaute sie mich an, straffte die Schultern und biß sich auf die Lippen. »Amelia, sei bitte so gut und öffne die Tür. Ich bin ein elender Feigling, aber ich muß mich dieser Sache stellen.«
Ich war gar nicht überrascht, als ich die Tür öffnete und den Mann dort stehen sah. Ich kannte ihn nicht, und er war mir noch nie begegnet, doch das glatte schwarze Haar, die dunkle Haut, das kecke Aussehen bestätigten meinen Verdacht. »Ah«, sagte ich. »Signor Alberto, wie ich annehme.«

3. KAPITEL

Er legte eine Hand auf sein Herz und verbeugte sich. Sein Aussehen und sein Benehmen grenzten an Frechheit. Ich mußte mich wirklich beherrschen, ihm nicht eine Ohrfeige zu verpassen.

»Sie bitten mich herein?« fragte er in seinem gebrochenen Englisch. »Ich denken, Sie ziehen vor, Angelegenheiten von Herz nicht vor Öffentlichkeit zu besprechen.«

Ich trat einen Schritt zurück, damit er hereinkommen konnte, und schloß leise die Tür hinter ihm, die ich ihm am liebsten vor der Nase zugeknallt hätte. Alberto lief auf Evely zu.

»Ah, Geliebte meines Herzens! Wie kannst du mich verlassen? Weißt du nicht, daß ich habe gelitten um dein Schicksal wie ein Hund?«

Evelyn hob abwehrend die Hand, und Alberto blieb stehen. Ich hatte schon gefürchtet, dieser Schurke werde sie in die Arme reißen. Nun legte er den Kopf schief. »Du mich zurückstoßen? Du mich total vernichten? Ah, verstehe. Du hast gefunden reiche Beschützerin. Sie dir gibt Geschenke, du verlassen also arme Liebhaber, der nichts hat als nur Liebe. Oh, oh!«

Mein Sonnenschirm stand in der Ecke; den holte ich mir. Evelyn schwieg. Ich denke, sie war von soviel Frechheit völlig verwirrt. Ich stieß Alberto mit dem Schirmknauf in den Rücken. Er tat einen Satz zur Seite.
»Das reicht jetzt«, sagte ich energisch. »Sie haben diese Dame verlassen, nicht die Dame Sie, obwohl es nur klug gewesen wäre. Wie können Sie es wagen, hierher zu kommen, nachdem Sie einen so unverschämten Brief schrieben und ihr alles wegnahmen, was sie hatte?«
»Brief?« Alberto rollte dramatisch die Augen. »Ich nix Brief. Ich gehe aus, suche Arbeit für Essen für Herzensgeliebte. Da hat mich Pferd getreten, ich liege Wochen in schrecklichem Hospital und weine nach meine Evelyn. Ich werde gesund und schleiche in Zimmer, wo war Paradies für mich. Aber sie gegangen, fort! Mein Engel weggeflogen. Ich nix Brief geschrieben, nix, niemals! Wenn Brief, dann hat geschrieben mein Feind. Ich viele Feinde, die mir wollen stehlen meine Engel.«
Ich habe selten einen so schlechten Schauspieler gesehen, doch ich wußte nicht, wie sehr sich Evelyn von ihm beeindrucken lassen würde. Liebe richtet ja in manchen Gehirnen fürchterliche Zerstörungen an. Doch ich sah bald, daß ich keine Angst zu haben brauchte. Evelyns Wangen waren rot vor Zorn.
»Wie kannst du so etwas wagen?« fragte sie leise. »Hast du nicht schon genug Schaden angerichtet? Natürlich verdiene ich deine Vorwürfe, doch nicht dafür, daß ich dich verlassen habe, sondern nur dafür, daß ich mit dir ging und dir vertraute. Wie kannst du es aber wagen, hierher zu kommen und solche Ungeheuerlichkeiten zu dieser Dame zu sagen? Du bist nicht wert, die gleiche Luft zu atmen wie sie. Also verschwinde von hier und komm mir nie wieder unter die Augen!«
Alberto taumelte ein paar Schritte zurück, und mein Schirm, der sich in seinen Magen bohrte, unterstützte seinen Rückzug. »Du kannst nicht so meinen, mußt sein

krank«, sagte er. »Ich biete dir Hand und Namen. Kein andere Mann wird heiraten, wenn er weiß, daß du ...«
Er tat einen Satz rückwärts, als ich den Schirm hob, um ihn auf seinem Kopf zu zerschlagen, doch Evelyn fiel mir in den Arm. »Bitte, das ist ein guter Sonnenschirm«, sagte sie. »Er ist es nicht wert, daß du ihn seinetwegen zerschlägst.«
»Aber er wird dich erpressen. Er wird dich bloßstellen, wenn du nicht ...«
»Er kann meine Dummheit in die ganze Welt hinausposaunen«, erklärte Evelyn kalt. »Glaub mir, Amelia, er hat keine Macht mehr über mich. Wäre noch eine Spur von Zuneigung für ihn in mir gewesen, so hätte diese Szene sie ausgelöscht.«
Alberto starrte uns entsetzt an. »Erpressen? Bloßstellen? *Dio mio*, wie kannst du falsch verstehen? Ich nie denke daran ...«
»Das lassen Sie auch besser sein«, riet ich ihm. »Der geringste Ärger von Ihrer Seite, Sie Schuft, dann sitzen Sie im Gefängnis! Die ägyptischen Gefängnisse sind nicht sehr modern und behaglich, und ich habe etwas mehr Einfluß auf die hiesige Regierung als Sie.«
»Nun Sie mich bedrohen«, stellte er befriedigt fest. »Nicht nötig. Wenn Dame mich nicht will, ich gehen. Ich komme nur wegen Ehre. Ah, ich verstehen! Ist ein andere Mann, nicht wahr? Wer ist Räuber, der mir Herz meiner Liebsten stiehlt?«
Bis jetzt hatte sich Evelyn bewundernswert gehalten, doch jetzt flüsterte sie mir zu, ob wir nicht um Hilfe rufen könnten, damit er ginge.
»Natürlich können wir das«, erklärte ich, ging an Alberto vorbei, der sich hastig zurückzog, und riß die Tür auf. Gewöhnlich ist ein Flurdiener da, den ich rufen wollte, doch das war nicht nötig, weil Michael, unser Dragoman, auf dem Boden saß und sofort aufsprang. Ich winkte ihn herein.

»Michael, mein Freund, nimm diesen Mann hier am Kragen und wirf ihn hinaus«, trug ich ihm auf und deutete auf Alberto.
Michael zögerte nicht und griff nach Alberto, doch der wich schnell aus. »Nicht notwendig, ich gehen!« schrie er. »Ich abreise aus Ägypten. Mein Herz gebrochen, mein Leben kapuuut ...«
»Mir egal«, antwortete ich. »Eine Frage noch. Woher wußten Sie, daß wir hier sind, und woher haben Sie das Geld, daß Sie uns folgen konnten?«
»Sind zwei Fragen, Dame. Ich gehen natürlich zu britischem Konsul in Rom, was sonst? Aber ich arbeite auf Schiff, friere, hungere, um meine Herzensliebste ... Nein, ich gehen«, beeilte er sich zu versichern, als Michael wieder nach ihm griff. Und Alberto schoß zur Tür hinaus.
»Ich überzeuge mich, daß er gegangen ist«, erbot sich Michael.
»Ich danke dir«, antwortete Evelyn erleichtert. »Wie geht es deinem kleinen Mädchen, Michael? Sollen wir noch einmal nachsehen?«
»Nein, meine Dame. Ich komme, Ihnen zu sagen, daß es ihr bessergeht. Sie wacht auf und will essen, und jetzt danke ich Ihnen. Wenn Sie etwas von Michael brauchen, er wird alles für Sie tun. Und ich folge Ihnen bis ans Ende der Welt. Jetzt aber muß ich nach diesem bösen Mann sehen.«
Mit einer Geste demütiger, würdevoller Dankbarkeit verabschiedete er sich. Kaum hatte sich die Tür hinter ihm geschlossen, als Evelyn in Schluchzen ausbrach. Ich suchte fieberhaft nach Taschentüchern und Riechsalz, doch Evelyn erholte sich bald wieder. Sie nahm mir den Sonnenschirm ab, den ich noch immer fest umklammert hielt.
»Du bist viel aufgeregter als ich«, sagte sie. »Ich will dir ein Glas Wein bringen lassen.«
»Nein, nein, ich brauche nichts. Aber vielleicht du ...«
»Nein. Merkwürdig, ich fühle mich jetzt sehr erleichtert, etwa so, als hätte ich einen bösen Geist ausgetrieben.«

»Es war also Alberto, den du in der Halle sahst, als du ohnmächtig wurdest, nicht wahr?«
»Ja«, gab sie zu. »Weißt du, als ich da sein unverschämtes Grinsen sah, kam er mir wie ein Teufel vor, der gekommen war, um mich an meine Vergangenheit zu erinnern. Und ich war doch gerade so glücklich mit ... mit ...«
»Mit Walter doch, nicht wahr? Liebst du ihn?«
»Ich möchte mich dieses Wortes nicht bedienen, nachdem ... Oh, ich könnte ihn lieben, wenn ich das Recht hätte, einen guten Mann zu lieben.«
»Oh, hör doch mit dieser rührseligen Dramatik auf!« rief ich.
»Wir leben fast im zwanzigsten Jahrhundert, da sind deine abgestandenen Moralbegriffe nicht mehr zeitgemäß!«
»Glaubst du denn wirklich, Walter würde mir einen Heiratsantrag machen, wenn er von meiner Vergangenheit wüßte?« fragte sie ängstlich.
Ich zuckte die Achseln. »Er scheint ein netter Mann zu sein, aber ein Mann ist er trotzdem. Aber warum sollte er überhaupt davon erfahren?«
Darauf gab sie mir keine Antwort. Ich wußte auch so, daß sie ihm in ihrer Offenheit, die Teil ihres Wesens war, alles beichten würde. »Amelia«, schlug sie traurig vor, »wir wollen lieber das Thema wechseln. Ich wollte nur sagen, wie erleichtert ich war, daß Alberto ein ganz gewöhnlicher Mensch aus Fleisch und Blut ist. Wir sind mit ihm fertig. Aber daß er uns hierher folgte ...«
»Ja ... Ich überlegte mir schon, ob sich dein Großvater nicht vielleicht doch erholt haben könnte. Oder ob er, im Gegenteil ...«
»Amelia, wie zynisch du bist – und wie klug! Ich hoffe ...«
»Nicht zuviel hoffen, Evelyn«, warnte ich. »Morgen werde ich versuchen, etwas zu erfahren. Dann müßte ich Reis Hassan auch ein wenig drängen. Je eher wir von Kairo abreisen, desto besser ist es für uns beide.«
»Ja«, meinte Evelyn und lächelte sehnsüchtig. »Hier sind

Menschen, die ich nicht gerne sehen mag. Aber Walter wird auch nicht mehr lange hier sein. Er reist mit seinem Bruder in zwei Tagen ab. Den Namen des Ortes habe ich vergessen. Ich weiß nur, daß dieser Platz einige hundert Meilen weiter südlich liegt. Es sind die Ruinen der Stadt des ketzerischen Pharao.«

»Also Amarna«, antwortete ich. »Nun, liebes Kind, wir wollen zu Bett gehen. Es war ein sehr ermüdender Tag.«

Doch der Tag war noch immer nicht vorüber. Evelyn schlief fast sofort ein, denn sie war sehr erschöpft. Ich wälzte mich ruhelos unter meinem Moskitonetz. Evelyns Bett stand auf der anderen Seite des Raumes in der unmittelbaren Nähe eines Fensters, vor dem sich ein kleiner Balkon befand. Ich hatte die Läden nicht geschlossen, da die Nachtluft so herrlich kühl und klar war. Ein breiter Streifen Mondlicht fiel durch das Fenster, doch die Ecken des großen Raumes lagen in tiefen Schatten. Ein Streifen Silberlicht fiel auch auf mein Bett.

Seltsam, ich dachte über die Gebrüder Emerson nach. Walter und Evelyn ... Wäre sie das, was zu sein sie vorgab – eine verarmte Adelige, die sich ihren Lebensunterhalt als meine Gesellschafterin verdiente –, so wäre eine Heirat zwischen den beiden recht passend gewesen. Ich nahm jedoch an, daß der ältere Bruder den jüngeren scharf unter Kontrolle hielt, daß aber auch nicht so viel Geld da war, daß der Jüngere sich eine Frau leisten konnte. Und wenn Emerson die Wahl hatte, dann entschied er sich immer für seine Ausgrabungen, und sein Bruder hatte das Nachsehen. Arme Evelyn, sie mußte Walter wohl die Wahrheit sagen. Die würde keinem Mann gefallen. Vielleicht schluckte er sie und heiratete Evelyn, um ihr dann sein Leben lang seinen Edelmut vorzuhalten, daß er ihr verziehen habe. Und das wäre unerträglich.

Ich wälzte mich ruhelos in meinem Bett herum. Vor dem Fenster quäkte etwas. Ein breiter Streifen Mondlicht fiel nun direkt auf mein Bett. Ich drehte mich der Wand zu, um

von ihm nicht wachgehalten zu werden, doch es nützte nichts. Da begann ich über Albertos Motiv, Evelyn zu folgen, scharf nachzudenken. Liebe traute ich diesem Burschen nicht zu. Er schien andere Aussichten gehabt zu haben, als er sie verließ. Vielleicht hatte ihn ein ganz anderer Plan nach Ägypten geführt, doch als er sah, daß Evelyn anscheinend unter dem Schutz einer reichen Dame stand – dafür hielt er mich ja –, hoffte er, etwas aus ihr herausholen zu können. Oder aus mir.
Aus meinen Gedanken scheuchte mich ein Geräusch auf, das dem ähnlich war, welches ich vorher gehört hatte; es war nur jetzt viel näher und wurde wohl von einem lockeren Dielenbrett verursacht, das sich zwischen meinem Bett und dem Fenster befand. Ich kannte es gut; man trat ja öfter am Tag darauf. Ich drehte mich also auf den Rücken, um nachzusehen, ob Evelyn vielleicht aufgewacht und ans Fenster getreten sein könnte.
Und da stand neben meinem Bett, so nahe, daß der Körper das Moskitonetz berührte, eine unglaubliche Gestalt. Sie schien in dicken weißen Nebel eingewickelt zu sein, so daß ich zwar kein Gesicht, wohl aber die Umrisse eines Körpers erkennen konnte. Sie hätte direkt aus dem Museum in Boulaq stammen können, wo Maspero seine kostbaren ägyptischen Herren und Damen aufbewahrte. Aber selbst im blassen Mondlicht wirkte die Gestalt lebendig; der bronzebraune Körper war nackt bis zur Taille, der breite Kragen bestand aus orangefarbenen und blauen Perlen, und die kunstvoll gefaltete Kopfbedeckung aus Leinen war rot und weiß gestreift.
Ich war starr – nein, nicht vor Angst, das gewiß nicht! – vor Verblüffung. Lange stand die Erscheinung bewegungslos da, bis sie schließlich in einer drohenden Geste den Arm hob.
Da setzte ich mich auf, griff nach dem Ding und schrie. An Erscheinungen glaube ich nämlich nicht, deshalb wollte ich das Ding packen. Leider vergaß ich darüber das Moskito-

netz, und der verehrte Leser möge verzeihen, daß eine Dame an den Ausdruck ›verdammt‹ dachte, weil mir kein stärkerer einfiel.
Natürlich hatte dieses elende Netz die nebelhafte Verschleierung bewirkt, und als ich mich endlich aus der Wirrnis von Netz, Nachthemd und Bettlaken befreien konnte, war ich atemlos und die Erscheinung verschwunden. Inzwischen war auch Evelyn aufgewacht, die mit ihrem eigenen Netz kämpfte.
Wir trafen uns am Fenster. Evelyn schüttelte mich an der Schulter. Ich muß wohl mit meinen aufgelösten Haaren wie eine Furie ausgesehen haben, und weil ich mich so weit zum Fenster hinausbeugte, fürchtete Evelyn, ich wolle Selbstmord begehen.
Nachdem ich auf dem Balkon oder im Garten darunter keine Spur unseres ungebetenen Besuchers hatte entdecken können, erzählte ich Evelyn den Vorfall. Sie zündete eine Kerze an, und ich las deutlich von ihrem Gesicht ab, was sie sagen wollte. Ich kam ihr zuvor.
»Es war kein Geist«, erklärte ich ihr bestimmt. »Ich war wach und kenne den Unterschied zwischen Traum und Wirklichkeit. Du siehst doch das zerrissene Netz...«
»... das von deinem Kampf mit Bettlaken und Nachthemd stammt. Gegenstände aus Traum und Wirklichkeit gehen da oft ineinander über.«
Ich tat einen lauten Schrei, und Evelyn sah bestürzt drein; mein Schrei rührte von einem Gegenstand her, auf den ich mit meinen nackten Füßen getreten war. Ich hob ihn auf und zeigte ihn Evelyn.
Es war ein kleines Schmuckstück von etwa Fingerlänge, das aus blaugrüner Fayence bestand und den Falkengott Horus darstellte. Dieses Ornament ist häufig als Halsschmuck der alten ägyptischen Toten zu finden.
Jetzt lag mir noch mehr daran, Kairo so schnell wie irgend möglich zu verlassen. Selbstverständlich glaubte ich nicht an Gespenster. Ein bösartiges menschliches Wesen hatte sich

im mondhellen Zimmer gezeigt, und darüber machte ich mir viel mehr Sorgen als über irgendeinen Spuk. Ich dachte sofort an Alberto, aber der war ein kleiner, gemeiner und labiler Übeltäter, kein Mördertyp. Und mörderische Absichten hatte diese Gestalt sicher gehabt.
Schließlich kam ich nach langem Überlegen zu dem Schluß, es müsse doch ein Dieb gewesen sein, der gehofft hatte, in dieser Verkleidung zwei Frauen so verblüffen zu können, daß er mit seiner Beute unerkannt entkam. Das war eine raffinierte Idee, wenn sie auch nur teilweise Erfolg gehabt hatte.
Die Polizei wollte ich nicht rufen, denn von den Ägyptern läßt sich da nicht viel erwarten. Außerdem hatte ich das Gesicht nicht genau genug gesehen. Sicher würde der Eindringling auch nicht zurückkommen, sondern sich eher eine leichtere Beute suchen. Das erklärte ich Evelyn in der Hoffnung, sie damit beruhigen zu können. Sie schien trotzdem mindestens noch halb zu glauben, ich hätte nur geträumt.
Leider gelang es mir nicht, Albertos Bleibe ausfindig zu machen, um ihn überwachen lassen zu können. In Kairo gibt es so unzählige winzige Gasthäuser, daß man sie nicht alle in kurzer Zeit überprüfen kann. In einem der europäischen Hotels wohnte er jedenfalls nicht. Ich konnte aber erfahren, daß ein Mann von seinem Aussehen am Morgen eine Fahrkarte für den Zug nach Alexandria gelöst hatte, und so strich ich Alberto aus meinen Gedanken.
Walter war dagegen nicht so leicht abzuschütteln. So früh es sich höflicherweise machen ließ, erkundigte er sich nach Evelyns Befinden, doch sie wollte ihn nicht sehen. Ich verstand es und erklärte ihm so gut wie möglich ihre Gefühle, die Walter selbstverständlich falsch auslegte. Das veranlaßte ihn zu der Frage, ob er etwas getan oder gesagt habe, das Evelyns Ohnmacht zur Folge hatte. Ich versicherte ihm, das sei nicht der Fall; überzeugen konnte ich den armen Jungen damit aber nicht. Er war sehr betrübt, bat mich jedoch,

Evelyn seine Grüße und besten Wünsche zu übermitteln und ihr zu sagen, er werde morgen mit seinem Bruder zum Grabungsplatz aufbrechen.
Walter tat mir so unendlich leid, daß ich um ein Haar mit der Wahrheit herausgeplatzt wäre, doch ich hatte ja kein Recht, Evelyns Vertrauen zu mißbrauchen. Ich ging also nach oben, um das arme gebrochene Herz der anderen Hälfte des Liebespaares zu trösten, wenn ich auch der Meinung war, daß ein bißchen Vernunft von beiden Seiten das Problem leicht hätte lösen können.
Mit Michaels Hilfe trieb ich die Bootsmannschaft an. Michael war von einer sagenhaften Hingebung und las uns jeden Wunsch von den Augen ab, wenn ich ihn insgeheim auch verdächtigte, mich für eine wichtigtuerische, unlogische Frauensperson zu halten. Ein Hotelgast bei Shepheard's hatte mir verraten, koptische Christen dürfe man nicht zum Dragoman wählen, weil die Moslems unter den Bootsmannschaften und die Kapitäne sie boykottierten. Aber Reis Hassan und Michael schienen gut miteinander zurechtzukommen, und die Vorbereitungen liefen gut weiter. Das Klavier stand bald im Salon, neue Vorhänge hingen an den Fenstern und sahen sehr schön aus, die Besatzung kehrte allmählich aufs Schiff zurück, und Travers schickte ich nach England zurück.
Wir hatten sehr viel zu tun mit all den Einkäufen, wir besuchten auch ein paarmal Michaels kleines Mädchen, probierten unser Arabisch aus, ließen das Klavier stimmen, machten einen letzten Besuch in Gizeh und gingen noch ein paarmal ins Museum. Bei den britischen Behörden fand ich einen alten Freund meines Vaters, der im Finanzministerium tätig war. Er war mir fast böse, weil ich ihn nicht schon früher aufgesucht hatte, denn er hätte die Gelegenheit, mich auszuführen, nur allzu gern wahrgenommen. Schließlich fühlte ich mich unter seinem prüfenden Blick unbehaglich.
Endlich platzte er heraus: »Miß Amelia, ahnen Sie denn

überhaupt, wie sehr Sie sich verändert haben? Die ägyptische Luft tut Ihnen offensichtlich gut. Sie scheinen heute sehr viel jünger zu sein als bei meinem letzten Besuch in Sussex.«

Ich trug ein Kleid, das Evelyn für mich ausgewählt hatte; es war senfgelber Foulard mit grünen Paspeln und drapierten Röcken. »Feine Federn, mein Freund, stehen auch alten Hennen gut«, antwortete ich. »Aber Sie können mir vielleicht helfen ...«

Natürlich war ich zu ihm gekommen, um etwas über Evelyns Großvater herauszufinden, doch er war so sehr Gentleman, daß er nicht nach dem Grund meines Interesses fragte. Er unterrichtete mich davon, daß er vor etwa zwei Wochen vom Tod des alten Herrn erfahren habe, über die Tatsache hinaus wußte er jedoch nichts. Und ich konnte keine weiteren Fragen stellen, wollte ich nicht verraten, wer Evelyn war. Also blieb meine Neugier unbefriedigt.

Als ich gerade das Büro verlassen wollte, kam Major Baring, jetzt Sir Evelyn, der Generalkonsul und britische Regierungsvertreter, herein. Er erinnerte mich an meine Brüder, die ebenso wie er eine dicke Staublage britischer Respektabilität mit sich herumtrugen. Sein getrimmter Schnurrbart, der goldgefaßte Kneifer, die makellose Kleidung, die rundliche Statur – alles sprach von Fähigkeit, Zuverlässigkeit und langweiligem Trübsinn. Er hatte sich um die finanzielle Gesundung des Landes jedoch sehr große Verdienste erworben und war als der maßgebende Mann Ägyptens bekannt. Er war äußerst liebenswürdig und sagte mir jede nur denkbare Hilfe zu. Meinen Vater hatte er nicht persönlich, nur dem Ruf nach gekannt, so daß ich mir allmählich meinen Vater wie eine Spinne vorstellte, die in einem weltweiten Netz sitzt und an den Fäden zieht.

Wir planten unsere Abreise für Freitag, und am Donnerstag abend kam unser Besucher an. Die Unterhaltung mit ihm klärte einige Punkte, schuf aber viele neue Probleme, die gar nicht leicht zu lösen waren.

Ich hatte darauf bestanden, in die Halle hinabzugehen. Evelyn war den ganzen Tag über sehr nachdenklich und düsterer Stimmung gewesen, teils wegen ihres Großvaters, teils Walters wegen, der sich immer weiter von ihr entfernte. Die Emersons hatten eine Kabine auf einem Flußdampfer genommen, in der sie all ihre Vorräte unterbringen konnten. Sie selbst schliefen auf Deck bei der Mannschaft. Unwillkürlich stellte ich mir meine zarte Evelyn in einer solchen Umgebung vor und konnte nicht sehr bedauern, daß Walter entschwunden war.
Wir waren beide müde von der reichlichen Tagesarbeit, und ich glaube, ich habe ein wenig geschlummert, als mich Evelyns Ausruf weckte. Ich fürchtete schon, es könne wieder Alberto sein, und sprang auf, doch ihre Miene sprach eher von ungläubigem Staunen denn von Angst. Ein junger Gentleman kam rasch auf uns zu und streckte ihr lachend die Hände entgegen.
Ich dachte schon, jetzt wird sie ihm gleich um den Hals fallen, doch das tat sie nicht, sondern schüttelte nur begeistert seine braune Hand.
»Evelyn, liebes Mädchen! Wie erleichtert bin ich ... Aber wie konntest du mir einen solchen Schrecken einjagen!«
»Was, in aller Welt, tust du hier?« rief Evelyn.
»Ich bin natürlich dir gefolgt, was denn sonst? Ich fürchtete doch um deine Sicherheit. Aber wir vergessen unsere ganze Höflichkeit ...« Er wandte sich lachend an mich. »Das muß Miß Peabody sein, die edle, großherzige Miß Peabody, der ich die Rettung meiner lieben Kusine verdanke. Oh, ich weiß alles! Ich war in Rom beim britischen Konsul, und über ihn habe ich dich ja gefunden. Nein, liebe Kusine, von diesem sauberen Gentleman, der dich nach Rom brachte, wollen wir nicht sprechen, doch ich weiß, was wir Miß Peabody zu verdanken haben. Meine liebe Miß Peabody, entschuldigen Sie, wenn mich meine Begeisterung mitreißt.« Er griff nach meiner Hand und schwang sie so heftig, daß ich dachte, er wolle sie mir ausreißen.

»Wirklich, Sir, ich bin ganz überwältigt ...«, begann ich.
»Ich weiß, ich bin's auch.« Der junge Mann ließ meine Hand los und lachte so perlend, wie man es bei einem Mann selten hört. »Aber bitte, meine Damen, setzen Sie sich doch, damit ich mich auch setzen kann. Dann können wir uns besser unterhalten.«
»Vielleicht denken Sie dann auch daran, sich vorzustellen«, erinnerte ich ihn und massierte meine geschundenen Finger.
»Oh, Verzeihung, Amelia«, bat Evelyn. »Darf ich dich mit meinem Vetter, Mr. Lucas Hayes, bekannt machen?«
»Das erlaube ich dir, wenn er lange genug schweigt«, antwortete ich ein wenig säuerlich, doch der junge Mann lachte breit.
»Aber ist er denn noch Mr. Hayes? Oder müßte man ihn ›Eure Lordschaft‹ nennen?«
»Sie, Miß Peabody, werden mich doch hoffentlich Lucas nennen«, schlug er liebenswürdig vor. »Für Evelyn könnte es allzu schmerzlich sein, an ihren Verlust erinnert zu werden. Ich sehe ja, daß die Nachricht Sie schon erreicht hat.«
»Wir erfuhren erst vor ein paar Tagen davon«, erklärte Evelyn traurig. »Bitte, Lucas, erzähl mir davon. Ich will alles wissen, selbst wenn es schmerzlich für mich ist. Ich hoffe, daß er mir verziehen hat, daß er wenigstens Zeit für ein freundliches Wort, für eine Botschaft hatte.« In ihren blauen Augen glänzten Tränen. Sie sah sehr schön aus, und das Gesicht des jungen Mannes drückte höchste Bewunderung aus.
»Evelyn, ich bin überzeugt, daß auch er Güte kannte. Aber laß mich meine Gedanken erst sammeln, ich will dir alles erzählen.«
Also sammelte er seine Gedanken, und ich hatte Muße, ihn zu studieren. Er war groß und breitschultrig, und seine elegante Kleidung hatte einen Anstrich von Dandyhaftigkeit. Seine Lackschuhe schimmerten wie poliertes Glas, und die Weste war mit Rosenknospen bestickt. Auf seiner schneeweißen Hemdbrust glitzerte ein riesiger Diamant, und die

Hosen saßen so eng, daß ich bei jeder seiner Bewegungen fürchtete, etwas könne platzen. Seine ganze Art war sehr englisch, doch seine dunkle Haut und die großen, dunklen Augen verrieten die Nationalität seines Vaters. Seine Hände waren groß, dunkel und gut geformt, und vor allem so gut gepflegt wie die Hände einer Dame. Die Hand drückt den Charakter des Besitzers besser aus als sonst etwas. Emersons Hände waren schwielig und von harter Arbeit mit Narben bedeckt und verformt.
Dem verehrten Leser mag es vielleicht unlogisch erscheinen, daß ich etwas gegen meinen neuen Bekannten hatte. Seine Manieren waren zwar überwältigend, doch sonst war an ihnen nichts auszusetzen. Der Sprache nach war er ein Mann von Herz, Verstand und Ehre, doch ich mochte ihn einfach nicht.
»Du weißt wohl«, begann Lucas, »daß dein ehrwürdiger Großvater nach deiner ... überstürzten Abreise einen fürchterlichen Wutanfall hatte und infolgedessen einen Schlaganfall erlitt. Der alte Herr war erstaunlich stabil und erholte sich wieder. Ich glaube, dieses hitzige Temperament verleiht ungeheure Kräfte. Du darfst mich nicht so vorwurfsvoll anschauen, Evelyn. Ich kann nicht vergessen, wie schlecht er dich behandelt hatte, also darf ich mir ab und zu ein Wort der Kritik wohl erlauben.
Als ich hörte, was geschehen war, reiste ich sofort zu ihm. Du kannst dir nicht vorstellen, welche Menschenmenge ich bei meiner Ankunft in Ellesmere Castle vorfand – Tanten und Onkel, Vettern und Basen jeden Grades waren wie die Aasgeier eingefallen, und der arme Leidende war belagert wie ein Fort. Vetter Wilfred versuchte die Pflegerin zu bestechen, Tante Marian saß in einem Stuhl bei der Tür und mußte jedesmal weggeschoben werden, wenn jemand das Krankenzimmer betreten oder verlassen wollte, Peter Forbes kletterte am Spalier in die Höhe und mußte von einem Diener und deinem demütigen Vetter – von mir – heruntergeholt werden.

Meine liebe Miß Peabody, ich lese in Ihrem Gesicht wie in einem offenen Buch. Sie denken: Da schimpft ein Kessel den anderen schwarz, und Sie halten mich ebenso wie die anderen für einen Aasgeier. Natürlich haben Sie recht. Ich leugne es nicht, daß ich bestrebt bin, meine Position auf dieser Welt zu verbessern, wo immer es möglich ist. Ich bin kein Heuchler und gebe nicht vor, den alten Herrn geliebt zu haben, wenn er auch ein paar gute Eigenschaften hatte. Evelyn ist eine kleine Heilige, sie verzeiht und vergißt alles. Und nur eine Heilige hätte Großvater lieben können. Mir tat er leid. Oh, er tat mir ehrlich leid. Da lag er nun leidend und sterbend und hatte keinen Menschen um sich, der ihn liebte. Meine Position war weit besser als die meiner Mitaasgeier, denn ich war der Erbe, und die Ärzte und Anwälte, die bei ihm waren, wußten es. Da er sich nicht bewegen und auch nicht sprechen konnte, benützte ich meine Autorität, die ganze Familie hinauszuwerfen. Ihre Flüche machten keinen Eindruck auf mich. Ich denke aber, daß die nun eingetretene Ruhe seine Erholung ermöglichte. Sehr zum Staunen der Ärzte stampfte er nach wenigen Wochen in seinem Zimmer herum, beschimpfte seine Pflegerin und warf seinem Diener das Eßgeschirr nach. Die Ärzte warnten ihn vor starken Gemütsbewegungen. Sie sagten, ein zweiter Schlaganfall werde mit Sicherheit tödlich sein.
Nach deiner Abreise, Evelyn, ließ er sofort seinen Anwalt kommen und machte ein neues Testament. Da hinterließ er dir fünf Pfund, damit du dir einen Trauerring kaufen konntest. Mich hatte er zum Erben eingesetzt – nicht aus Zuneigung, ganz gewiß nicht, sondern weil er die übrige Verwandtschaft noch viel mehr haßte und verachtete als mich. Als er sich wieder erholt hatte, hielt ich ihm einmal vor, wie schlecht er dich behandelt habe. Ich hatte gewiß nichts gegen ein Erbe einzuwenden, aber es war ja genug da für zwei, und ich konnte meinen Reichtum nicht genießen, wenn ich wußte, daß es dir schlecht ging.
Der alte Herr wurde wütend, und so konnte ich nicht mehr

von dir sprechen, wenn ich nicht einen neuen Schlaganfall heraufbeschwören wollte. Dann deutete er an, ich solle abreisen, aber er war noch ziemlich schwach, und die Ärzte meinten, jemand müsse ihm ja die Besucher vom Leib halten. Das tat ich auch.

Ich glaubte schon, sein Zorn auf dich habe sich gelegt, als eines Nachmittags ... Nun ja, ich war nicht im Haus, weil ich auch einmal ein bißchen Vergnügen brauchte, denn ich hatte sehr trübsinnige Wochen hinter mir. In meiner Abwesenheit verließ Großvater das Bett und trieb die Diener an, deine Sachen zu packen, nicht nur deine Kleider und die paar Schmucksachen, die er dir geschenkt hatte. Nichts blieb zurück. Er stürmte durch deine Zimmer und warf alles, was er fand, in die Kisten. Als ich nach Hause kam, war alles verpackt, verschlossen und von einem örtlichen Fuhrmann auf den Weg gebracht. Nichts mehr im ganzen Schloß erinnerte an dich. Und da brach er dann zusammen. Das ganze Haus war in Aufruhr, Ärzte kamen an, das Hauspersonal war hysterisch, dazu schneite es, was vom Himmel herabkommen mochte; es war eine Szene wie in einem trübsinnigen Roman. Es war schrecklich!

Da hat sich Großvater dann nicht mehr erholt. Er versuchte noch ein paarmal zu sprechen, und ich hatte den Eindruck, er wolle dir verzeihen und wünschte deine Rückkehr. Ich hoffe, daß du das glaubst.«

Evelyn hatte den Kopf gesenkt. Dicke Tränen fielen auf ihre im Schoß gefalteten Hände.

»Eine sehr rührende Geschichte«, bemerkte ich trocken. »Evelyn, du verdirbst dein Kleid. Auf Satin sieht man jeden Wassertropfen.«

Evelyn holte tief Atem und tupfte sich die Augen ab. Lucas hatte die Frechheit, mir zuzuzwinkern. Das übersah ich. »Nun, Evelyn, ein Problem ist damit gelöst«, sagte ich. »Die Motive unseres Besuchers werden verständlich. Dieses Individuum hatte von der Erholung, nicht aber von dem fatalen Zusammenbruch gehört. Die Hoffnung stirbt ja nie aus.«

»Du brauchst nicht so taktvoll zu sein«, erwiderte Evelyn. »Lucas weiß genau, wen du meinst. Ich will ihn nicht kränken, indem ich über ...«

»Du kränkst mich, wenn du je wieder auf die Vergangenheit zurückkommst. Sie ist abgeschlossen – außer ich habe das Glück, einem gewissen Individuum eines Tages an einem abgelegenen Ort zu begegnen ... Aber laß mich meine Erzählung zu Ende bringen. Du hast die traurigen Kapitel gehört, nun folgen die angenehmeren Dinge.

Nachdem die Trauerfeierlichkeiten für unseren Vorfahren abgeschlossen waren, machte ich mich auf die Suche nach dir. Und da bin ich nun und warte auf deine Einwilligung, unser Vermögen zu teilen. Ich kann es nicht mein Vermögen nennen, doch ich möchte, daß du Titel, Leben und Namen mit mir teilst.«

Er lehnte sich zurück und strahlte uns beide an wie ein jugendlicher Weihnachtsmann. Das war ein großzügiges Angebot, und es fiel mir nicht leicht, mein Urteil über den jungen Mann nicht umzustoßen. Trotzdem ging mir die Bedeutung des letzten Satzes erst nach einer Weile auf.

»Sir«, rief ich, »soll das etwa ein Heiratsantrag sein?«

»Ich denke, anders lassen sich meine Worte nicht auslegen«, erwiderte er breit lachend.

Evelyn starrte uns entgeistert an, versuchte ein paarmal zu sprechen, räusperte sich einige Male und stotterte schließlich:

»Lucas, d-das kann ich n-nicht glauben. Du kannst d-doch nicht m-meinen ...«

»Warum nicht?« Er nahm ihre Hände in die seinen. »Evelyn, wir sind doch füreinander bestimmt. Vernunft und – wie ich hoffe – Zuneigung sollten uns zusammenführen. Ich weiß, daß du mich nicht liebst, daß dein Herz zaghaft und verwundet ist. Aber laß mich dir eine Zuflucht in meinem Herzen bieten! Laß mich dich lehren, mich so zu lieben, wie ich dich verehre!«

Seine dunklen Augen waren so voll Zärtlichkeit, daß ich

nicht begriff, wie ein Mädchen ihm je widerstehen konnte. Aber Evelyn war doch stärker, als ich gedacht hatte.
»Lucas«, erwiderte sie leise, »dein Angebot bewegt mich zutiefst, und mein Leben lang will ich dich für deinen Edelmut verehren. Aber heiraten kann ich dich nicht. Deinetwegen nicht, Lucas, denn dich trifft die Kritik der Leute noch härter als mich. Ich will niemals heiraten. Ich trage ein Bild in mir ...«
»Aber doch nicht dieser elende ...!« rief Lucas empört.
»Nein, ganz gewiß nicht.«
»Das erleichtert mich. Liebste Evelyn, ich bin aber nicht entmutigt, denn eine so schnell aufgeflammte Zuneigung kann nicht von Dauer sein. Ich werde sie schon überwinden. Da du keine Eltern hast, wende ich mich an Miß Peabody und bitte um die Erlaubnis, so, wie es sich gehört, um dich werben zu dürfen.« Er legte dazu eine Hand aufs Herz und lachte mich an. Ich lachte ein wenig säuerlich zurück.
»Mein lieber Herr, ich kann Sie nicht daran hindern, die Gesellschaft Ihrer Kusine zu genießen, doch Sie werden sich beeilen müssen. Wir reisen nämlich morgen früh ab, den Nil entlang. Sie haben also nur ein paar Stunden Zeit, Ihren Anzug aufbügeln zu lassen.«
»Morgen schon? Oh! Natürlich denke ich nicht allzu bescheiden über meine Überredungskünste, jedoch ...«
»Es tut mir leid, Lucas, ich werde meine Ansicht nicht ändern«, fiel ihm Evelyn ins Wort. »Und ich bedaure, daß ich deine Gesellschaft nicht mehr lange genießen kann.«
»Nein, Evelyn, darüber müssen wir noch reden. Ich bin ebenso stur wie du. Meine Hoffnungen gebe ich nicht auf. Liebes Mädchen, die Hälfte des Vermögens gehört dir, wenn auch gesetzlich nichts darüber festgelegt ist, und ich werde nie eine Heirat dazu benützen, etwas zu erzwingen ... Deine Vermögenshälfte wird dir sofort nach unserer Rückkehr überschrieben. Du gehörst nach Hause; du kannst wohnen, wo du willst; wenn Dower House in Ellesmere dir nicht gefällt, suchen wir ein anderes ...«

Evelyn schüttelte den Kopf. »Mein Großvater konnte über sein Vermögen bestimmen, wie er wollte. Ich kann nichts annehmen, was mir nicht gehört, Lucas, und gibst du es mir, dann gebe ich es zurück. Außerdem habe ich versprochen, den Winter mit Amelia zu verbringen. Eine Reisegefährtin hat sie schon im Stich gelassen, ich will nicht die zweite sein. Sie verläßt sich auf mich.«

»Dann im Frühling?«

»Ich verspreche gar nichts.«

»Ich verstehe, es wäre undankbar Miß Peabody gegenüber, sie jetzt zu verlassen. Der Winter in Ägypten ist an sich eine gute Idee. Du wirst dich an Körper und Geist erholen. Ich kann mir inzwischen für meine Freunde zu Hause eine gute Lüge ausdenken, wo ich war, denn die ist nötig. Deine Absage, meine liebe Kusine, nehme ich nicht als endgültig hin. Erst wenn ich dich bis zum Frühjahr nicht von meinen ehrlichen Absichten überzeugen konnte, gebe ich die Hoffnung auf; vorher nicht. Nun, Miß Peabody, was sagen Sie dazu?«

»Wollen Sie wirklich meine Meinung hören? Nun, mein lieber Lord Ellesmere, Sie haben gewiß einiges Recht auf Ihrer Seite. Und du, Evelyn, kannst die Hilfsbereitschaft deines Vetters nicht zurückweisen. Wenn du das Geld nicht nehmen willst, das er dir zu geben bereit ist, kannst du aber durchaus ein ordentliches Jahreseinkommen akzeptieren. Wenn du nach Hause gehen willst ...«

»Amelia! Wie kannst du so etwas sagen!«

Ich putzte mir die Nase, um meine Freude nicht erkennen zu lassen. »Dann treten wir also unsere Reise an. Sind wir zurück, kannst du über das Angebot deines Vetters entscheiden. Ist das fair oder nicht?«

Lucas schüttelte begeistert meine Hand, doch Evelyn war nicht sonderlich erfreut, wenn sie auch keinen Einwand erhob.

»Aber Sie müssen aus einer gewissen Entfernung werben, Mr. Lucas«, fuhr ich fort. »Es ginge nicht an, daß ich Ihnen eine Kabine auf unserer Dahabije anbiete.«

»Ich dachte nicht, daß Ihnen so sehr an Schicklichkeit liegt«, antwortete Lucas. »Aber selbstverständlich miete ich mir selbst eine Dahabije und folge Ihnen so schnell wie möglich. Sie entkommen mir nicht, meine Damen. Ich werde immer dort vor Anker gehen, wo Sie sind.«
»Das hört sich ja ungeheuer romantisch an«, bemerkte ich trocken. »Hoffentlich sind Sie nicht enttäuscht, wenn hier in Ägypten nicht alles so glatt läuft, wie Sie es wünschen. Heute können Sie sowieso nichts mehr tun.«
»Unterschätzen Sie mich nicht, meine Dame! Morgen, wenn ich Sie zu Ihrem Boot begleite, miete ich mein eigenes, und noch heute besorge ich mir einen Dragoman. Vielleicht können Sie mir einen guten empfehlen?«
»Nein«, erwiderte ich. »Und Michael ist schon nach Hause gegangen.«
»Er ist sicher irgendwo in der Nähe«, meinte Evelyn, »denn er verehrt dich über alle Maßen.«
»Woher willst du das wissen, Evelyn? An dir hängt er so sehr.«
Jedenfalls stimmte das, und Michael war noch im Hotel. Wir verabschiedeten uns von den beiden Männern. Natürlich war Evelyn in ihrer Gutherzigkeit wieder einmal viel zu hilfsbereit gewesen, und das fand ich gar nicht gut.

4. KAPITEL

Ich hatte mir vorgenommen, ungewöhnlich früh am nächsten Morgen abzureisen, um Mr. Lucas zu entgehen. Ich unterschätzte ihn. Am Himmel zeigte sich noch kaum ein erster rosenfarbener Schimmer, als wir in die Hotelhalle hinabkamen und dort Mr. Lucas mit einem riesigen Blumenstrauß für Evelyn und einem wissenden Lächeln für mich vorfanden. Er bestand darauf, uns nach Boulaq zu begleiten, und als wir schon auf der Dahabije waren, stand er noch immer winkend und die Pracht seiner Zähne in einem breiten Lachen zeigend am Ufer.

Mit viel Geschrei nahmen die Männer ihre Plätze ein und lösten die Ankertaue. Die Ruderer stießen ab, bald schwellte der Wind die Segel, und wir waren auf dem Weg.

Wir saßen auf dem oberen Deck im Schutz eines Sonnensegels. Teppiche, Liegestühle und Tische machten es zu einem behaglichen Salon, und sofort erschien auch unser Aufwärter, der junge Habib, mit Minzentee und Gebäck. Evelyn gab ihre tiefe Nachdenklichkeit auf und tat kleine Entzückensschreie. Wirklich, selbst ein ausgemachter Pessimist müßte auf die Schönheit eines solchen Tages und

einer solchen Reise voll Heiterkeit reagieren. Die Sonne stand an einem wolkenlosen Himmel, und ein sanfter Wind fächelte uns die Wangen. Die Paläste in ihren Gärten, die bis zum Wasser reichten, erschienen uns wie ein Traum oder ein liebliches Märchen. In der Ferne hoben sich die Pyramiden klar vor dem Himmel ab, denn die reine, trockene Luft ließ alle Linien wie graviert hervortreten.
Wir konnten uns von dieser herrlichen Aussicht nicht losreißen und saßen den ganzen Tag über auf Deck. Zur Dinnerzeit wehten delikate Düfte zu uns herauf, und Evelyn aß mit herzhafterem Appetit als seit langem. Dann brach der Abend herein, und wir zogen uns in den Salon zurück. Sie spielte Chopin, während ich an einem Fenster saß und den Sonnenuntergang beobachtete. Solche Momente bleiben ewig in meinem Gedächtnis haften.
Selbstverständlich habe ich nicht die Absicht, die Literatur um ein weiteres Reisebuch zu bereichern und den seltsamen Gesang der Männer in der Abenddämmerung, den Austausch von Saluten mit den Cook-Dampfern und unsere Besuche bei den Monumenten von Dahshoor und Abusir – größtenteils Pyramiden – zu beschreiben. Die meisten Reisenden wollen die schwierigere Fahrt flußaufwärts möglichst rasch hinter sich bringen und besichtigen die historischen Plätze erst auf dem Rückweg. Sehr viel hängt natürlich von den Winden ab, denn bei Flaute ist man entweder gezwungen, am Ufer vor Anker zu gehen oder sich von Männern rudern zu lassen, die wie Sklaven an Taue gelegt werden.
Ich zog es aus privaten Gründen vor, die Reise nilaufwärts möglichst schnell zu machen, denn ich unterschätzte Mr. Lucas' Energie keineswegs. Ich rechnete mir aus, daß es nicht sehr leicht wäre, eine passende Dahabije zu finden, so daß wir ein paar friedliche Wochen genießen könnten.
Vor unserer Abreise hatte ich einen Plan aufgestellt, weil ich die älteren Grabdenkmäler sehen wollte, bevor ich die aus der griechischen und römischen Periode besichtigte. Reis

Hassan erklärte mir jedoch, er müsse sich nach den Winden richten. Ich verstand aber inzwischen so viel Arabisch, daß ich ein paar Bemerkungen begriff, die mir Michael nicht übersetzte. Nach Reis Hassan war ich eine Frau, also eine Närrin, die nichts von Booten und Winden auf dem Nil verstand. Wer ich denn sei, daß ich einem erfahrenen Kapitän sagen wolle, wie er sein Boot führen müsse?
Selbstverständlich machte ich den Reis darauf aufmerksam, daß ich das Boot gemietet habe, und man braucht nicht zu raten, wer die Auseinandersetzung gewann. Trotzdem mußte ich jedesmal mit ihm streiten, wenn ich unterwegs einen Halt vorschlug.
Der Wind war gut, und wir kamen ausgezeichnet vorwärts. 167 Meilen südlich von Kairo sind die Gräber von Beni Hassan aus der Zeit der Zwölften Dynastie, die chronologisch jener der Pyramiden von Gizeh folgt. Der Reis begriff meine Erklärung sicher nicht, doch wir hielten in Beni Hassan.
Das Dorf war typisch. Kleine, mit Stroh gedeckte Erdhügel, die wahllos über die Ebene verstreut waren, dienten als menschliche Behausungen. Gekocht wird in einem von solchen Erdhügeln umgebenen Innenhof; neben der Feuerstelle gibt es einen Stein, mit dem Korn zerquetscht wird, und ein paar Krüge, das ist alles. Die Frauen spinnen, mahlen Korn oder nähren ihre Kinder, die Männer sitzen untätig da. Kinder, Hühner, Hunde und ab und zu eine Ziege, alles schmutzig und mit unzähligen Fliegen bedeckt, balgen sich da. Sind die Kinder nicht von Krankheiten entstellt, so sind sie trotz allen Schmutzes sehr hübsch.
Als wir in das Dorf kamen, wurden wir sofort umringt. Hände streckten sich nach Bakschisch aus oder boten uns gestohlene Antiquitäten oder deren wertlose Nachahmungen zum Kauf an. Man sagt, diese Fälschungen stammten aus europäischen und amerikanischen Lieferungen.
Evelyn schrie auf, als ihr ein unbeschreiblich gräßlicher Gegenstand unter die Nase gehalten wurde. Erst sah das

Ding aus wie ein Bündel trockener brauner Stecken, die in Lumpen gewickelt waren, doch dann erkannte mein kritischer Blick eine Mumienhand, die am Gelenk abgetrennt war. Zwei zierliche Ringe steckten noch an den Fingern, und das machte den Anblick noch gespenstischer.
Viele Reisende kaufen solche Dinge, ja sogar ganze Mumien, die ohne jede Ehrfurcht vor ihrem Alter und ohne Berücksichtigung ihres unschätzbaren kulturellen Wertes außer Landes gebracht werden. Michael mußte diesen Leuten erklären, daß wir nicht daran dächten, solche Sachen zu kaufen.
Wir begaben uns zu den Gräbern. Ich hatte während der Reise meine Zeit nicht vergeudet, denn ich hatte mich mit Samuel Birchs kleinen Büchern über ägyptische Hieroglyphen beschäftigt, so daß ich nun in der Lage war, Evelyn den einen oder anderen Namen zu buchstabieren. Es ist ein sehr erregendes Gefühl, diese Zeichen auf zerbröckelten Fels gemalt zu sehen, statt gedruckt auf den Seiten eines Buches, und dann auch noch ihren Sinn zu erkennen.
Die Gräber waren auch für Gelegenheitstouristen außerordentlich interessant. Die Wandbilder stellten auf fröhliche Art das dar, was diese Toten zu Lebzeiten zu tun liebten und was auf ihren Besitztümern gearbeitet wurde. Sklaven bliesen Glas und machten Goldschmiedearbeiten, hüteten die Herden, arbeiteten auf den Feldern oder töpferten.
Später wurden dann viele dieser herrlichen Gräber von habgierigen und unverständigen Eingeborenen geplündert. Teile der Wandbilder wurden an Antiquitätenhändler verschachert. Die Touristen waren auch kaum besser als die Ägypter. Ich beobachtete einen Amerikaner, der einfach ein Stück Stein mitnahm, das ein entzückend gemaltes, ganz junges Kalb zeigte. Ich schrie den Mann an, doch er erklärte mir seelenruhig, wenn er es nicht mitnähme, täte es ein anderer, und es sei ja genug da.
Emerson hatte mit seinen Klagen schon recht gehabt, das sah

ich immer deutlicher. Evelyn sprach nie von Walter, doch wenn ich einmal den Namen erwähnte, leuchteten ihre Augen. Sie schien also sehr häufig an ihn zu denken.
Ich dachte oft an den älteren Bruder, wenn auch auf eine andere Art als Evelyn an den jüngeren. Mir kam der Gedanke an ihn wie ein Moskitostich vor, an dem man ständig kratzen mußte. Ich weiß, das ist kein eleganter Vergleich, doch seine Kritik war ja auch immer sehr beißend gewesen. Als ich jedoch immer klarer sah, daß die Touristen und die Einheimischen wie Vandalen in diesen geheiligten Altertümern hausten, hätte ich am liebsten die ganze Altertumsabteilung des Landes übernommen. Oh, ich hätte für Ordnung gesorgt!
Inzwischen kannte ich die Bootsmannschaft ganz gut. Der Koch war ein ältlicher, schwarzhäutiger und zahnloser Mann aus Assuan, der auf zwei kleinen Kohlenöfchen die köstlichsten Mahlzeiten zauberte. Habib und Abdul, die beiden jungen Diener, hätten direkt aus einem alten ägyptischen Wandbild stammen können. Sie sahen sehr gut aus, waren groß, schlank und breitschultrig. Besonders Habib hatte ein sehr ansteckendes Lachen, wenn ich mit ihm arabisch sprach. Die anderen Männer konnte ich nicht leicht voneinander unterscheiden; sie waren milchkaffeefarbig bis schwarz und trugen gestreifte Gewänder und weiße Turbane.
Die Ägypter haben für jedermann einen Necknamen. Maspero hatte uns von einem weißbärtigen Freund erzählt, den sie ›Vater des Bartes‹ nannten. Mir verliehen sie den Titel *Sitt Hakim*, das heißt Doktorin. Ich verdiente ihn, denn täglich hatte ich Wunden zu verbinden, Kratzer zu desinfizieren und kleine Krankheiten zu heilen, doch zu einer Amputation wurde ich niemals gerufen. In den Dörfern brachten mir die Frauen ihre kranken Kinder. Als wir Beni Hassan verließen, hatte ich fast meinen ganzen Vorrat an Augenmedizin aufgebraucht, aber auch das war nur ein Tropfen Wasser in der Wüste.

So vergingen die Tage eigentlich recht abwechslungsreich und interessant. Evelyn war eine sehr angenehme Gesellschafterin und gute Freundin. Sie genoß Schönheit, wo sie sich bot, nahm auf meine Stimmungen Rücksicht, war heiter, beklagte sich nie und zeigte sich sehr aufgeschlossen für die Geschichte, deren Zeugen wir vor Augen hatten. Ich glaube, wir hätten viele Jahre lang wie Schwestern zusammen reisen oder die Behaglichkeit Englands genießen können, doch mir war ja klar, daß ich damit nicht rechnen konnte. Ob sie nun ihren Vetter heiratete oder nicht, war egal, denn heiraten würde sie eines Tages, und Lucas' Beharrlichkeit war nicht zu unterschätzen. Also beschloß ich, ihre Gegenwart so lange zu genießen, wie es möglich war.
Nach Beni Hassan war der nächste interessante Ort ein Dorf namens Haggi Quandil, auch Tell-el-Amarna genannt, die Stadt des Ketzerkönigs Khuenaten. Manche Archäologen vermuten, daß es kein König, sondern eine Königin war, und wenn man Bilder dieses Herrschers sieht, entdeckte man eindeutig feminine Züge.
Verwirrend waren die Überlegungen zur religiösen Überzeugung dieser Persönlichkeit. Khuenaten hatte die alten ägyptischen Götter aufgegeben und verehrte dafür die Sonne, Aten. Betete er wirklich nur diesen einzigen Gott an? Und bestand zwischen seinem Monotheismus und dem der Hebräer irgendeine Verbindung? Moses war am Hof von Ägypten erzogen worden, und so erschien es mir möglich, daß der Glaube der Hebräer von der Religion eines altägyptischen Pharaos abstammte. Evelyn war sehr erschüttert, als ich ihr gegenüber diese Idee entwickelte. »Er hat die königliche Stadt Theben aufgegeben«, erklärte ich ihr, »und seine neue Hauptstadt seinem Gott geweiht. Lepsius entdeckte auf den Felsen rund um Khuenatens Stadt zahlreiche Inschriften und interessante Gräber. Die Malereien hier unterscheiden sich grundlegend von den sonstigen Grabgemälden. Wenn der Wind günstig ist, könnten wir dort einen Besuch machen. Was meinst du dazu, Evelyn?«

Evelyn, die gerade an einer Skizze arbeitete, legte den Bleistift weg. Sie zeichnete nämlich sehr hübsch und hatte unterwegs schon viele Skizzen gemacht. Jetzt schaute sie zum Ufer hinüber.
»Wie heißt dieses Dorf, Amelia?« fragte sie.
»Der alte Ortsname heißt ...« Ich blätterte in meinem Buch.
»Der moderne Name ist doch El Amarnah, nicht wahr?« sagte sie leise.
»Es gibt hier drei Dörfer, El-Till, El-Haggi Qandil und El-Amariah.«
»Ach ja, ich erinnere mich. Walter hat davon gesprochen. Da arbeiten doch die beiden. Du hast natürlich keinen Grund, dich daran zu erinnern.«
Jetzt war Evelyn ausnahmsweise einmal sarkastisch. Einen solchen Luxus erlaubte sie sich selten, also sagte ich nichts dazu.
»Tatsächlich?« antwortete ich beiläufig. »Ich denke nicht, daß wir den Emersons hier unbedingt begegnen müssen. Es ist ein riesiges Gebiet, und die Gräber liegen weit auseinander. Ich werde also mit Reis Hassan sprechen.«
Infolge widriger Winde kamen wir erst zwei Tage später nach Haggi Qandil. Reis Hassan sträubte sich sehr gegen einen Aufenthalt dort. Er sagte, im Dorf herrsche eine Krankheit, die archäologischen Stätten seien viel zu weit vom Fluß entfernt, und dazu fiel ihm noch eine Menge anderer Gründe ein. Er kannte mich nun schon lange genug und hätte wissen müssen, daß es unnütz war, mit mir zu streiten. Selbstverständlich hatte er teilweise recht. Vor dem Dorf liefen wir auf eine Sandbank, und die Dorfbewohner mußten uns zum Ufer tragen. Reis Hassan und seine Männer mußten das Boot wieder flottmachen, und das war eine harte Arbeit.
Michael, unser Dragoman, führte uns ins Dorf. Dieses Dorf sah noch verrückter und elender aus als andere, die wir gesehen hatten. In den engen Straßen lagen übelriechende Unrathaufen, die in der heißen Sonne dampften. Alles war

mit Sand bedeckt. Viele magere Hunde streiften herum, und halbnackte Kinder bettelten uns an.
Michael stürzte sich in die Menge, schrie Befehle, und wenig später konnten wir unter einer Anzahl von Eseln unsere Auswahl treffen. Natürlich nahm ich den Esel, der noch am besten aussah, aber ich forderte eine Prozedur, die selbst unseren getreuen Michael überraschte. Der Eselsbesitzer mußte nämlich das schmutzige Zeug vom Rücken des Tieres nehmen und es mit etlichen Wassergüssen ordentlich säubern. Dann wurde der Esel mit einer Salbe eingerieben, die ich zur Verfügung stellte, und ich gab auch eine saubere Satteldecke her, die nach jeder Benützung gewaschen werden mußte. Es war sowieso das erstemal, daß dem armen Tier eine so fürsorgliche Behandlung zuteil wurde.
Das finstere Gesicht des Eselsbesitzers hellte sich beträchtlich auf, als er mein ansehnliches Trinkgeld entgegennahm. Ich erklärte den Leuten, wie vorteilhaft es für sie sei, wenn sie ihr Vieh ordentlich pflegten, doch begriffen haben sie's sicher nicht, obwohl Michael dolmetschte.
Das kultivierte Land zu beiden Seiten des Nils ist kaum breiter als eine halbe Meile; dahinter ist Wüste, bis man zu den Felsen kommt, in denen die Königsgräber liegen. Dorthin machten wir uns nun auf.
Wir kamen recht gut vorwärts, wenn uns auch die grelle Sonne sehr blendete. Bald bemerkte ich eine Gestalt, die uns entgegenkam. In der trockenen, klaren Luft Ägyptens sieht man weiter und schärfer als sonstwo, und so erkannte ich bald, daß diese Person kein Einheimischer war. Der Mann trug nämlich Hosen und kein flatterndes Gewand. Es ist nicht fein, von den inneren Organen zu reden, doch die meinen verknoteten sich. Evelyn erkannte ihn gleichzeitig mit mir; ich sah, wie ihre Hände sich um die Zügel krampften.
Walter erkannte uns nicht gleich; er sah nur zwei europäische Reisende, denen er entgegenlief. Er blieb dann so unvermittelt stehen, daß unter seinen Absätzen eine Sand-

fontäne aufstob. Dann starrte er uns an, als seien wir ein Traum.
»Gott sei Dank!« rief er, ehe wir ihn noch begrüßen konnten. »Das heißt, sind Sie das wirklich? Sie sind keine Fata Morgana?« Natürlich schaute er dabei vorwiegend Evelyn an, doch es war sicher nicht nur Liebe, die ihn erleichtert aufatmen ließ.
»Ja, wir sind es wirklich«, antwortete ich. »Was ist denn los, Mr. Walter?«
»Emerson, mein Bruder. Er ist krank, sehr schwer krank. Sie haben natürlich keinen Arzt bei sich. Aber vielleicht wäre es möglich, ihn mit Ihrer Dahabije nach Kairo bringen zu lassen?«
»Schnell, Michael, lauf zum Boot und bring mir den Sanitätskasten«, befahl ich. »Aber lauf, so schnell du kannst, bitte ... Und jetzt, Mr. Walter, wenn Sie uns den Weg zeigen wollen? Sie wissen ja, einen Arzt gibt es nur in Kairo, und ich weiß doch nicht, ob Ihr Bruder transportfähig ist. Also, führen Sie uns hin.«
Er machte kehrt und rannte davon, und wir trabten hinter ihm drein. Eine dicke Staubwolke folgte uns.
Emerson hatte in einem der Felsengräber Stellung bezogen, die am Rand der Ebene lagen. Die Eingänge waren nur schwarze Vierecke im sonnendurchglühten Stein. Ein primitiver Pfad führte hinauf, und das letzte Stück mußten wir klettern. Walter bemühte sich um Evelyn, während ich die Eselstreiber mit dem Sonnenschirm abwehrte. Ich keuchte ein wenig, als ich oben ankam, aber es war weniger die Anstrengung, sondern eher eine gewisse Aufregung, die mich atemlos machte.
Die Türrahmen waren mit Reliefs bedeckt, doch für die hatte ich jetzt keine Zeit. Ich ging hinein und schaute mich um. Es war ein langer, schmaler Gang, der selbstverständlich etwas besser war als ein Zelt. Das Ende verlor sich in düsterer Dunkelheit, doch in Türnähe konnte ich ganz gut die Packkisten sehen, die als Eß- und Schreibtische dienten.

Zwei Feldbetten und ein paar Klappstühle waren die ganze sonstige Einrichtung. Auf einem Feldbett lag bewegungslos ein Mann.

Mich packte Entsetzen, weil ich fürchtete, wir seien zu spät gekommen. Dann bewegte sich ein Arm, und eine rauhe Stimme murmelte etwas. Ich trat zum Bett und setzte mich daneben auf den Boden.

Zu erkennen war er kaum mehr. Sein Bart hatte das Gesicht fast völlig überwuchert, die Augen waren eingesunken, und die Wangenknochen traten hervor. Er glühte vor Fieber. Sein Hemd war offen und enthüllte einen dichten schwarzen Pelz. Bis zur Taille war er mit einem Laken zugedeckt, das sich um seine Beine gewunden hatte.

Evelyn sank neben mir auf die Knie. »Was soll ich tun, Amelia?« fragte sie.

»Tauch ein Tuch ins Wasser, Evelyn. Walter, Sie müssen dafür sorgen, daß immer reichlich Wasser da ist. Essen wird er wohl nicht wollen. Hat er Wasser getrunken?«

»Er will keines«, antwortete Walter.

»Von mir nimmt er es schon«, sagte ich und rollte die Ärmel hinauf.

Als Michael mit dem Sanitätskasten ankam, hatten wir Emerson ein wenig bequemer gebettet. Da wir ihm dauernd kalte Kompressen auf Kopf und Brust legten, war die Temperatur etwas zurückgegangen, und ein paar Tropfen Wasser hatte ich ihm auch eingegeben, natürlich unter Schwierigkeiten. Ich gab ihm eine doppelte Dosis Chinin. Dazu mußte ich mich quer auf seine Brust legen und ihm die Nase zukneifen, während Walter ihm die Arme und Evelyn die Beine festhielt. Danach schlief er ziemlich unruhig. Ich schickte Michael zum Boot, und Evelyn ging mit, um die Sachen auszuwählen, die wir für uns brauchten. Ich befahl ihr zwar, an Bord zu bleiben, doch sie weigerte sich. Also bat ich Walter, ein hübsches Grab für uns auszusuchen.

Walter war sprachlos. Er klappte nur immer wie ein Fisch den Mund auf und zu, und das sah ziemlich komisch aus. Ich drängte ihn also, für uns endlich ein Grab auszuwählen und es säubern zu lassen, damit alles in Ordnung wäre, wenn unsere Sachen ankämen.

»Hübsches Grab?« wiederholte Walter dümmlich. »Ja, ja, ein paar Gräber sind schon da in der Nähe, aber ob sie hübsch sind …?«

»Ich verstehe ja, daß Sie sich Sorgen machen, Walter, aber den Kopf brauchen Sie doch nicht gleich zu verlieren«, redete ich ihm zu. »Ich bin da und bleibe so lange, bis Mr. Emerson wieder auf den Beinen ist. Ah, ich habe mir schon immer gewünscht, einige Zeit bei einer archäologischen Expedition verbringen zu können. Es hat keinen Sinn, Ihren Bruder anderswohin zu bringen, denn die Krise wird in wenigen Stunden zu erwarten sein. Keine Angst, mein Freund, denn er ist sehr kräftig, und ich bin ja da.«

Walter hockte neben mir auf dem Boden. Er beobachtete mich, als ich ein nasses Tuch auswrang und es auf Emersons Brust klatschte. Ganz unvermittelt nahm er mich bei den Schultern und küßte mich kräftig auf die Wange.

»Ich glaube Ihnen, Miß Peabody, daß ich keine Angst mehr zu haben brauche, denn Sie sind ja da. Sie würden sogar den Satan in die Flucht schlagen, wenn er Ihnen in die Quere käme.« Damit sprang er auf und rannte hinaus.

Ich legte meinem Patienten wieder ein frisches Tuch auf. Außer mir war niemand bei Emerson, und er schlief, so erlaubte ich mir ein Lächeln. Der liebe Gott hatte dem einen Emerson ungeheuer viel Charme geschenkt, dem anderen gar keinen. Arme Evelyn! Kein Wunder, daß sie sich so gründlich verliebt hatte. Dieser Emerson hier war allerdings keine Gefahr für eine Frau.

Aber ein gestürzter Koloß ist erbarmenswerter als ein gefallener Schwächling. Als ich ihm das heiße Gesicht kühlte, verloren sich ein paar Linien des Schmerzes, er seufzte wie ein Kind, und von da an schlief er ruhig.

Die Krise kam nachts, und wir hatten alle Hände voll zu tun. Bis zum Morgengrauen kamen Evelyn und ich nicht zur

Ruhe. Walter hatte für uns ein Grab säubern lassen, und Michael hatte es recht gemütlich eingerichtet. Aber wir verließen unseren Patienten nicht. Gegen Sonnenuntergang lag Emerson in Fieberfantasien, und wir brauchten unsere ganze Kraft, um zu verhindern, daß er sich oder uns durch sein Toben verletzte. Ich gab ihm noch ein paarmal Medizin ein, und in den ersten Morgenstunden fiel er in ein Koma, das entweder zum Tod oder zur Genesung führen mußte.
Diese Stunden waren schlimm. Das Fieber stieg trotz unserer Bemühungen. Walter kniete neben seinem Bruder. Meine Hände schmerzten vom ständigen Auswringen der Tücher, alle Knochen taten mir weh, besonders die meiner linken Hand, die Emerson in seinem Delirium ergriffen und lange nicht mehr losgelassen hatte. Das Fieber verlieh ihm unheimliche Kräfte. Aber ich hatte das Gefühl, als sei ich eine Art Lebensleine, die er nicht loslassen wollte, um nicht in den Abgrund des Todes zu stürzen.
Allmählich wurde ich so müde, daß mein Kopf wie leer erschien. Es war eine gespenstische Szene: Die rauchende Lampe warf flackerndes Licht auf das magere Gesicht des Kranken und die gespannten Gesichter seiner Pfleger. Ab und zu heulte draußen in der Wüste ein Schakal. Das klang in der Nachtstille sehr spukhaft.
In der dunkelsten Stunde vor Einbruch der Dämmerung kam dann der Umschwung. Er war so spürbar wie ein kühler Luftzug an der Wange. Für einen Moment schloß ich die Augen, und ich fühlte gar nichts. Da hörte ich einen unterdrückten Seufzer von Walter. Als ich die Augen öffnete, sah ich ihn quer über dem Fußende des Bettes liegen, und seine Hand ruhte auf dem Arm seines Bruders. Emersons Gesicht sah sehr friedlich aus. Dann hob sich seine Brust in einem langen, tiefen Atemzug – und bewegte sich weiter. Die Hand, die meine festgehalten hatte, erschlaffte. Und sie war kühl. Er würde also am Leben bleiben.
Ich war so verkrampft, daß ich nicht stehen konnte. Wal-

ter mußte mich mehr tragen als stützen, als ich endlich zu Bett ging. Er wollte für den Rest der Nacht bei seinem Bruder sitzen und Wache halten, doch ich glaubte nicht, daß ein Rückfall zu befürchten war. Ich schlief sofort ein, während Evelyn mir noch Gesicht und Hände wusch.

Als ich nach einigen Stunden erwachte, wußte ich gar nicht, wo ich mich befand. Um mich herum waren Steinwände, unter mir eine harte Unterlage statt einer weichen Couch. Als ich mich umdrehte, tat ich einen Schmerzensschrei. Meine linke Hand, auf die ich mich gestützt hatte, war dick geschwollen.

Jetzt wußte ich wieder alles. Ich erhob mich und tastete nach meinem Schlafrock. Evelyn schlief an der Wand gegenüber den Schlaf der Erschöpfung. Ein Lichtstrahl fiel durch den schnell angebrachten Vorhang und vergoldete ihr Haar.

Als ich vor das improvisierte Schlafzimmer trat, traf mich die Hitze wie ein Schlag, aber die Aussicht, die sich mir bot, war großartig. Die Sandhügel der Wüste reichten bis zur blauen Biegung des Flusses, und die Felsen dahinter schimmerten wie nachgedunkeltes Gold. Die Ferne verschönte die Hütten des Dorfes, die Palmen veredelten sie. Etwa halbwegs zwischen dem Dorf und unseren Felsen schien ein Ameisenhügel lebendig geworden zu sein; das war die derzeitige Grabungsstätte.

Eine breite Felsleiste führte an den Gräbern entlang, und ihr folgte ich zum Nachbargrab, von wo zornige Rufe zu hören waren. Emerson ging es also wieder gut. Ich möchte hier ausdrücklich festhalten, daß meine Gefühle an jenem Morgen die reinster christlicher Nächstenliebe waren, denn Emerson tat mir leid, und das war ganz natürlich bei einem Patienten, den man gepflegt hat. Aber dieses Gefühl hielt nur zwei Minuten an.

Als ich das ›Krankenzimmer‹ betrat, mühte sich Walter ab, seinen Bruder im Bett zu halten. Er war nur teilweise bekleidet. Seine Beine steckten in Hosen von unglaublicher Rosa-

farbe. Er schrie Walter an, der ihm einen kleinen Teller unter die Nase hielt.
Als er mich sah, hörte er zu brüllen auf, doch seine Miene wurde nicht freundlicher. Ich lächelte und besah mir das, was auf dem Teller lag. Zugegeben, ich vergaß mich und bediente mich einiger kräftiger Ausdrücke, die ich von meinem Vater gelernt hatte, doch das war verständlich, denn der Anblick von giftig aussehendem, graugrünem Zeug war zuviel für mich.
»Guter Gott, was soll denn das sein?« rief ich.
»Das sind Erbsen aus der Dose«, erklärte Walter. »Verstehen Sie, Miß Peabody, das ist ein ausgezeichnetes, billiges Gemüse. Wir haben zwar auch Corned beef, Bohnen, Kohl und dergleichen, doch ich dachte, dies hier ...«
»Hinauswerfen«, befahl ich und hielt mir die Nase zu. »Ihr Koch soll ein Huhn besorgen. Wenn Sie solches Zeug essen, wundert es mich nicht, daß Ihr Bruder Fieber hat. Durchfall und entzündetes Gedärm bleiben da nicht aus.«
Walter salutierte militärisch und marschierte davon. Emerson hatte sich inzwischen zurückgelegt und das Laken bis zum Kinn hinaufgezogen.
»Reden Sie schon weiter, Miß Peabody«, forderte er mich heraus. »Geben Sie ruhig Ihren Kommentar auch zu meinen anderen Fehlleistungen. Ich habe gehört, daß ich Ihnen mein Leben verdanke. Allerdings neigt Walter immer dazu, alles zu dramatisieren. Trotzdem danke ich Ihnen für Ihre aufopfernde Pflege. Aber jetzt gehen Sie.«
Das hatte ich zwar beabsichtigt, doch nun blieb ich, setzte mich auf das Bett und griff nach seiner Hand. Er entriß sie mir. »Ich will doch nur Ihren Puls fühlen«, fuhr ich ihn an. »Hören Sie auf, sich wie eine schüchterne alte Jungfer aufzuführen.«
Ein paar Sekunden lang überließ er mir sein Handgelenk, ehe er es mir endgültig entzog. »Mir wäre lieber, Miß Nightingale wäre zu Hause geblieben. Jetzt möchte es ihr jede Engländerin gleichtun. Madam, wenn Sie jetzt end-

lich zufrieden sind, dann gehen Sie – oder ich stehe auf.«
»Sie können heute nicht aufstehen, also bleibe ich«, erklärte ich ihm resolut. »Und glauben Sie ja nicht, daß Sie mir mit Ihren Drohungen Angst einjagen können. So hinreißend ist Ihre Anatomie ja wirklich nicht, darin gebe ich Ihnen recht; aber ich bin ganz gut vertraut damit.«
»Aber mein Pflaster!« rief er. »Was geschieht mit meinem Pflaster? Sie Teufelsweib, ich muß nachsehen, was die mit meinem Pflaster machen!«
Von seinem Pflaster hatte er auch in seinen Fieberdelirien ständig gesprochen, doch ich wußte nicht, was er damit meinte. Also fragte ich ihn.
»Mein bemaltes Pflaster«, erklärte er mir nun ruhiger. »Ich habe einen Teil von Khuenatens königlichem Palast entdeckt. Pflaster, Wände und Decken waren bemalt. Stellenweise sind diese Malereien wundervoll erhalten.«
»Gut und sehr erstaunlich. Heißt das, der Palast des häretischen Königs habe dort gestanden, wo jetzt Sandwüste ist? Khuenaten ... Eine faszinierende Persönlichkeit. Oder könnte es vielleicht doch eine Frau gewesen sein?«
»Unsinn! Ein solcher Gedanke ist typisch für die Narren, die heute archäologische Forschungen betreiben. Mariette behauptet, die Nubier hätten ihn gefangen, und sie gehen davon aus ...«
»Die Theorie kenne ich«, unterbrach ich ihn. »Warum sollte das nicht möglich sein? Eine solche Operation bringt bei Männern doch weibliche Züge hervor, oder nicht?«
Emerson warf mir einen seltsamen Blick zu. »So kann man's auch sagen. Ich halte es für wahrscheinlicher, daß Khuenatens körperliche Absonderlichkeiten künstlerische Zutaten sind. Seine Höflinge und Freunde zeigen die gleichen Eigenheiten.«
»Wirklich?«
»Klar. Schauen Sie doch das hier an.« Er setzte sich auf und grapschte nach dem rutschenden Laken. Er war wirklich überaus haarig. »Dieses Grab hier gehörte einem Edelmann

an Khuenatens Hof. Die Wände sind mit Reliefs im einzigartigen Amarna-Stil geschmückt.«

Ich griff nach der Lampe, um sie anzuschauen, was einen Wutschrei Emersons zur Folge hatte. »Doch nicht die Lampe! Ich benütze sie nur, wenn es gar nicht anders geht. Diese Narren mit ihren Magnesiumlampen sind Vandalen, denn der fettige Rauch zerstört die Reliefs. Nehmen Sie doch den Spiegel. Wenn Sie ihn im richtigen Winkel halten, haben Sie genug Licht.«

Der Spiegel war mir vorher schon aufgefallen, und ich hatte mich gewundert, woher Emersons plötzliche Eitelkeit kam. Nun probierte ich ihn aus, unterstützt von seinen sarkastischen Kommentaren, und fand auch endlich den richtigen Winkel, so daß ich einen Moment lang den Atem anhielt. Die Reliefs waren ziemlich flach und etwas verwittert, doch sie waren von einem Leben erfüllt, das mich tief beeindruckte. Sie schienen eine Parade oder Prozession darzustellen. Zahlreiche kleine rennende Gestalten folgten der großen des Pharaos, die zehnmal so groß war wie die der Untertanen. Er lenkte graziös einen mit feurigen Pferden bespannten leichten Wagen. Neben ihm im Wagen saß eine etwas kleinere, ebenfalls gekrönte Person. Sie wandten einander die Köpfe zu, als wollten ihre Lippen einander berühren.

»Er muß sie sehr geliebt haben, wenn er sie so an seine Seite setzte«, überlegte ich laut. »Emerson, ich glaube, nur ein richtiger Mann kann seiner schönen Frau soviel ergebene Zuneigung zeigen. Sogar ihr Name Nefertiti – die schöne Frau ist gekommen ...«

»Ah, Sie haben die Hieroglyphen gelesen?«

»Ein wenig.« Ich deutete auf das ovale Medaillon, in dem der Name der Königin stand, dann auf die leeren Ovale, die einst den Namen des Khuenaten enthalten hatten. »Ich habe gelesen, wie die triumphierenden Priester des Amon den Namen des königlichen Ketzers nach seinem Tod überall tilgten. Wie müssen sie ihn gehaßt haben!«

»Sie hofften, damit auch seine Seele auslöschen zu können«, antwortete Emerson. »Ohne Identität konnte der Geist des Toten nicht weiterleben.«

Erst als Evelyn erschien, kam mir zu Bewußtsein, wie grotesk meine Unterhaltung mit einem Gentleman in rosa Unterwäsche eigentlich war. Sie zog sich sofort wieder zurück und fragte von außen her schüchtern an, ob sie hereinkommen dürfe.

»Ah, verdammt noch mal«, fluchte Emerson, zog das Laken zum Kopf hinauf und forderte Evelyn zum Eintreten auf. Sie war korrekt in ein blaßgrünes Baumwollkleid gehüllt und sah aus, als hätte sie alle Bequemlichkeiten des Dahabije zur Verfügung gehabt, statt lediglich einer Schüssel lauwarmen Wassers. Sie schien sich über etwas zu amüsieren. Emersons Augen funkelten sie über dem Lakenrand böse an. Sie beachtete ihn jedoch nicht.

»Evelyn, komm doch rein und schau dir diese Reliefs an!« rief ich und drehte meinen Spiegel geschickt. »Hier ist der König in seinem Wagen, neben ihm die Königin ...«

»Das ist sicher sehr faszinierend, aber wäre es nicht klüger, Amelia, eine geeignetere Zeit für diese Dinge abzuwarten? Mr. Emerson braucht Ruhe, und du bist für einen Besuch nicht passend gekleidet.« Ihre Stimme kam mir recht verdächtig vor, als müsse sie ein Lachen unterdrücken. »Mir scheint, Walter hat einige Schwierigkeiten mit dem Huhn, das du bestellt hast.«

Ich warf einen letzten Blick auf die rennenden Gestalten und legte den Spiegel weg. »Dann muß ich mich eben selbst darum kümmern«, meinte ich seufzend.

»Wenn schon, dann könnten Sie gleich nach meinem Pflaster schauen«, brummte Emerson. »Sie stehen hier herum und schwatzen wie ein Papagei, und inzwischen blättert die ganze kostbare ...«

»Sie haben sie doch aufgedeckt«, erinnerte ich ihn. »Wie wollen Sie die Malereien jetzt schützen?«

»Ich habe ein Holzgerüst aufgestellt, aber das ist nicht aus-

reichend. Die Farbe zerkrümelt zu Staub. Mit einem Pinsel verschmiert man nur die Oberfläche. Firnis verpfuscht die klaren Farben und wird rissig ...«
»Aber Sie haben doch sicher eine Lösung gefunden.«
»Genau. Eine Lösung. Eine Mischung aus dünnem Tapioka und Wasser, und diese Mischung muß mit der Fingerspitze aufgetragen werden.«
Ich starrte ihn voll Bewunderung an. »Das muß ich zugeben, Sie wissen, was Sie wollen.«
»Es geht sehr langsam, und die Arbeit muß ich selbst tun. Ich habe erst einen kleinen Teil davon fertig.« Er stöhnte vor Verzweiflung. »Frau, ich muß aufstehen und mich um mein Pflaster kümmern.«
»Das werde ich tun. Sie bleiben im Bett, sonst ist ein Rückfall zu befürchten, der Sie dann für Wochen ans Bett fesselt. Selbst Sie müssen einsehen, daß dies recht unpraktisch wäre.« Auf eine Antwort wartete ich nicht, denn sie wäre doch nur grob ausgefallen.
Draußen hielt mich Evelyn fest. »Amelia, wohin gehst du?« fragte sie.
»Zu Mr. Emersons Pflaster natürlich. Hast du je erlebt, daß ich mein Wort nicht gehalten hätte?«
»Nein, natürlich nicht. Aber könntest du dich nicht vielleicht doch passender dazu bekleiden?«
Da hatte sie recht. Ich hatte ja noch meinen Morgenrock an. Wie der verehrte Leser inzwischen wohl festgestellt hat, lag mir nie besonders viel an weiblichem Modefirlefanz. Ich hatte, als ich einmal in London war, jedoch von der Liga für vernünftige Kleidung gehört und mir in diesem Stil ein Kleid nähen lassen. Es bestand aus schieferfarbener indischer Seide von einfachstem, fast männlichem Schnitt. Der einzige Schmuck war ein Spitzenrüschchen am Handgelenk. Sein großer Vorteil und sein Charakteristikum war der geteilte Rock. Die beiden Beine waren sehr voll geschnitten, so daß sie wie ein gewöhnlicher Rock wirkten. Er gewährte zwar nicht ganz soviel Bewegungsfreiheit, wie ich mir gewünscht

hätte, doch war er viel praktischer als die damals modernen Humpelröcke. In Kairo hatte ich das Kleid nicht zu tragen gewagt und deshalb ganz unten in den Koffer gepackt. Jetzt nahm ich es heraus, schüttelte die Falten aus und zog es an. Noch lieber wären mir jedoch richtige Hosen gewesen.

Ich kletterte nach unten und fand dort Walter, der mit dem Koch stritt. Der Mann schaute mürrisch drein und hatte nur ein Auge. Ich wußte nicht, worum der Streit ging, schlichtete ihn aber und hatte das gerupfte Huhn, das der Koch Walter unter die Nase hielt, im Topf, ehe ich ging. Walter schickte ich zu seinem Bruder, der einen Wachhund brauchte.

Bald hatte ich den Vorarbeiter Abdullah, einen stattlichen, großen Mann in fließendem, schneeweißem Gewand mit langem, grauem Bart, gefunden. Mit seiner umfangreichen Kopfbedeckung glich er einem biblischen Patriarchen. Er stammte aus Oberägypten und hatte schon früher für Emerson gearbeitet.

Abdullah führte mich zum Pflaster, das wegen des hölzernen Schutzdaches leicht zu finden war. Es war etwa zwanzig Fuß lang und fünfzehn breit und einmalig gut erhalten. Die Farben sahen aus, als seien sie frisch aufgetragen – erlesene Blau- und leuchtende Rottöne, dazu kühles Grün mit etwas Weiß und Schwarzblau, um Kontraste zu unterstreichen. In einem Luxusgarten mit schönen Blumen flogen bunte Vögel herum, dazwischen spielten junge Tiere im Gebüsch. Ich konnte fast das Muhen der Kälbchen und das Meckern der kleinen Ziegen hören, so lebendig wirkte alles.

Ich hockte noch immer vor dem Pflaster, als mich Evelyn und Walter fanden. »Amelia, jetzt ist die heißeste Zeit, und alle Arbeiter halten Mittagsruhe«, mahnte sie mich. »Sei vernünftig, komm mit uns und iß einen Happen.«

»Von diesem elenden Huhn esse ich keinen Bissen«, erklärte ich. »Schau dir doch das an, Evelyn. So etwas Schönes habe ich noch nie gesehen. Und die königliche Nefertiti wird in Goldsandalen darüber geschritten sein.«

»Es ist wirklich erlesen«, gab Evelyn zu. »Ich würde es gerne zeichnen.«
»Eine großartige Idee«, pflichtete ihr Walter eifrig bei. »Mein Bruder wäre überaus glücklich, wenn er davon eine Kopie bekäme. Ich bin unter anderem der Künstler der Expedition, aber das kann ich nicht.«
Das Huhn war furchtbar zäh, das Gemüse zu einer undefinierbaren, geschmacklosen Masse zerkocht. Da mein ergebener Michael zur Hand war, flüsterte ich ihm einige Anweisungen bezüglich unserer künftigen Versorgung zu. Es war wirklich ungemein heiß, und nach der dürftigen Nachtruhe war ich gerne zu einer Siesta bereit.
Michael war ein Juwel. Als ich mit Evelyn am Spätnachmittag unser Grab verließ, stand ein Tisch auf dem breiten Sims, Stühle waren aufgestellt, sogar ein kleiner Teppich lag da. Nun hatten wir einen reizenden Balkon mit einer unvergleichlich schönen Aussicht. Der Sonnenuntergang tauchte den Himmel in die glühendsten Farben, und eine zarte Brise fächelte unsere Wangen. Michael hatte auch Lebensmittel mitgebracht und überwachte den Schurken von einem Koch.
Ich ließ mich auf einen der Stühle fallen, und gleich darauf stand ein Glas Limonade vor mir. Dann kam Walter dazu, und als ich ihn nach unserem Patienten fragen wollte, hörte ich eine kleine Steinlawine abgehen. Ich drehte mich um und sah Emerson in der Türöffnung seines Grabes stehen. Er war angezogen, und sein Gesicht war grau wie dunkler Sandstein. Er klammerte sich an den Türrahmen.
Im Notfall kann man sich auf keinen Mann verlassen. Ich erreichte Emerson gerade noch rechtzeitig, um ihn aufzufangen, so daß er sich nicht den Kopf an den Felsen einschlug. Unter seinem Gewicht setzte ich mich ein wenig zu plötzlich auf den harten Boden, dessen dornige Spitzen ich schmerzhaft durch meine Röcke spürte. Hätte ich ihn nicht mit beiden Armen festgehalten, wäre er vom Sims gestürzt.
»Dieser Mann ist von einer grenzenlosen, arroganten Stur-

heit!« rief ich, als Walter gelaufen kam. »Holen Sie Michael. Er soll Ihnen helfen, ihn zu Bett zu bringen.« Sein starriger Bart kratzte durch das dünne Gewebe meines Kleides. »Und schaben Sie ihm endlich dieses gräßliche Gestrüpp aus dem Gesicht!« fügte ich zornig hinzu.

5. KAPITEL

Emerson hatte unverdientes Glück; er erlitt keinen Rückfall, doch er sah selbst ein, daß er noch zu schwach war, um seine alten Aufgaben zu übernehmen. Es mußte etwas getan werden, und wer anders als ich sollte das tun?

Ich brachte ihn also wieder zu Bewußtsein, gab ihm eine Dosis Chinin ein und befahl Abdullah, sich auf seine Beine zu setzen, damit er nicht aufstehen konnte. Seine Flüche folgten mir weit ins Tal, nachdem ich ihn verlassen hatte. Draußen war die märchenhafte ägyptische Nacht hereingebrochen. Am indigoblauen Himmel glitzerten unzählige Sterne, und das Nachglühen des Sonnenuntergangs verwandelte die Klippen zu Geistergestalten. Evelyn und Walter saßen nebeneinander und schauten über das Tal hinaus. Als ich ihre Gesichter sah, nahm ich davon Abstand, mit ihnen meine Pläne durchzusprechen. Ich war nämlich der Meinung, daß es keinen Sinn hatte, Emerson nach Kairo zu bringen; bis er dort war, hatte er sich wahrscheinlich erholt. Ich erklärte Michael, wir würden etwa eine Woche hier verbringen, und bis dahin müßte Emerson außer Gefahr sein.

Michael versicherte mir, die Bootsmannschaft werde diese Ruhepause begeistert begrüßen, da sie ja bezahlt werde. Er hätte es jedoch lieber gesehen, wenn wir auf dem Boot übernachtet hätten, doch ich hielt den Weg hin und zurück für Zeitverschwendung.
Die nächsten beiden Tage verliefen glatt. Das heißt, ich war davon überzeugt, doch später entdeckte ich, daß ich einige verräterische Zeichen hätte bemerken müssen, wäre ich nicht so sehr mit Emersons Pflaster beschäftigt gewesen. Seine Mischung aus Tapioka und Wasser war gut, doch ich verbesserte sie mit einem Teelöffel Stärke und zwei Löffeln Wismut auf ein Quart Wasser. Er hatte recht gehabt, daß man die Mischung nicht mit einem Pinsel auftragen konnte, und so benützte ich einen Finger nach dem anderen, um sie vorsichtig auf das Pflaster zu tupfen.
Evelyn kopierte inzwischen die Malerei, und ich bewunderte ihre Geschicklichkeit, weil sie nicht nur die Figuren und Farben genau darzustellen verstand, sondern auch den Sinn erfaßte, den der Künstler seiner Arbeit unterlegt hatte. Selbst Emerson knurrte anerkennend, als ich ihm die ersten Skizzen zeigte.
Am zweiten Morgen zeichnete sie weiter und legte dann eine Ruhepause ein, doch ich blieb bei der Arbeit. Ich hatte bereits die Ränder konserviert und ließ Stege darüber bauen, indem ich Säulenreste als Stützpfeiler benützte, aber ich mußte natürlich genau auf die Arbeiter aufpassen. Sie hielten meine Vorsicht für lächerlich und hätten einfach Planken über die Malerei gezerrt, wäre ich nicht ständig dagewesen.
Ich arbeitete gerade an einem neuen Abschnitt, als Evelyn nach mir rief. Ich schaute auf und sah zu meinem Staunen, daß die Sonne schon unterging. Meine sämtlichen Finger bluteten von der Arbeit, und ich beschloß aufzuhören.
Evelyn schüttelte mich erbittert an den Schultern. »Schau dir doch deine Hände an! Dieser Unsinn muß aufhören. Und dein Kleid, deine Haare, und ...«

»Für die Kleider ist das wirklich nicht gut«, gab ich zu. »Aber was soll sonst mit mir nicht in Ordnung sein?«
Evelyn reichte mir wortlos einen Spiegel. Tatsächlich, ich sah wie eine indianische Hexe aus. Meine Haut war infolge der indirekten Sonnenbestrahlung grellrot, und meine Haare hingen mir wirr ins Gesicht.
Ich ließ mir von Evelyn helfen, mich zu erfrischen. Walter wartete schon auf uns, und Michael erschien mit kalten Getränken. Zum erstenmal sollte auch Emerson kommen, denn er hatte sich ausgezeichnet erholt. Walters Hilfe hatte er zurückgewiesen, und so war ich doppelt erstaunt, als er erschien. Sein Bart war weg. Emersons Wutschreie während der Rasur hatte ich bis zur Arbeitsstelle gehört, aber auch Walters Erklärungen für die Notwendigkeit dieser Prozedur.
»Soviel Haar zieht alle Kraft aus dir heraus«, hatte er ihm lachend vorgehalten. »Michael, halt ihm die Arme fest, damit ich ihm nicht versehentlich den Hals abschneide. Miß Peabody wird sich freuen, dich ohne Bart zu sehen, Radcliffe. Sie sagt nämlich, Bärte dienten nur dazu, allzu weiche Gesichtszüge, fliehende Kinne und Hautunreinheiten zu verdecken.«
»Was? Sie behauptet, mein Kinn sei weich?«
»Nein, das tut sie nicht. Sie hat es ja noch nie gesehen.«
»Hmpf.« Das war seine ganze Antwort. Walter hatte gewonnen.
Als ich ihn bartlos sah, wußte ich, weshalb er sich einen Backenbart hatte wachsen lassen. Der untere Teil des Gesichtes war äußerst blaß, wenn auch die Züge als solche nicht unangenehm waren. Der Mund war jedoch so zusammengekniffen, daß ich nur eine Linie feststellen konnte. Das Kinn erschien mir sogar ein wenig zu eckig und energisch, doch es hatte ein Grübchen, und ein Mann mit einem Grübchen im Kinn sieht nicht furchterregend aus. Daher hatte sich Emerson einen so dichten Bart wachsen lassen. Aber er schaute mich so herausfordernd an, daß ich mir jede Bemerkung darüber versagte.

Die beiden Brüder bemerkten fast gleichzeitig meine geschundenen Hände und verboten mir die Weiterarbeit am Pflaster. Die könne er auch übernehmen, erbot sich Walter, nur gebe es einige Unruhe unter den Leuten, die hinter jeder Krankheit Dämonen vermuteten. »Und sie scheinen etwas zu wissen, von dem wir keine Ahnung haben. Aber sie haben Angst davor.«

»Das schaue ich mir morgen selbst an«, versprach Emerson.

»Das werden Sie nicht tun, mein Freund, sonst sind Sie morgen wieder krank im Bett«, protestierte ich. »Einen Tag kann ich das Pflaster schon warten lassen. Ich rede schon mit den Leuten.«

»Sie lassen das Pflaster überhaupt in Ruhe, sonst infizieren Sie sich noch die Finger. Peabody, ich will nicht, daß Sie einen Finger oder zwei verlieren, hören Sie?«

»Vielleicht haben Sie recht«, gab ich ungewohnt kleinlaut zu, so daß Evelyn sich vor unterdrücktem Lachen verschluckte. »Ich überwache also morgen die Arbeiter.« Dazu ließ ich mir von Walter genau erklären, wonach gegraben wurde.

»Es ist wunderbar, daß wir wenigstens Skizzen von allen Funden bekommen«, erklärte er begeistert. »Alles ist ja nicht zu retten.«

»Ich muß aber noch einige Hieroglyphen lernen, damit ich sie richtig kopieren kann«, warf Evelyn ein. »Diese vielen Vögel haben doch alle eine andere Bedeutung. Und manches ist nicht mehr klar zu erkennen. Wenn man die Sprache ein wenig ...«

Emerson war ungeheuer beeindruckt von soviel Wissensdurst und zeichnete ihr sofort die verschiedenen Vögel auf eine Serviette. Walter sah den beiden voll Bewunderung zu. Ja, sie liebten einander, das ließ sich nicht leugnen. Doch mir tat das Herz weh, wenn ich daran dachte, daß Walters erstes Wort von seiner Liebe alles zerstören konnte.

Ich weiß nicht, ob jemand eine Ahnung hatte, daß dies der letzte friedliche Abend war, den wir für längere Zeit genießen konnten.

Als ich am nächsten Morgen mein Haar bürstete, hörte ich Walter nach mir rufen. Er war sehr aufgeregt. »Die Männer haben oben in den Felsen ein Grab entdeckt!« schrie er schon von weitem.
»Ist das alles? Du lieber Himmel, hier gibt's doch jede Menge Gräber!«
»Aber dieses Grab ist nicht ganz ausgeplündert! Es ist eine Mumie drinnen, eine richtige, echte Mumie! Und, Miß Peabody, die Leute vom Dorf kamen mit der Nachricht zu mir, statt das Grab auszuräubern. Sie müssen uns also vertrauen, sonst würden sie nicht zu uns kommen.«
»Sie vertrauen Mr. Emerson, weil er ihnen den vollen Wert aller gefundenen Gegenstände bezahlt«, antwortete ich. »Warum sollten sie da zu Antiquitätenhändlern gehen, die sie übers Ohr hauen?« Er wandte sich ungeduldig wieder zum Gehen und meinte noch, der Weg dorthin sei außerordentlich mühsam.
»Evelyn, denkst du nicht auch, daß wir vielleicht aus einem Rock oder aus zweien Hosen schneidern könnten, die praktischer wären als diese Röcke?« fragte ich, denn der Weg war wirklich denkbar schlecht.
Nach ein paar Meilen kamen wir am Grab an. Walter war plötzlich ein ganz anderer Mensch; er gab klare Anweisungen und band mir schließlich, als ich darauf bestand, trotz der zu erwartenden Fledermäuse mitkommen zu wollen, ein Seil um. Aber der Einstieg war nicht so schlimm wie erwartet. Natürlich lagen lockere Steine herum, und einmal wippte nur eine schwankende Planke über einer von Schatzsuchern gegrabenen Mulde, aber sonst sah es viel ordentlicher aus als in den uns bisher bekannten Gräbern. Deshalb fürchtete Walter, wir würden schließlich doch gar nichts mehr finden.
Aber dann erreichten wir am Ende des Korridors eine kleine Kammer, die aus dem Fels gehauen war. In der Mitte stand ein hölzerner Sarg. Walter hob seine Fackel und schaute hinein.

Natürlich hatte ich in Museen schon Mumien gesehen, und die hier sah auf den ersten Blick aus wie alle anderen Mumien auch – ein gesichtsloser Kopf, die Arme über der Brust gekreuzt, gerade ausgerichtete Beine und alles mit braunen, halbzerfallenen Binden umwickelt –, und trotzdem war es etwas anderes, einen Menschen, der seit Jahrtausenden tot war, in seiner Grabkammer zu finden. War es ein Prinz, eine Priesterin oder die junge Mutter einer königlichen Familie gewesen? Und lebte die Seele weiter in den goldenen Gefilden von Amenti, wie die Priester es versprochen hatten?
Mit frommen Überlegungen hielt sich Walter nicht auf. Er untersuchte im Licht der Fackel die mit Inschriften bedeckten Wände der Kammer. Einige flache Reliefs zeigten die majestätische Gestalt des Pharaos, ein paarmal allein, meistens mit seiner Königin und sechs kleinen Töchtern. Darüber ließ sich das Sinnbild des Gottes Aton, die runde Sonnenscheibe erkennen, die den König mit goldenen Strahlen umarmte. Jeder Strahl endete in einer winzigen menschlichen Hand.
»Nun, wollen Sie hier graben, oder soll der arme Kerl aus seinem Sarg herausgenommen und in eine behaglichere Umgebung gebracht werden?« fragte ich.
»Wenn wir ihn hierlassen, kommen sicher noch Räuber und suchen die Mumie nach Wertsachen ab. Mir scheint, dieses Grab stammt aus einer späteren Periode als jener, die wir hauptsächlich erforschen, und da waren auch die Edlen ziemlich arm. Viel würden die Plünderer hier nicht finden.«
Aber da sagte einer der Dorfbewohner etwas zu Walter, und er berichtete es mir. »Er ist ein Prinz und Zauberer gewesen, sagt Mohammed. Aber ich denke, er behauptet das, um ein höheres Bakschisch zu bekommen. Der Sarg hat nämlich keine Inschrift, die den Namen der Mumie erwähnt.« Mohammed hatte nämlich das Grab entdeckt und Walter davon berichtet. Er war etwa dreißig Jahre alt, sah aber wie ein Greis aus.

»Ja, wir müssen unseren unbekannten Freund mitnehmen«, fuhr Walter fort. »Radcliffe kann ihn auswickeln. Dann hat er etwas zu tun.«
Emerson freute sich wie ein Kind über diesen Fund, und er ging sofort an die Arbeit. Allerdings war er dann enttäuscht, weil die Mumie nach der Art der Wickelung aus der griechisch-ägyptischen Zeit stammte. Walter erklärte ihm lachend, nach Mohammed sei es aber ein Prinz und Zauberer, ein Priester des Amon, der einen Fluch auf die ketzerische Stadt gelegt habe. »Und da wäre eine neue Aufgabe für dich«, meinte er abschließend. »Man könnte die Traditionen und Sagen dieser Leute erforschen. Es würde unserer Arbeit nützen.«
»Was habt ihr denn nun mit unserem Freund getan?« fragte ich, um den wissenschaftlichen Streit der beiden etwas abzukürzen. »Ich hoffe, ihr steckt ihn uns nicht in unseren Schlafraum. Das hielte ich für ungesund.«
Da lachte Emerson schallend. »Keine Angst, die Mumie ist am Ende des Pfades in einer Höhle versteckt.«
»Morgen früh könnte ich mir eigentlich das Grab anschauen, dann bleibt mir der Nachmittag für die Arbeit am Pflaster«, bemerkte ich.
»Du lieber Gott, Madam, Sie halten sich doch hoffentlich nicht für eine Archäologin?« protestierte Emerson. »Was hoffen Sie dort zu finden?«
Walter und Evelyn versuchten fieberhaft, das Thema zu wechseln. Es gelang ihnen auch einigermaßen, aber Emerson blieb den ganzen Abend über brummig.
»Nehmen Sie's ihm nicht übel, Miß Peabody«, bat Walter. »Er ist noch nicht ganz so wie früher.«
»Das stimmt, denn wenn er gesund ist, redet er noch viel lauter und streitsüchtiger«, antwortete ich. »Aber ich fürchte, wir sind alle ein bißchen nervös und gereizt. Besser wäre, wir gingen zu Bett.« Und das taten wir auch alle.
Ich war schon früher auf die Tatsache gestoßen, daß ein gesunder Schläfer sich von normalen Geräuschen nicht

stören läßt, von unbekannten und außergewöhnlichen jedoch sofort aufwacht. Amarna war sicher eines der stillsten Fleckchen der Erde. Ab und zu heulte in der Ferne ein liebeskranker Schakal, aber sonst rührte sich nichts. Es war also nicht besonders erstaunlich, daß ich in jener Nacht plötzlich hellwach im Bett saß. Ich hörte ein Geräusch, und es klang ungefähr so, als kratze etwas Knochiges auf einem Stein herum.

Instinktiv griff ich nach meinem Sonnenschirm, der als Waffe durchaus geeignet war, weil er einen sehr kräftigen stählernen Stock hatte. Dann erst rief ich leise: »Wer ist da?«

Antwort erhielt ich keine, doch das Kratzen hörte auf. Ein paar Augenblicke später vernahm ich leise, tappende Geräusche, als habe jemand einen sehr hastigen Rückzug angetreten.

Ich sprang aus dem Bett, rannte zum Eingang und riß den Vorhang weg. Nur flüchtig schoß mir der Gedanke an wilde Tiere, in erster Linie Löwen, durch den Kopf, denn die waren am Wüstenrand zwar nicht mehr sehr häufig, aber sie suchten manchmal auch bewohnte Gegenden auf. Ich stand eine Weile da und lauschte, bis ich schon ziemlich weit weg Steine unter einem eiligen Fuß davonrollen hörte. Vom Sims aus hielt ich Ausschau nach der Ursache dieses Geräusches.

Der Mond schien sehr hell, doch der Sims lag im Schatten der Klippen. Vor dem dunklen Hintergrund hob sich dort, wo der Sims um eine Bergflanke bog, ein blasser Gegenstand ab. Dieses Objekt hatte etwa die Größe und Breite eines Mannes, doch es glich eher einer weißen Steinsäule als einer menschlichen Gestalt. Die untere Hälfte schien zu Beinen geteilt zu sein, und in Schulterhöhe standen steife, nicht sehr lange Stummel ab. Sicher waren es aber keine Arme, denn die wären niemals so starr gewesen.

Plötzlich verschwand das Ding, wahrscheinlich hinter der Bergflanke. Mich erreichte nur noch ein jammerndes Seuf-

zen, doch das konnte auch ein Windhauch gewesen sein, wenn ich auch keinen gespürt hatte.
Ich kehrte in mein Bett zurück, schlief aber gar nicht gut und war froh, als der Morgen heraufdämmerte. Ich redete mir ein, es könne ein großes Tier gewesen sein, das sich auf die Hinterbeine gestellt hatte, doch daran glaubte ich selbst nicht. Als ich auf den Sims hinaustrat, knackte etwas unter meinen Füßen.
Der Sonnenaufgang in Ägypten ist ein großartiges Schauspiel, doch diesmal interessierte er mich nicht. Ich bückte mich und hob das Zeug auf, das geknackt hatte. Es war braunes, trockenes Zeug, das wie Papier knisterte, als ich es zwischen den Fingerspitzen rieb, ein Stück Bandage, das einmal um eine Mumie gewickelt war.

6. KAPITEL

Emerson hatte sich doch stundenlang mit der Mumie beschäftigt, doch daß er das Zeug verstreut haben könnte, erschien mir unwahrscheinlich, aber soweit ich schauen konnte, lagen auf dem Sims Teile davon. Und vor allem war er nie während der Nacht in unmittelbarer Nähe unserer Tür gewesen. Dort lag aber der größte Teil dieser Bandagen.

Ich weiß nicht, was mich zum Handeln bewegte – Sorge um Evelyn oder der Aberglaube der Arbeiter, jedenfalls holte ich schnell einen Lappen und fegte damit das schreckliche Zeug vom Sims. Von unten wehte köstlicher Kaffeeduft herauf.

Ich trank eben meinen Tee am Lagerfeuer, als Emerson den Pfad entlangkam. Er nickte mir mürrisch zu und verschwand sofort in der Höhle, in der er seine kostbare Mumie aufbewahrt hatte.

Ein paar Sekunden später wurde die süße Morgenstille von einem gräßlichen Schrei gestört. Ich ließ vor Schreck meine Tasse mit dem heißen Tee auf meinen Fuß fallen. Emerson stürmte mir entgegen und schwang beide Fäuste.

»Meine Mumie! Sie haben meine Mumie gestohlen! Bei Gott,

Peabody, jetzt sind Sie zu weit gegangen! Mein Pflaster, meine Expedition, mein treuer Bruder, sogar mein armer, leidender Leib, alles ist Ihrer Einmischung zum Opfer gefallen. Aber dies ist jetzt zuviel! Sie zwingen mich, im Bett zu bleiben, damit Sie mir meine Mumie stehlen können. Wo ist sie? Bringen Sie mir sofort meine Mumie, sonst, bei Gott, Peabody ...«

Sein Geschrei weckte das ganze Lager auf. Evelyn spähte neugierig herab, Walter kam gerannt und stopfte im Laufen sein Hemd in den Hosenbund.

»Radcliffe, was ist denn los? Kannst du dich denn gar nicht benehmen?«

»Er beschuldigt mich, seine Mumie gestohlen zu haben«, erklärte ich. »Und ein solcher Vorwurf kann nur einem kranken Gehirn entspringen.«

»Krankes Gehirn! Oh, wenn Weiber sich einmischen ...« Der Streit hatte die Arbeiter magisch angezogen, und mit offenen Mündern und großen Augen schauten und hörten sie zu. Mohammed, der uns am Tag vorher zum Grab geführt hatte, schien schlau zu grinsen. Das interessierte mich so sehr, daß ich mich vom wütenden Emerson ab- und ihm zuwandte. Sofort schaute Mohammed drein wie der unschuldigste und frömmste aller Engel.

Walter verschwand in die Grabhöhle, wo die Mumie gewesen war, kam aber sofort wieder heraus. »Sie ist weg«, stellte er verblüfft fest und schüttelte den Kopf. »Nur ein paar Bindenstücke sind noch da. Wie kann jemand nur so ein armseliges Ding stehlen?«

»Die hier würden sogar ihre eigene Großmutter stehlen und sie verkaufen, wenn es einen Markt für verhutzelte alte Weiber gäbe«, knurrte Emerson. Sein Ausbruch vorhin schien ihn erfrischt zu haben, und er war jetzt so friedlich, als hätte er mich nie mit seinen Anschuldigungen überfallen.

»Wie wär's mit einem Frühstück, Peabody?« fragte er ganz freundlich.

Ehe ich ihn mit einer passenden Antwort zerschmettern

konnte, sagte Walter: »Ich verstehe das einfach nicht. Die Männer hätten doch mit der Mumie verschwinden können, bevor sie uns davon erzählten. Und was ist mit den Bandagen, die du abgenommen hast?«
»Das ist ganz einfach«, erklärte Emerson. »Die konnte ich nicht abwickeln, weil sie zu einer soliden Masse zusammengebacken waren. Ich mußte sie also über der Brust aufschneiden. Und du weißt ja selbst, daß die Körperhöhlungen oft Amulette und Schmuckstücke... Peabody, was ist denn los?«
Seine Stimme wurde zum Insektensummen, und die Sonne verdunkelte sich. Hätte der Mond höher gestanden, hätte ich meinen nächtlichen Besucher genauer gesehen, wäre dann auch die klaffende Öffnung zu erkennen gewesen?
Ich freue mich, sagen zu können, daß dies das erste- und letztemal war, daß ich einem Aberglauben nachgab. Als ich die Augen wieder öffnete, wurde mir klar, daß Emerson mich trug, und sein besorgtes Gesicht lag nahe an dem meinen, aber ich schob seine stützenden Arme weg.
»Eine momentane Schwäche«, tat ich sehr gleichmütig, ließ mich aber von Walter zu einem Sitz führen.
»Sie überanstrengen sich, Miß Peabody«, warnte er mich ehrlich besorgt. »Heute müssen Sie ruhen, darauf bestehe ich.« Sein Bruder musterte mich nur.
Die ganze Atmosphäre war irgendwie gespannt oder unruhig; erst arbeitete ich ein bißchen am Pflaster, doch dann ging ich dorthin, wo Walter und Abdullah die Arbeiter beaufsichtigten. Etwa fünfzig Männer gruben die Fundamente eines Tempels und verschiedener Häuser aus dem Sand; Kinder schleppten ihn körbeweise weg und schüttelten ihn wahllos dorthin, wo man vermutlich wenig später graben würde. Meistens sangen und lachten sie bei der Arbeit, denn die Ägypter sind von Natur aus fröhliche Menschen, doch diesmal war von ihren etwas jammernden heiteren Gesängen nichts zu hören. Ich fragte Abdullah nach dem Grund.

»Es sind unwissende Menschen, die sich vor Dämonen und unbekannten Dingen fürchten«, erwiderte er ein wenig zögernd. »Und vor den Geistern der Toten. Sie fragen, wohin die Mumie verschwunden ist.«
Mehr wollte oder konnte er nicht sagen, und ich kehrte ziemlich beunruhigt zu meiner Arbeit am Pflaster zurück. Wie sollte ausgerechnet ich mich über die Eingeborenen erhaben fühlen, da ich selbst doch auch mit solchen Gedanken gespielt hatte?
Der freundliche Leser wird fragen, weshalb ich nicht über mein Abenteuer gesprochen habe. Nun, das ist ganz einfach: Ich wollte nicht ausgelacht werden. Emersons Lachen hätte sicherlich durch das ganze Tal gedröhnt, hätte ich ihm erzählt, daß ich seine kostbare Mumie auf einem nächtlichen Spaziergang ertappt habe. Und doch meinte ich, darüber sprechen zu sollen, und so plagte ich mich den ganzen Tag über mit Eitelkeit und Vernunft herum.
Als wir uns abends auf dem Sims trafen, sah ich sofort, daß die anderen auch keinen guten Tag hinter sich hatten. Walter beklagte sich, nichts sei vorangegangen, der Tag sei eine glatte Verschwendung gewesen.
Wir gingen alle sehr früh zu Bett; Emerson brauchte seinen Schlaf, wenn er am folgenden Tag die Ausgrabungen wieder aufnehmen wollte, und für mich war die vergangene Nacht auch sehr kurz gewesen.
Aber ich schlief schlecht, und als ich gegen Morgen einmal aus einem schweren Traum aufwachte, sah ich eine weiße Gestalt unter der Tür stehen, und ich tat einen leisen Schrei. Aber es war Evelyn, und sie huschte schnell zu meinem Bett. »Amelia, ich hörte einen langen, gräßlichen Seufzer, es war unheimlich. Ich wollte dich nicht aufwecken. Aber ich mußte wissen, wer solche Seufzer ausstieß, weil sie nicht aufhörten. Und als ich zur Tür ging und den Vorhang aufhob ... Amelia, du wirst mich auslachen und mir nicht glauben, was ich sah.«
»Was war es, Evelyn? Sag es mir doch.«

»Eine blasse Gestalt ohne Gesicht, Amelia! Sie hatte nur ein flaches, blasses Oval ohne Augen, und die Gliedmaßen standen starr weg ...«

»Genug davon!« rief ich ungeduldig. »Du scheinst ..., du hast ..., das muß eine Mumie gewesen sein.«

Evelyn starrte mich ungläubig an. »Dann mußt du ... das Ding selbst gesehen haben. Wann? Und wie?«

»Ich sah das Ding vergangene Nacht, und am Morgen fand ich vor unserer Grabkammer Bandagenstücke. Und in der Nacht war auf geheimnisvolle Art unsere Mumie verschwunden. Ich sagte davon nichts, weil es mir selbst zu lächerlich erschien.«

»Lächerlich, Amelia? Was sollen wir jetzt tun?«

»Natürlich müssen wir darüber sprechen, aber erst am Morgen. Da ist es noch früh genug für meine Demütigung.«

Aber der Morgen brachte schon wieder eine neue Sensation. Ich stand früh auf, und Emerson, ebenfalls ein Frühaufsteher, lief schon ungeduldig neben dem Kochzelt auf und ab. Ich versagte mir jeden Kommentar zu seiner offensichtlichen Entschlossenheit, die Arbeit wieder aufzunehmen, und wenig später saßen wir beim Frühstück. Da explodierte Emerson.

»Wo sind denn die Männer? Seit einer Stunde sollten sie da sein!«

Walter sah auf seine Uhr. »Seit einer halben. Sie scheinen sich verspätet zu haben.«

»Siehst du etwas in Richtung Dorf?« knurrte Emerson. »Walter, da stimmt was nicht. Hol mir mal Abdullah her.«

In seinem Zelt war er nicht, doch wenig später kam er durch den Sand herangestapft, nachdem er offensichtlich vergebens seinen Trupp im Dorf gesucht hatte. Er breitete seine Hände aus und sagte: »Sie wollen nicht kommen.«

»Ist denn heute ein Feiertag der Mohammedaner?« fragte Evelyn.

»Nein, nein, so etwas würde Abdullah nicht übersehen«, antwortete Emerson. »Ich dachte eher, sie wollten mehr

Geld. Setz dich, Abdullah, und erzähl mir, was du weißt.«
Abdullah hockte sich auf den Boden und berichtete. Als er ins Dorf gekommen sei, habe er alle Hütten verlassen vorgefunden. Er sei zum Bürgermeister, dem Vater von Mohammed, gegangen, und der habe ihm erklärt, die Männer würden nicht kommen, überhaupt nicht mehr. Von Mohammed, der später dazukam, erfuhr er dann, der Grund dafür sei die Mumie, die früher ein prinzlicher Priester-Zauberer gewesen sei, ein Diener des großen Gottes Amon, den Pharao Khuenaten von seinem geistigen Thron gestürzt hatte. Amon habe die häretische Stadt verflucht. Da die Mumie ans Tageslicht gebracht worden sei, habe sie in ihrem Zorn das Dorf besucht, alle Schläfer durch ihr Seufzen aufgeweckt und verängstigt. Die Dorfbewohner hätten die Warnung angenommen und seien gegangen, um die unheilige Stätte dem trostlosen Sand zu überlassen, denn jeder, der noch in der verfluchten Stadt arbeite, werde von Amons Zorn geschlagen.
Emerson hatte aufmerksam zugehört. Als Abdullah geendet hatte, fragte er: »Glaubst du selbst daran, Abdullah?«
»Nein.« Es klang nicht sehr überzeugend.
»Ich auch nicht. Amon-Ra ist ein toter Gott und hat seine Macht vor vielen hundert Jahren verloren. Die Moscheen deines Gottes stehen zwischen den Tempeln und rufen die Gläubigen zum Gebet. Ich nehme an, du glaubst an deinen Gott und daran, daß er dich vor bösen Geistern und Dämonen beschützt.«
Ich mußte Emerson sehr bewundern, denn er hatte den richtigen Ton getroffen. Abdullah sah ihn respektvoll an.
»Aber der Herr sagt nicht, was aus der Mumie wurde?« fragte er vorsichtig.
»Die wurde gestohlen von einem, der hier Unruhe stiften will. Seinen Namen will ich nicht nennen, aber du weißt doch selbst, daß Mohammed ärgerlich war, weil ich dich zum Vormann machte und nicht ihn. Sein Vater hat ihn schlecht erzogen, und die Männer des Dorfes verachten ihn.«

»Aber sie fürchten ihn auch«, bemerkte Abdullah und stand auf. »Wir sind einer Meinung, Herr. Aber was sollen wir tun?«
»Ich werde mit dem Bürgermeister sprechen. Abdullah, geh und iß. Du hast deine Sache gut gemacht. Ich bin zufrieden und dankbar.«
Sehr behaglich fühlte sich der Vormann nicht. Evelyn schaute mich an, und ich nickte. Jetzt mußte ich meine Geschichte erzählen, und ich räusperte mich ausführlich.
»Er hat sich das nicht eingebildet, und die Dorfbewohner haben die Mumie ganz sicher gesehen. Evelyn und ich sahen solch eine Gestalt hier im Lager.«
»Ich dachte mir doch, daß Sie was verschweigen. Na, gut, Peabody, packen Sie aus. Wir hören.«
Ich erzählte also. Zu meinem Staunen kam mir ausgerechnet von Emerson Hilfe. Walter war sprachlos.
»Das beweist doch nur, daß unser Schurke, den wir ja zu kennen glauben, sich die Mühe machte, in einem Lumpengewand herumzugehen und die Leute zu erschrecken. Überrascht bin ich nicht, wenn ich auch nicht geglaubt hätte, daß Mohammed soviel Fantasie und Energie aufbrächte.«
Zusammen mit Walter machte er sich dann auf den Weg ins Dorf. Natürlich kam ich – unaufgefordert – mit, und Evelyn blieb zurück unter Michaels und Abdullahs Schutz.
Im Dorf herrschten eine brütende Hitze und ein unheilvolles Schweigen. Emerson mußte eine ganze Weile kräftig an die Tür der Hütte des Bürgermeisters trommeln, ehe durch einen schmalen Spalt eine lange, gebogene Nase geschoben wurde. Emerson drückte so gegen die Tür, daß der alte Mann ein wenig zurücktaumelte; er fing ihn auf und setzte ihn behutsam auf den Boden.
Es stank fürchterlich in der Hütte, denn Hühner, Ziegen und Menschen drängten sich in einem kleinen, halbdunklen Raum zusammen. Wir wurden nicht zum Sitzen eingeladen, hätten auch keinen Platz gehabt, denn die Hühner belegten einen langen, verdächtig aussehenden Diwan mit Beschlag.

Emerson unterhielt sich arabisch mit den Leuten; verstehen konnte ich kaum etwas, doch aus den Mienen und Gesten ließ sich einiges entnehmen. Der Bürgermeister, ein verhutzelter, knochiger Bursche, benahm sich nicht frech, eher verängstigt.
Allmählich verzogen sich die Menschen, während die Hühner und Ziegen blieben. Nach einer Weile schlüpfte jemand durch einen Hintereingang herein, und ich erkannte Mohammed, der sofort das freundlich geführte Gespräch übernahm und frech wurde. Schließlich schaute er mich an und sagte in englischer Sprache: »Mumie mag nicht Fremde, sollen gehen. Aber nicht Frauen gehen. Mumie mag englische Frauen.«
Der arme alte Vater kreischte verängstigt, als Emerson seinem unverschämten Sohn an die Kehle ging. Walter beruhigte ihn dann wieder. »Komm, komm«, redete er seinem Bruder zu. »Hier können wir doch nichts tun.«
Wir verließen schnellstens die Hütte und waren froh, als wir die zwar heiße, aber immerhin saubere Wüstenluft atmen konnten. Trotz des Mißerfolges richtete Emerson aber sofort seine Schritte in das nächste Dorf. »Wenn die Männer von Haggi Qandil nicht arbeiten wollen, so tun es sicher die von el Till und al Amarnah«, meinte er entschlossen.
Walter versuchte ihm das auszureden. »Radcliffe, du kannst nicht heute den ganzen Tag durch die Wüste laufen. Außerdem hat Mohammed garantiert seine Geschichte schon in den Nachbardörfern verbreiten lassen. Du wirst dort ebensowenig Erfolg haben wie in Haggi Qandil.«
Emerson ging schon sehr langsam, aber das Kinn hatte er aggressiv vorgestreckt. Ich beschloß also, der Sache ein Ende zu machen, ehe es ihn in den Sand streckte.
»Walter, lassen Sie ihn«, sagte ich. »Er ist zu stur, als daß er auf vernünftige Argumente hören würde. Wir müssen mit Abdullah und Michael Kriegsrat halten und haben auch sonst noch einiges zu tun. Eigentlich könnten wir damit ja warten, bis Ihr Bruder vor Schwäche ohnmächtig wird,

denn dann kann er uns nicht im Weg stehen. Es ist einfacher, ihn zum Lager zu schleppen, als mit ihm zu streiten.«
Emerson hielt sich aber noch immer auf den Beinen, als wir ins Lager kamen, doch Walter zog sich mit ihm sofort zu einer restaurativen Behandlung in die Grabkammer zurück. Danach versammelten wir uns zum Kriegsrat.
Michael, der Christ und Fremde, war im Dorf nicht willkommen und verbrachte daher die Nächte auf dem Boot. Nun hörte er zum erstenmal von den Vorgängen hier und lauschte aufmerksam unseren Erzählungen. Danach fragte ich ihn, welche Vorschläge er dazu habe.
»Verlassen Sie diesen Ort sofort«, riet er uns. »Ich bin vor Dämonen geschützt.« Er berührte dazu sein Kreuz, das er um den Hals trug. »Hier gibt es viele schlechte Menschen. Das Boot wartet. Wir gehen alle, auch die Gentlemen. Das hier ist kein guter Ort.«
Abdullah nickte nachdrücklich. Er war zwar islamischen Glaubens, aber die Mohammedaner sind ebenso abergläubisch wie die Christen.
»Diesen Vorschlag wollte ich auch machen«, sagte ich, und Michael war auf meine Zustimmung sehr stolz. »Gentlemen, Sie müssen einsehen, daß Sie hier jetzt nichts mehr tun können. Ich hielte es für besser, wenn wir uns Arbeiter aus anderen Landesteilen besorgten, die nicht Mohammeds Einfluß unterliegen, und wenn die Dorfbewohner feststellen, daß die Arbeit ohne Zwischenfall weitergeht, dann werden sie selbst einsehen, daß ihre Fluchlegenden reiner Unsinn sind.«
Walter schien sehr beeindruckt zu sein und schaute seinen Bruder an. Ich tat es auch, aber er hatte sein Kinn wieder so angriffslustig vorgeschoben, daß ich ihm am liebsten meine Faust daraufgesetzt hätte.
»Wir könnten doch auch an einer anderen Stelle arbeiten«, schlug Evelyn vor. »Es gibt genug Grabungsmöglichkeiten. Warum warten wir nicht, bis sich hier die Aufsässigkeit gelegt hat?«

»Oh, das ist sehr gut, sehr gut. Wir gehen. Arbeiten in Sakkarah, Luxor. Ich kenne Gräber im Tal der Könige«, antwortete Abdullah begeistert. »Königsgräber, die noch nicht geöffnet sind. Wir gehen nach Theben, dort ist mein Haus. Ich habe viele Freunde, die gern arbeiten.«
»Hm. Das wäre ja sehr schön, Abdullah«, meinte Emerson nachdenklich. »Aber du weißt doch, daß ich eine Regierungserlaubnis zum Graben brauche. Maspero wird sie mir sicher nicht geben, weil er hofft, dort selbst etwas zu finden. Und auch das Geld ... Walter, was meinst du dazu?«
Walter hatte unterdessen Evelyn bewundert und erschrak, als sein Bruder ihn ansprach. »Oh, natürlich. Ich werde alles tun, was du vorschlägst, Radcliffe. Aber eines würde ich dringend empfehlen. Egal, ob wir gehen oder bleiben – die Damen müssen hier weg, am besten noch heute. Ich halte es hier zwar nicht für gefährlich, aber es ist unerfreulich, und sie haben uns schon zuviel von ihrer kostbaren Zeit geopfert.«
Das fand ich unendlich rührend von dem jungen Mann. Ja, er war ein echter Brite, der das geliebte Mädchen außer Gefahr wissen wollte, und trotzdem erwies er sich seinem Bruder gegenüber loyal. Evelyn sah mich beschwörend an. Das hieß, daß sie sich meiner Entscheidung fügen würde, aber ... Nun, ich hatte nicht die Absicht, mich wegschicken zu lassen.
»Der Vorschlag ist zwar gut gemeint, doch ich kann ihn nicht annehmen«, erklärte ich bestimmt. »Entweder wir gehen alle, oder wir bleiben alle.«
Emerson holte so tief Atem, daß es ihm fast die Hemdknöpfe absprengte; sie hingen sowieso recht locker. Bei Gelegenheit mußte ich sie annähen.
»Ah, Miß Peabody, meine liebe Miß Peabody, wie kommen Sie eigentlich dazu, sich in meine Angelegenheiten zu mischen?« murrte er. »Ich bin ein geduldiger Mann und beklage mich kaum einmal. Ehe Sie kamen, war mein Leben friedlich und ruhig, und jetzt benehmen Sie sich, als seien

Sie der Expeditionsleiter. Walter hat recht. Die Frauen müssen weg. Peabody, keine Widerrede! Ich hätte Sie längst verschnüren und auf Ihr Boot bringen lassen sollen. Michael und Abdullah werden das gerne besorgen.«
»Nein, nein. Michael würde Ihnen auf gar keinen Fall gehorchen«, erwiderte ich. »Natürlich wäre ihm lieber, ich wäre von hier weg, aber er hält sich treu an meine Wünsche. Emerson, wir wollen nicht streiten. Mir paßt es nicht, die Arbeit hier aufzugeben, und es wäre lächerlich, wenn der britische Löwe mit dem Schwanz zwischen den Beinen ...«
»Du lieber Gott!« ächzte Emerson.
»Also, hier können Sie keine Arbeiter bekommen«, fuhr ich fort, »außer meine Leute ... Nein, das geht. Ich schlage vor, wir machen heute alle gemeinsam das Pflaster fertig, Evelyn ihre Skizzen, und abends unterhalten wir uns dann weiter. Wir müssen diese falsche Mumie unbedingt fangen.«
»Ach, Miß Amelia, Sie sind wunderbar!« rief Walter und klatschte in die Hände. »Wir vier ...«
»Sechs«, berichtigte ich. »Wir sechs genügen; wir brauchen die Bootsmannschaft nicht. Ich schlage vor, einer von uns bewacht das Dorf. Mohammed muß ja einmal in seiner Verkleidung herausschlüpfen, und da er uns unter allen Umständen vertreiben will, wird er wohl heute nacht kommen. Wir anderen liegen auf der Lauer. Hat jemand eine Schußwaffe?«
»Nein, die sind gefährlich, und wir haben sie nie gebraucht«, brummte Emerson.
»Dann müssen wir Keulen verwenden.«
»Ich ertrage das nicht mehr«, murmelte Emerson, stand auf und ging weg. Ich sah, wie seine Schultern zuckten. Er mußte also noch sehr schwach sein.
»Schlafen Sie gut!« rief ich ihm nach. »Wir müssen heute abend frisch sein.« Er gab ein eigenartiges Geräusch von sich, und ich wandte mich Walter zu, der noch immer seinem Bruder nachstarrte. »Er muß schrecklich erschöpft sein, Walter. Wenn Sie vielleicht ...«

»Nein, nicht nötig«, antwortete er.
»Aber was ist dann ...«
Walter schüttelte den Kopf. »Das ist doch unmöglich ... Wenn ich es nicht besser wüßte, würde ich sagen, er habe schallend gelacht.«
Der Rest des Tages verlief nach meinem Plan. Evelyn bekam die Skizze des Pflasters fertig, und sie war sehr hübsch. Besonders die Pastellfarben kamen gut zur Geltung. Ich legte den Rest der Schutzschicht auf. Als wir ins Lager zurückkehrten, war das Abendessen schon fast fertig. Wir waren eine kleine, friedliche und einige Gesellschaft.
Walter und Abdullah sollten das Dorf, besonders die Hütte des Bürgermeisters, bewachen. Vor Mitternacht erwarteten wir nichts, aber man konnte ja nie wissen. Sobald Mohammed das Haus verließ, sollten die beiden ihm folgen. Emerson war der Meinung, daß der Bürgermeister selbst mit der Sache nichts zu tun hatte. Die beiden Bewacher sollten aber erst dazwischentreten, wenn Mohammed in seiner Verkleidung zu uns unterwegs war. Einer sollte ihn dann festhalten, der andere uns verständigen, so daß wir alle gemeinsam den Missetäter in sein Dorf schleppen und ihn entlarven konnten.
Evelyn sollte, bewacht von Michael, in ihre Grabkammer gehen, während Emerson und ich in der seinen Wache halten wollten. So war Evelyn doppelt bewacht, denn an uns konnte niemand vorbeikommen.
Als es dunkel wurde, schlüpften Walter und Abdullah weg, und Michael nahm mit einer Keule seine Wache auf. Ich zog ein passendes Kleid an und ging den Sims entlang zu Emersons Grab. Er saß auf einer Kiste und schrieb beim Schein einer Öllampe. Er schaute auf und meinte, als Zigeunerin hätte ich mich ja nicht gerade zu kostümieren brauchen. Ich erklärte ihm, dunkle Kleidung sei vorteilhafter, und ein Schal um den Kopf schütze mein Haar; der Schmutz verdecke dagegen die helle Haut meines Gesichtes und meiner Hände. Er seufzte ein wenig resigniert und meinte dazu, nun

brauche er wahrlich nicht zu fürchten, daß jemand auf den Gedanken käme, er habe mich aus amourösen Gründen in seine Gemächer eingeladen. Ich maß ihn nur mit einem hoheitsvollen Blick und ließ mich in einer Ecke nieder.
Die folgenden Stunden zogen sich endlos in die Länge. Emerson schrieb weiter, als sei ich gar nicht vorhanden. Ich hatte Muße, ihn zu beobachten. Sein dichtes, schwarzes Haar bedurfte eines Schnittes, denn die Nackenlocken wuchsen ihm über den Hemdkragen. Seine Rückenmuskeln unter dem dünnen Hemd bewegten sich geschmeidig. Nach einer Weile wurde es mir langweilig, und ich holte mir ein Buch über die Pyramiden von Gizeh, das von einem gewissen Mr. Petrie geschrieben war. Emerson hatte diesen jungen Gelehrten schon wiederholt erwähnt, wenn auch nicht gerade lobend, denn das tat er nie. Mich fesselte allerdings dieses Buch ungeheuer.
Endlich legte Emerson die Feder weg und erhob sich, gähnte und streckte sich. Dann blies er die Lampe aus. Als mein Auge sich etwas an die Dunkelheit gewöhnt hatte, kroch ich zum Eingang. Emerson wisperte mir etwas zu, so daß ich wußte, wo er war. Ich nahm meinen Platz an der anderen Türseite ein. Ich hätte mich ja gerne ein wenig im Flüsterton unterhalten, doch Emerson gab mir gar keine Antwort. Die Schönheit der Nacht war unbeschreiblich. Noch nie hatte ich so große und klare Sterne gesehen; sie schimmerten wie die Juwelen eines Pharaos. Die kühle Luft war außerdem sehr erfrischend, und die Stille wurde nur ab und zu vom Heulen eines Schakals unterbrochen.
Ich gebe zu, daß ich ein wenig döste, als mich ein Geräusch plötzlich hellwach machte. Emerson konnte von seiner Türseite aus zum Simsende und zum Kochzelt schauen, während ich auf Evelyns Grab sehen konnte. Nichts war zu sehen, aber Emerson streckte die Hand aus, und ich trat neben ihn. Dann stand das Ding plötzlich da, bewegungslos und blaß, aber nicht am Sims, sondern am unteren Hang. Der Mond schien hell, und wir konnten uns nicht irren. Ich sah sogar

das Muster der gewickelten Bandagen auf der Brust. Der Kopf war ganz mit Stoff umwickelt. Da drehte das Ding den Kopf. Emersons Hand legte sich auf meinen Mund; er hatte richtig erraten, daß ich beinahe gestöhnt hätte. Und die Mumie schien – nein, die konnte gar nichts gehört haben, wenn sich auch ihr Kopf in unsere Richtung drehte.

In einer drohenden Gebärde hob sie den rechten Arm. Emerson ließ mich abrupt los und tat einen Satz auf den Sims hinaus. Ich folgte ihm auf den Fersen. Ich rutschte mit den losgetretenen Kieseln, und Emerson stolperte und flog der Länge nach hin.

Die Mumie war in voller Flucht. Ich wußte, daß ich sie nicht erreichen konnte und – ganz ehrlich – ich hatte auch keine Lust, es zu tun. Ich lief zu Emerson und half ihm auf. Michael rief mir vom Sims aus etwas zu, und ich befahl ihm, bei Evelyn zu bleiben, die Mumie sei schon davongelaufen und nicht mehr einzuholen.

Warum, fragte Emerson, als wir wenig später wieder im Grab saßen und das Ereignis durchsprachen, warum glaubte ich, dieses Ding wolle mehr als uns nur ein bißchen ängstigen?

Nun, ich wußte ja auch nicht mehr als er. Fest stand nur, daß es Mohammed gelungen sein mußte, Walter und Abdullah an der Nase herumzuführen, wenn die Mumie ungehindert bis zu uns gelangen konnte.

»Sollten wir nicht nach ihnen suchen?« fragte Evelyn. »Es könnte ihnen doch etwas zugestoßen sein.«

»Nein, nicht zwei Männern. Nein, Miß Evelyn, Walter ist absolut sicher. Vielleicht warten die beiden noch immer beim Dorf auf Mohammed und sehen ihn, wenn er zurückkommt. Wir würden nur sinn- und zwecklos in der Dunkelheit herumwandern, wollten wir die beiden jetzt suchen.«

Es war merkwürdig – Emerson hatte Evelyn mit dem Vornamen angesprochen. Nun ja, die Merkwürdigkeit der Situation hatte das Eis der Formalität gebrochen. Ich hatte Walter ja auch schon öfter mit seinem Taufnamen angesprochen.

Ich mochte den jungen Mann, und mir war, als hätte ich ihn schon lange gekannt.
Bei Emerson war es ein bißchen anders. Er war manchmal so frech und ungeduldig zu mir, daß ich keine Lust zu freundschaftlicheren Beziehungen hatte.
Es war schon Morgen, als die beiden Wächter aus dem Dorf zurückkehrten, und beide schworen, niemand habe während der Nacht das Dorf verlassen. Walter hatte persönlich von einem unbequemen Sitz in der Astgabel eines Baumes aus die Hütte des Bürgermeisters beobachtet. Mohammed konnte also nicht Mumie gespielt haben.

7. KAPITEL

Niemand von uns versuchte mit Walter und Abdullah deshalb zu streiten. Niemand hielt ihnen auch vor, Mohammed habe sie übertölpelt. Plötzlich sprang Emerson auf und lief weg. Ich wußte sofort, wohin er wollte und was er dort finden würde. Ich folgte ihm langsam, und als ich ihn einholte, stand er neben dem Holzgerüst, welches das gemalte Pflaster geschützt hatte. Die Malerei war verschwunden, teilweise herausgebrochen, teilweise völlig vernichtet. Also hatte ich ganz umsonst soviel und so angestrengt gearbeitet. Doch das war nicht mein erster Gedanke. Mich traf es viel tiefer, daß so viel Schönheit so sinnlos zerstört worden war. Instinktiv griff ich nach Emersons Hand, und er nahm die meine. So standen wir eine Weile mit ineinandergelegten Händen da, bis es ihm zu Bewußtsein kam; dann warf er meine Hand förmlich weg. Er sah sehr bekümmert und noch viel hagerer aus als sonst.

»Unsere Mumie ist sehr boshaft«, sagte ich.

»Peabody, ist Ihnen nicht auch schon der Gedanke gekommen, daß dieser ganze elende Plan für den beschränkten Geist Mohammeds viel zu raffiniert ist?«

»Vielleicht unterschätzen Sie seine Intelligenz?«
»Nein, das glaube ich nicht. Sein Motiv ist mir auch unklar. Warum sollte er sich einer kleinen Rache wegen soviel Mühe machen? Wir verschaffen seinem Dorf doch Arbeit und Geld, und diesen Verdienst brauchen sie dringend.«
»Aber wenn Walter sagt, Mohammed habe das Dorf nicht verlassen ...«
»Das glaube ich nicht. Wer sollte sonst die Mumie sein?«
»Sie meinen also, wir müßten nach jemand Ausschau halten, der hinter Mohammed steht? Aber wer könnte das sein?«
»Das ist schwer zu sagen. Vielleicht ein reicher Amateur-Archäologe ...«
»Das ist doch lächerlich!« fuhr ich auf. Und damit war für den Moment unsere Unterhaltung beendet. Emerson warf mir einen gehässigen Blick zu und kehrte zum Lager zurück. Wäre Emerson nicht so stur gewesen, ich glaube, wir hätten Amarna doch verlassen, aber Evelyns Takt half uns über die nächsten Stunden weg. Sie bestand darauf, wir sollten alle ein paar Stunden schlafen, ehe wir weiter über die ganze Sache diskutierten. Ich bezweifelte allerdings, daß ein paar Stunden Schlaf Emerson friedlich und einsichtiger stimmen könnten.
Abdullah stand Wache, während wir schliefen, und er weckte uns mit einem Schrei. Ich taumelte, geblendet von der gleißenden Sonne, vor die Tür und sah eine Prozession vom Fluß her nahen. Der Anführer saß auf einem Esel, war aber noch nicht zu erkennen.
»Aha, da kommt Verstärkung«, bemerkte ich, als Evelyn neben mich trat. »Ich bin ja neugierig, was Lord Ellesmere zu unserem kleinen Geheimnis meint.«
»Lucas!« rief Evelyn.
Walter hatte unsere Unterhaltung gehört und warf Evelyn einen forschenden Blick zu. Dann sah er, die Stirn gerunzelt, dem Neuankömmling entgegen. Lucas hatte uns schon gesehen und winkte heftig. Seine weißen Zähne blitzten im

jetzt tiefgebräunten Gesicht. Walter sah immer finsterer drein.
»So, Sie kennen also diesen gräßlichen Kerl«, sagte Emerson. »Hätte ich mir ja denken können, daß er ein Freund von Ihnen ist, Peabody.«
»Diese Gegend, Emerson, ist nicht Ihr Privatbesitz«, entgegnete ich hochmütig. »Eigentlich erstaunlich, daß wir nicht mehr Besucher hatten.«
Emerson nickte, und ich gab ihm nun die Erklärung, auf die er wohl Anspruch hatte: »Lord Ellesmere ist Evelyns entfernter Verwandter. Wir trafen ihn kurz vor unserer Abreise in Kairo, und er sagte, er wolle die gleiche Reise machen. Wir rechneten damit, ihn in Luxor zu treffen. Er muß dann wohl die vor Anker liegende *Philae* gesehen und sich nach unserem Verbleib erkundigt haben.«
Ich war mit mir selbst recht zufrieden, denn ich dachte nicht daran, Evelyns Beziehung zu dem verstorbenen Lord Ellesmere beziehungsweise zu Lucas zu erörtern. Übrigens hatten beide Emersons kein Interesse an Skandalen, wenn es dabei nicht um altägyptische Pharaonen ging, und deshalb war anzunehmen, daß sie von Evelyns früheren Eskapaden nichts gehört hatten.
Evelyn war, wie ich sah, sehr blaß geworden, als sie die Annäherung ihres Vetters beobachtete, und Walter musterte sie erstaunt und bekümmert. In diesem Moment kam mir eine Erkenntnis. Ich wollte Walter für Evelyn; sie paßten ideal zueinander; er war ehrenhaft und liebenswert und würde sie gut behandeln. Wenn ich sie aufgeben mußte, dann wußte ich sie bei dem guten und zärtlichen Walter gut aufgehoben. Also sollte Evelyn ihren Walter bekommen, obwohl ich wußte, daß es nicht ganz einfach sein würde.
»Wollen Sie Ihrem Verwandten nicht entgegengehen und ihn begrüßen?« fragte Walter.
Evelyn erschrak. »Ja, natürlich«, antwortete sie ohne jede Begeisterung.

»Bleib hier«, sagte ich. »Michael soll Tee bringen. Ich gehe hinab.«
Lucas fiel mir mit einem Freudenschrei um den Hals, und weil mir das gar nicht behagte, mußte ich ihm einen ordentlichen Stoß versetzen, der mir einen vorwurfsvollen Blick von ihm einbrachte.
»Eine solche Warnung war nicht nötig, Miß Amelia«, hielt er mir vor. »Aber was tun Sie hier? Wer sind Ihre Freunde und warum ...«
Natürlich gab es Erklärungen und die gegenseitige Vorstellung, aber als ich dann die Geschichte von der Mumie erzählte, hörte Lucas schweigend zu. Schließlich grinste er, und zum Schluß liefen ihm Lachtränen über das Gesicht.
»Das ist ja großartig! Oh, wie ich mich freue, diese wandelnde Mumie zu sehen! Ein solches Glück hätte ich wirklich nicht erwartet!«
»Es ist keineswegs sicher, ob Sie das Vergnügen einer solchen Begegnung haben werden, Lord Ellesmere«, sagte Walter. »Und warum sollten wir Sie mit unseren Problemen belasten? Wenn Sie die Damen in Sicherheit ...«
»Sie werden mich doch nicht um ein solches Erlebnis bringen wollen«, protestierte Lucas.
»Nun, Lord Ellesmere, wenn Sie sich unserer Gruppe anschließen wollen, müssen Sie schon mich um Erlaubnis fragen«, warf da Emerson ein. »Ich werde Sie ja kaum daran hindern können, hier irgendwo ein Zelt für sich selbst aufzustellen.« Das war für Emerson eine beachtliche Rede, und Lucas wickelte ihn dann auch geradezu in seinen Charme ein. Emerson musterte ihn mit der Begeisterung, die ein alter, brummiger Hund einem verspielten jungen Terrier entgegenbringt, und schließlich erklärte er sich sogar bereit, Lucas einige der Gräber zu zeigen. »Besonders die Reliefs sind interessant«, bemerkte er. »Die alten Königsgräber wurden ja von diesen Halunken ausgeplündert, denn die Dorfbewohner verschleppen alles, was sie irgendwie zu Geld machen können.«

»An Königsgräbern bin ich im Moment sowieso nicht übermäßig interessiert, und dorthin ist es ja auch ziemlich weit, wie ich höre«, erklärte Lucas.
»Ihre Stiefel würden sicher darunter leiden«, bestätigte Emerson. »Aber über Amarna scheinen Sie einiges zu wissen, denn das königliche Grab hier steht nicht auf der Liste der Attraktionen für Touristen.«
»Oh, ich bin an allem interessiert, was Ägypten betrifft, und ich habe auch schon eine recht ordentliche Antiquitätensammlung. Ich will nämlich im Ellesmere Castle eine ägyptische Galerie einrichten.«
»Schon wieder eine Amateurkollektion, zusammengeramscht von einem Dummkopf«, fuhr Emerson auf.
»Da scheine ich ja einen empfindlichen Punkt getroffen zu haben«, meinte Lucas und lächelte Evelyn an.
Evelyn erwiderte das Lächeln nicht. »Mr. Emerson hat völlig recht, Lucas«, erwiderte sie. »Nur geschulte Archäologen sollten Ausgrabungen machen dürfen, denn die vielen zerbrechlichen und zerbrochenen Dinge können nur von geschulten Händen pfleglich behandelt werden. Es wäre besser, die Touristen würden nicht von Händlern kaufen, weil dadurch nur noch mehr Schaden angerichtet wird.«
»Du lieber Gott, ich ahnte ja nicht, daß du so begeistert bist! Aber genau das brauche ich für meine künftige Ägyptensammlung – einen Fachmann, der die Kollektion pflegt und katalogisiert. Dann wird mich Mr. Emerson vielleicht auch nicht mehr verachten.«
»Verachten wird er Sie immer«, warf ich ein. »Und wenn Sie das nicht wollen, dann übergeben Sie Ihre Antiquitäten dem Britischen Museum, wo sie besser aufgehoben sind.«
»Nein, das werde ich bestimmt nicht tun«, widersprach er lachend. »Eher wird Mr. Emerson mir meinen Papyrus vorlesen. Er ist ziemlich gut. Natürlich krümelt er schon, und er ist mit diesem komischen Gekrakel bedeckt. Als ich ihn aufrollte ...«
Emerson stöhnte. »Sie haben ihn aufgerollt?«

»Nur einen Teil, dann brach er ja auseinander. Deshalb dachte ich ... Aber Mr. Emerson, Sie sind ja leichenblaß! Habe ich etwas Falsches gemacht?«
»Ein Mord wäre auch nicht schlimmer«, hielt ihm Emerson vor. »Sie haben wohl keine Ahnung davon, daß die Zahl alter Manuskripte beschränkt ist.«
»Nun ja, wenn Sie so großen Wert darauf legen, sollen Sie den Papyrus haben. Vielleicht kann ich mir damit die Zulassung zu Ihrer reizenden Gruppe erkaufen. Könnte ich mich jetzt ein wenig hier umschauen? Ich möchte ein Grab für mich selbst aussuchen, wenn ich schon die Nacht über hier bleibe.«
Ich hatte mir inzwischen den Kopf zerbrochen, weshalb Emerson für kurze Zeit Lucas gegenüber fast liebenswürdig gewesen war. Nun fand ich zwei Gründe. Der erste war der, daß für jeden Ausgräber ein wohlhabender Patron ein ungeheurer Vorteil ist, und der zweite Grund konnte der sein, daß er Walter, seinen Bruder und getreuen Helfer, nicht gerne an Evelyn verlor, und so war es ihm angenehm, daß Lucas seine Base zu verehren schien. Diese beiden Vermutungen bestätigten sich dann auch.
Lucas fand das ganze Lager großartig und bestürmte Emerson mit Fragen, schüttelte den Kopf über Mohammeds Gemeinheit und den Aberglauben der Touristen und Dorfbewohner, drückte dem erstaunten Abdullah die Hand – und äußerte Zweifel über Michael.
»Sind Sie sicher, daß Sie ihm trauen können?« fragte er mich leise, als wir am Kochzelt vorbeikamen, wo Michael einen einfachen Imbiß vorbereitete. Er verrichtete alle Arbeiten, seit die Dorfbewohner uns im Stich gelassen hatten.
»Ich vertraue ihm uneingeschränkt«, antwortete Evelyn. »Amelia hat das Leben seines Kindes gerettet, und er würde für sie sterben.«
»Dann ist darüber nichts mehr zu sagen«, erwiderte er, redete aber dann doch noch eine ganze Menge; Michael sei

ja ein Einheimischer und abergläubisch, und wie könne er seine unsterbliche Seele einem Dämon aussetzen?
»Lord Ellesmere, ich würde mir an Ihrer Stelle darüber keine Gedanken machen«, riet ihm Emerson kurz und trocken. Darauf schwieg Lucas dann auch.
Lucas wollte natürlich das größte Grab beziehen, das eines Mannes namens Mahu, der Polizeichef der Stadt gewesen war, doch man hätte Tage gebraucht, es zu säubern. So mußte er sich mit einem kleineren Grab zufriedengeben. Er schickte einen Diener zum Boot mit einer langen Liste von Gegenständen, die er in den nächsten zwei Tagen dringend brauchen würde.
Nach dem Mittagessen nahm mich Emerson beiseite. »Kommen Sie mit, Peabody«, forderte er mich auf. »Sie wollten doch ein Königsgrab sehen, und jetzt hätten wir gerade Zeit.«
»Wird Walter mitkommen?«
»Nein, Walter soll hierbleiben. Jemand muß doch aufpassen. Abdullah soll auf den Lord achtgeben, damit er sich kein Bein bricht oder vom Esel fällt. Aber beeilen Sie sich, sonst gehe ich allein.«
Drei Meilen weit marschierten wir durch ein wahrscheinlich seit Jahrtausenden ausgetrocknetes Tal, in dem kein Grashalm wuchs. Man fühlte sich als Eindringling in einer fremden Welt. Schließlich kamen dann die Fragen, mit denen ich gerechnet hatte. Emerson wollte einiges über Lucas erfahren, vor allem über dessen Vermögen und sein Interesse an Evelyn. Mir waren diese Fragen zuwider, und ich wich ihnen damit aus, daß ich einen Streit heraufbeschwor, was bei Emerson sehr leicht ging. Wir marschierten also schweigend weiter.
Endlich erreichten wir einen ziemlich abgelegenen Platz in den Klippen; man hatte geglaubt, das Grab sei damit sicherer vor Räubern, doch die königliche Mumie war schon vor Jahrhunderten verschwunden.
Natürlich war Emerson nicht so voll atemloser Ehrfurcht

wie ich, als wir, mit brennenden Kerzen ausgerüstet, endlich den ersten Gang betraten, der zur Grabkammer führte. Der Hauptkorridor wies eine tiefe Grube auf, und so mußten wir noch einmal umkehren und einen anderen Weg nehmen. Wir kamen durch drei kleine Räume mit halbverfallenen Reliefs, die den Tod und das Begräbnis einer königlichen Prinzessin darstellten, einer von Khuenatens Töchtern. Sie war jung gestorben und sah auf der Darstellung sehr pathetisch aus. Der Kummer der Eltern war eigenartig rührend. Fast hörte man ihre Seufzer ...

Und was ich in diesem Moment hörte, war, wie ich meinte, auch ein Seufzen oder Stöhnen, und dann krachten Steine herab. Mich überlief eine Gänsehaut, und ich ließ die Kerze fallen. Das, was ich dann sagte, war nicht sehr damenhaft, und deshalb wiederhole ich es hier nicht.

Emerson bediente sich einer noch viel kräftigeren Sprache, als er auf dem steinübersäten Boden herumkroch, um meine Kerze zu finden. Dann schaute er mich prüfend an. »Peabody, Sie sind zwar eine Frau, aber keine Närrin«, sagte er. »Sie wissen, was dieses Geräusch zu bedeuten haben könnte. Sie werden doch nicht schreien oder ohnmächtig werden?«

Ich warf ihm einen Blick zu, der ihn eigentlich zum Verwelken hätte bringen müssen, und verließ schweigend die Grabkammer. Emerson folgte mir. Allerdings hatte ich für die Reliefs nicht mehr viel Sinn, denn ich konnte mir vorstellen, was uns am Eingang erwartete.

Wir gruben lange, sehr lange, bis wir einiges von dem gestürzten Gestein weggeschafft hatten. Eine Kerze war schon niedergebrannt, und die zweite war auch schon sehr klein. Endlich hörten wir von draußen ein Geräusch, dann sogar Worte, arabische Worte – und Abdullahs Stimme. Er wollte wissen, ob wir drinnen seien.

»Natürlich sind wir hier«, schrie Emerson erbost. »Du Sohn eines blinden, krummbeinigen Esels, wo sollten wir sonst sein?«

Dieser Frage folgte ein schauerliches Freudengeheul. Ihm folgte eine andere Stimme. »Nur Mut, Miß Amelia! Lucas ist am Werk!«
Obwohl ich nun, da ich dies schreibe, allein bin, zögere ich, die Gedanken, die mich da überfielen, zu Papier zu bringen. Emerson war kein Schwächling, doch als er seine Brust an die meine drückte, ahnte ich seine Stärke, und ich dachte ... und erwartete ... Nun, warum soll ich's nicht zugeben? Ich dachte also, er umarme mich, weil die Freude über die unerwartete Rettung seinen Geist verdunkelt habe. Bald wurde mir jedoch klar, wie absurd das war. Ein fürchterliches Rattern folgte, große Steine und Felsbrocken kollerten herab und krachten an die Wände, und wer weiß, was mir passiert wäre, hätte Emerson mich nicht mit seinem Körper geschützt. Ich war ganz außer Atem, als er mich losließ, er aber auch. Wir pumpten uns mit der heißen, sauberen Luft von draußen voll, doch nach der Dunkelheit blendete uns die Sonne.
Da sah ich, daß Emerson an der Wand lehnte und sein Arm in einem sonderbaren Winkel vom Körper wegstand. Dicker Schweiß lief ihm über das verstaubte Gesicht. Abdullah und Lucas kletterten über die Felsen herauf.
»Du verdammter Narr«, sagte er zu Abdullah.
»Oh, Herr, du bist ja verletzt«, stellte Abdullah fest.
»Mir fehlen die Worte ... Ein erfahrener Vormann und anschieben wie eine Ramme ... du Vollidiot ...«
»Ich sagte ihm, er soll langsam tun, aber mein Arabisch ist eben sehr dürftig«, warf Lucas ein, und seine schuldbewußte Miene bestätigte mir, daß wohl er an dem Unglück schuld sein müsse.
»Ist Ihr Arm gebrochen?« fragte ich Emerson.
»Nein, ausgerenkt.« Er biß die Zähne zusammen. »Ich muß zurück. Walter weiß wie ...«
»So weit können Sie nicht laufen.«
»Kann ich, wenn ich muß«, widersprach er, aber seine Knie wurden weich.

»Sie müssen ja gar nicht«, erklärte ich ihm. »Ich weiß, wie unser Arzt zu Hause das macht. Wenn Sie also ... Spaß wird es Ihnen keinen machen.«
»Ihnen auch nicht«, erwiderte er.
Ich ziehe es vor, die Prozedur nicht zu beschreiben, wir waren wirklich alle froh, als sie vorüber war. Zum Glück hatte Abdullah Wasser mitgebracht, und wir konnten unseren Durst löschen. Ich opferte einen meiner Unterröcke und band Emersons Arm an seinen Körper, um ihn ruhigzustellen. Leider machte er dazu wieder ein paar ganz ungehörige Bemerkungen.
Der Rückweg war lang und mühsam, aber Lucas erzählte uns, wie er uns zufällig gefunden habe. Der Besitzer seines Esels hatte ihn und das Tier im Stich gelassen, als er zum Lager ritt, und jetzt wollte er den Esel zurückhaben. »Ich bot ihm an, das elende Tier zu kaufen, damit es Evelyn zur Verfügung habe, aber plötzlich sah ich mich einer heulenden Horde von Dorfbewohnern gegenüber. Was sollte ich da machen, wenn man mich daran hinderte, den Esel zu kaufen? Auf dem Rückweg zum Lager traf ich Abdullah, und er sagte mir, Sie seien zum Königsgrab gegangen. Nach meinem Abenteuer machte ich mir Sorgen um Sie. Glücklicherweise, möchte ich sagen.«
»Dann haben Sie also den Steinschlag nicht gesehen?« fragte Emerson.
»Nein.«
»Aber das war kein Zufall«, knurrte er. »Warum ist das gerade da passiert, als wir im Grab waren?«
»Wir hatten dabei doch einiges Glück«, machte ich geltend, aber Emerson brummte dazu nur etwas.
Wir waren noch etwa eine Meile vom Lager entfernt, als uns Walter und Evelyn entgegenkamen. Sie hatten sich wegen unserer langen Abwesenheit Sorgen gemacht, und als wir ihm von unserem Pech erzählten, meinte er nachdenklich, das sei Wasser auf die Mühlen der abergläubischen Dorfbewohner.

»Und wissen werden sie's«, sagte ich, »einer weiß es ganz bestimmt.«
»Dann glauben Sie also, daß es kein Unfall war?« rief Lucas. Er schien die ganze Sache als Abenteuer zu betrachten, und darüber ärgerte ich mich.
»Jedenfalls bleiben wir in Zukunft im Lager«, sagte ich kurz. »Vielleicht war nicht beabsichtigt, uns ernstlichen Schaden zuzufügen, aber ...«
»Das kann man nie wissen«, unterbrach mich Walter. »Ebensogut hätte ein Stein meinen Bruder am Kopf treffen können.«
»Verletzt wurde Ihr Bruder ja, als wir befreit wurden, nicht vorher«, berichtete ich. »Der Steinschlag konnte kaum inszeniert worden sein, um uns zu ermorden. Sie hätten ja nach uns gesucht, wenn wir zu lange nicht gekommen wären. Ich glaube, es war ein Unfall.«
»Und wenn Peabody so sagt, dann ist das so gut wie das Wort des Propheten«, bemerkte Emerson dazu.
Den Rest des Weges legten wir schweigend zurück.
Mir fiel dann auf, daß Evelyn sehr blaß und bedrückt war.
»Hat Lucas dich geärgert?« fragte ich sie, als wir allein waren.
»Er hat mich gefragt, ob ich ihn heirate«, antwortete sie. »Aber du kennst ja meine Gefühle. Den Mann, den ich liebe, kann ich nicht heiraten, und einen anderen will ich nicht.«
»Da irrst du aber«, erwiderte ich bestimmt. »Walter liebt dich, und das kannst du nicht leugnen. Du bist ungerecht, wenn du ihm keine Chance gibst.«
»Damit er meine Schande erfährt? Nun, Amelia, falls er mich je fragen sollte – dann erfährt er alles.«
»Klar, das mußt du tun. Jedenfalls ist es besser, er hört die Geschichte von dir als von anderer Seite. Er ist ein feiner Bursche, Evelyn. Ich mag ihn. Er würde niemals ...«
»Er ist ein Mann«, unterbrach sie mich voll so überlegener Weisheit, daß ich gelacht hätte, wäre die Sache nicht so

ernst gewesen. »Und welcher Mann könnte einer Frau einen solchen Fehltritt verzeihen?«

»Ah, bah!« rief ich.

»Wenn ich ihm etwas zu bieten hätte ..., ein Vermögen ...«

»Was? Du glaubst, wegen dieses Fehltrittes würde er dich verachten, dich aber akzeptieren, wenn du ihm ein Vermögen brächtest?«

»Amelia, du sprichst, als seist du hundert Jahre alt, und dabei ist Walter nur ein paar Jahre jünger als du; und du bist auch noch nicht alt. Außerdem wirst du immer jünger, immer attraktiver.«

»Komm, komm, Evelyn, jetzt übertreibst du. Ich ruiniere meine Kleider, meine Haut ist sonnenverbrannt, meine Hände sind zerschunden. Vergiß mich und laß uns von dir sprechen. Wenn du nur auf mich hören wolltest ...«

»In diesen Dingen kann ich nur meinem eigenen Gewissen folgen.«

»Aber das ist schrecklich! Du liebst doch dieses Leben. Du siehst zart aus, hast aber einen eisernen Willen. Du könntest für Walter die beste nur denkbare Gefährtin sein.«

»Du liebst dieses Leben, Amelia. Und du wärst die beste nur denkbare Archäologin.«

»Hm. Ganz unrecht hast du da nicht. Schade, daß ich kein Mann bin. Emerson würde mich als Kollegen akzeptieren. Welch herrliche Zeit hätten wir! Arbeit und Streit in schöner Abwechslung. Emerson würde mir recht geben. Schade, daß ich eine Frau bin.«

»Das glaube ich nicht, Amelia«, meinte sie lächelnd.

»Du könntest doch Lucas' Angebot annehmen. Das heißt, sein Geld«, drängte ich. »Moralisch gehört sowieso die Hälfte des Vermögens deines Großvaters dir. Und wenn du glaubst, Walter würde ...«

»Nein, das wäre nicht ehrlich. Nein, Amelia. Ich kann Lucas nicht heiraten, und deshalb will ich auch keinen Penny von ihm. Willst du mich denn unbedingt loshaben? Ich habe mich so darauf gefreut, mit dir alt zu werden, Wolle abzu-

wickeln, Katzen zu haben und einen Garten zu pflegen und... Aber, Amelia, warum weinst du? Nein, du darfst doch nicht weinen!«
Sie legte die Arme um mich, und wir weinten gemeinsam. Ich wußte gar nicht, weshalb ich weinte, aber irgendwie war es tröstlich. Also leistete ich mir den Luxus eines Gefühls.
»Ich liebe dich doch, Amelia«, schluchzte Evelyn. »Du bist mir wie eine liebe Schwester. Deine Güte, dein Humor, deine himmlische Geduld ...«
»Geduld, sagst du? Meine liebe Evelyn, Geduld hab' ich keine, und mein Temperament ist teuflisch, und störrisch bin ich wie ein Muli. Aber weine nicht mehr, Liebes. Gott wird es schon recht machen für dich und mich. Es paßt mir ja manchmal gar nicht, was er über mich bestimmt, aber was immer auch geschieht, ich will nicht ruhen, bis du den Mann bekommst, den du verdienst. Hier, nimm das Taschentuch und trockne deine Augen. Aber dann gibst du's mir zurück, ich brauche es auch.«
»Willst du mich behalten, damit ich Wolle abwickeln, Garten pflegen und Katzen haben kann, wenn du verheiratet bist?« fragte sie.
»Das ist die allerdümmste Frage, meine Liebe, die du je gestellt hast«, antwortete ich. »Und wir haben allerhand dummes Zeug geredet.«

8. KAPITEL

Wir hatten frische Kleider an, als wir aus dem Grab kamen. Die Männer waren schon versammelt. Lucas hatte sich viele Sachen bringen lassen, als wolle er mitten in der Wüste einen Laden einrichten. Der Tisch war mit Blumen, Silberzeug und Kristall geschmückt. Emerson betrachtete mit einer Mischung aus Unverständnis und Abscheu die elegante Aufmachung. Und Lucas trug einen teuren, makellosen Anzug.

Er benahm sich, als sei er unser Gastgeber, auch dazu sagte Emerson nichts, sondern musterte nur seine mitgenommenen Stiefel. Seine Schulter mußte ihm noch schmerzen, sonst hätte er sicher einige bissige Bemerkungen gemacht.

Lucas servierte Sherry. »Halten Sie ein alkoholisches Getränk bei dieser Hitze nicht für unangebracht?« fragte ich. »Wir müssen heute abend doch frisch sein.«

»Oh, ein Schluck Whisky oder dergleichen schärft immer meine Sinne«, erwiderte Lucas, »und ich kann eine Menge vertragen.«

»Das meint jeder Trinker«, bemerkte Walter anzüglich.

»Du mußt ja deine ganze Dahabije mit Luxus vollgestopft

haben«, warf Evelyn ein. »Dieser Luxus ist zwar schön, doch wir sind ihn hier nicht gewöhnt.«
»Wenn es nach mir gegangen wäre, hätte mein Boot noch ganz andere Dinge mitgebracht, Evelyn. Deine Kisten sind in Kairo angekommen. Ich wollte sie mitbringen, aber dieser alte Bär Baring hat sie mir nicht ausgehändigt.«
»Nein, wirklich?« sagte ich. »Er war mit meinem Vater befreundet.«
»Das weiß ich. Die Kisten waren auch an Sie adressiert, weil der Konsul in Rom keine andere Adresse für Evelyn hatte. Baring bewacht sie wie ein Kettenhund. Ich erklärte ihm meine Beziehung zu Evelyn, doch er ließ sich nicht erweichen.«
»Vielleicht ist Ihr Ruf Ihnen vorausgeeilt«, bemerkte ich milde. Leider war es unmöglich, Lucas zu beleidigen, denn er lachte und erklärte, er sei mit einem jungen Verwandten Barings auf der Universität gewesen, und der habe wohl etwas zuviel erzählt.
»Aber«, wandte er sich an Evelyn, »eines Tages wirst du sowieso bekommen, was dir zusteht, und ich werde dich überreden, es anzunehmen. Doch alle Schätze der Pharaonen könnten dir nicht das geben, was du verdienst.«
Der arme Walter war eifersüchtig, Evelyn verlegen, nur Emerson schien ungerührt zu sein. »Peabody, ich würde vorschlagen, daß Sie uns sagen, was wir heute für unsere abendliche Unterhaltung zu tun haben«, forderte er mich auf.
»Darüber habe ich noch nicht nachgedacht«, antwortete ich. »Evelyn sollte, meine ich, die kleine Prinzessin aus dem königlichen Grab kopieren. Das wäre wundervoll. Nein, nicht unbedingt heute«, schnitt ich Lucas' Einwand ab. »Irgendwann. Sie scheinen gar nicht zu ahnen, welch große Künstlerin in Evelyn steckt. Sie hat das jetzt vernichtete Pflaster kopiert.«
Lucas wollte die Kopien unbedingt sehen und lobte sie über alle Maßen, und nun überreichte er Emerson auch das ver-

sprochene Pergament. Er hatte es zwischen zwei Glasscheiben legen lassen und in einem flachen, geschnitzten Holzbehälter aufgehoben. Für diese Umsicht sprach ihm Emerson sogar ein widerwilliges Lob aus.
Es schien ein ziemlich gut erhaltenes Exemplar zu sein, war altersbraun und krümelte an den Kanten. Die schwarze Schrift hob sich sehr gut von dem Braun ab. Manche Worte waren in roter Tusche geschrieben, die jedoch zu einem fahlen Rostbraun verblaßt war. Natürlich konnte ich nichts von der Schrift entziffern, doch ein paar Vögel ließen sich klar erkennen.
»Walter, kannst du das lesen?« wollte Emerson wissen.
»Sie werden doch nicht behaupten wollen, daß Master Walter dieses Gekritzel lesen kann?« fragte Lucas erstaunt.
»Master Walter«, erklärte Emerson trocken, »ist einer der besten Kenner alter Sprachen der ganzen Welt. Ich verstehe ein bißchen was davon, aber ich bin in erster Linie Ausgräber. Walter ist Philologe. Nun, Walter?«
»Übertreib nicht, Radcliffe«, warnte Walter. »Diesen Papyrus muß ich Frank Griffith zeigen. Er ist jetzt bei Petrie in Naucratis. Ein paar Zeilen kann ich jedenfalls lesen. In dieser Schrift wurden Dokumente geschrieben, weil die Hieroglyphen für ein vielbeschäftigtes Königreich viel zu mühsam waren. Das hier sind also die vereinfachten Hieroglyphen. Dieses Wort hier bedeutet zum Beispiel ›Schwester‹, doch es wurde auch für ›Zärtlichkeit‹ gebraucht.«
»Ja, ein Liebhaber hat seine Liebste als ›Schwester‹ angesprochen«, bekräftigte Emerson. »Sie ihn als ›Bruder‹. Und das hier scheint ein Gedicht zu sein.«
»Großartig!« rief Lucas. »Können Sie's lesen?«
»Ein paar Zeilen... Sie hätten das Pergament nicht aufrollen sollen, denn dadurch wurde es ernstlich beschädigt. Hier, das heißt so:
Ich gehe mit dir hinab zum Wasser
und kehre zu dir zurück mit einem roten Fisch,
der schön ist auf meiner Hand.

Dann sind die Liebenden am Fluß oder an einem Teich. Dort lassen sie sich vom kühlen Wasser umschmeicheln ... Und hier geht es lesbar weiter:
Die geliebte Schwester weilt auf der anderen Seite,
und breites Wasser trennt uns.
Ein Krokodil wartet auf der Sandbank.
Doch ich gehe ins Wasser und schreite auf den Wellen.
Mein Herz ist tapfer in den Fluten,
denn ihre Liebe macht mich stark.«

Ich weiß nicht, was mich mehr beeindruckte, die anmutige Zartheit des Gedichtes, oder das Können des bescheidenen jungen Mannes. »Wie schön ist es doch, zu wissen, daß solche Gefühle so alt sind wie die Menschheit!« rief ich begeistert.

»Ich finde es ausgesprochen verrückt«, warf Lucas ein. »Ein junger Mann, der ins Wasser springt, das von Krokodilen wimmelt, verdient es nicht besser, als daß er aufgefressen wird.«

»Das Krokodil ist ein Symbol für die Gefahren, die ein wahrer Liebender für eine Geliebte auf sich nimmt«, erklärte ich ihm ziemlich ungehalten und erhielt dafür Walters Beifall und Lächeln.

»Es ist ein Risiko, die alten Ägypter enträtseln zu wollen, Peabody«, bemerkte Emerson brummig. »Wahrscheinlich hat der junge Mann mit den Krokodilen nur geprahlt, denn kein vernünftiger Bursche würde sich freiwillig in eine solche Gefahr begeben.«

Ich wollte etwas darauf sagen, aber Evelyn begann schrecklich zu husten.

Inzwischen war es auch schon fast Abend geworden, und es gab dann einen der prächtigsten Sonnenuntergänge, die wir je erlebt hatten. Breite blutrote und purpurfarbene Bänder waren von durchsichtig blauen, gold- und kupferfarbenen durchzogen, und diese Farben glichen eindeutig denen von alten ägyptischen Keramiken. Aber diese Pracht hatte etwas Drohendes an sich. Plötzlich stand Michael

neben mir, den ich den ganzen Tag über nicht gesehen hatte. Er müsse unbedingt mit mir sprechen, erklärte er.
»Aber erst nach dem Essen«, bestimmte Lucas. »Michael, du wirst nicht gebraucht. Meine Diener tragen die Mahlzeit auf. Miß Peabody wird später mit dir sprechen.«
»Lucas, das geht wirklich nicht«, protestierte ich, als Michael außer Hörweite war. »Ich lasse es nicht zu, daß Sie meinen Diener kränken.«
»Ah, wenigstens ist das Eis gebrochen, und Sie sprechen mich mit meinem Vornamen an!« Lucas lachte breit. »Miß Amelia, darauf müssen wir trinken.«
»Ich will nicht, wir haben schon zuviel getrunken. Und wegen Michael ...«
»Soviel Lärm um einen windigen Diener«, meinte Lucas verächtlich. »Ich glaube, ich weiß, weshalb er mit Ihnen reden will, und an Ihrer Stelle wäre es mir gar nicht eilig, es zu hören. Er will nämlich gehen, weil er ein Feigling ist. Natürlich gibt er bessere Gründe an als Feigheit. Er ist ja schließlich auch ein Eingeborener, und die sind überall gleich. Sie sind ebenso abergläubisch wie habgierig.«
»Bisher hatte ich immer den Eindruck«, widersprach ihm Emerson, »daß es weniger die Unwissenden waren, die sich vom Geld verführen ließen.«
»Und ich kann nicht glauben, daß mein treuer Michael mich verlassen will, und deshalb werde ich dann auch mit ihm sprechen«, erklärte ich bestimmt.
Zu meinem Bedauern muß ich zugeben, daß Lucas recht behielt. Michael war nirgends zu finden, doch daß er tatsächlich verschwunden war, stellten wir erst fest, als wir unsere Vorbereitungen für die Nacht trafen. Die Diener von Lucas waren längst gegangen, und so konnte ich sie nicht nach Michael fragen. Natürlich machte Lucas sehr abfällige Bemerkungen über ihn. Schließlich drängte er, wir sollten unsere Pläne machen.
»Nun, dann lassen Sie hören, was Sie zu sagen haben«, forderte ihn Emerson auf.

Ich konnte mir gar nicht vorstellen, weshalb Emerson Lucas' Vorschlägen so aufgeschlossen begegnen wollte, denn ich wußte, wie wenig er von ihm hielt. Lucas war schließlich viel jünger und auch recht unerfahren.
»Na, schön.« Lucas blies sich sichtlich auf. »Ich sehe keine Notwendigkeit, das Dorf zu bewachen. Wenn Ihr Schurke Sie verjagen will, dann kommt er hierher, und hier müssen wir auch unsere Kräfte konzentrieren, ohne jedoch etwas davon sehen zu lassen. Sie haben ihn ja schon einmal verscheucht. Er kam ja, wenn man Miß Amelias Aussagen glauben schenkt, bis zum Eingang ihrer Wohnung ...«
»Und da war er auch!« fuhr ich auf.
»Sicher, gewiß ... Ich wollte ja auch nicht ... Und als Evelyn ihn in der folgenden Nacht sah, kam er vielleicht nur bis zum unteren Hang. Zum Sims kam er sowieso nie. Er scheint gewußt oder mindestens geahnt zu haben, daß Sie auf ihn warten.«
Ich spürte Walters wachsenden Zorn über Lucas' Überheblichkeit und war daher gar nicht erstaunt, daß er, nur mühsam beherrscht, einwarf: »Sie möchten also unterstellen, Lord Ellesmere, daß dieses elende Wesen Abdullah und mich sah. Ich versichere Ihnen ...«
»Nein, mein Lieber, ich möchte nur sagen, daß Ihr Freund Mohammed vorher gewarnt worden war!« Emersons Protestschrei überhörte er großzügig und fuhr fort: »Ja, Michael, er muß mit den Dorfbewohnern zusammenarbeiten. Ganz gewiß haben sie ihm einen Beuteanteil versprochen.«
»Beuteanteil?« rief Evelyn außerordentlich empört. »Die sind ja so arm, daß sie nicht einmal ihre Kinder kleiden können.«
»Ich sehe schon, es wurde nicht völlig durchdacht«, erwiderte Lucas überlegen. »Ich habe ja einigen Abstand von den Dingen, die in den letzten Tagen hier passiert sind. Ich fragte mich nämlich nach den Motiven dieser Menschen. Bosheit ist keine ausreichende Erklärung, denn sie brauchen das Geld, das ihnen bezahlt wird. Aber diese Fellachen haben

seit Jahrhunderten die Gräber ausgeraubt, und ihre Funde füllen die Läden in Kairo und Luxor. Ihr Archäologen beklagt euch, daß euch die Einheimischen bei jedem Grab eine Nasenlänge voraus sind. Ich nehme daher an, daß die Dorfbewohner kürzlich ein Grab mit vielversprechendem Inhalt entdeckten, sonst würde ihnen nicht soviel daran liegen, Sie wegzutreiben, bevor Sie es finden können.«
Natürlich hatte ich darüber auch schon nachgedacht, den Gedanken aber wieder verworfen. »Das hieße ja«, gab ich zu bedenken, »daß die Dorfbewohner mit Mohammed unter einer Decke steckten. Wenn Sie jedoch den zitternden alten Bürgermeister gesehen hätten ...«
»Damen sind immer zu vertrauensselig, und die Dorfbewohner sind Lügner und Schurken«, unterbrach mich Lucas.
»Wenn ein solches Grab existierte, könnte mich nur ein Erdbeben vertreiben«, erklärte Emerson.
»Natürlich«, pflichtete ihm Lucas bei. »Um so mehr Grund, die Mumie zu fangen, ehe sie ernstlichen Schaden anrichten kann.«
»Das Problem ist noch lange nicht gelöst, wenn wir die Mumie fangen«, gab Walter zu bedenken. »Sie sagten doch selbst, das ganze Dorf wisse, daß die Mumie nur ein Schreckgespenst ist. Selbst wenn wir sie fangen, ändert das nichts an der Absicht, uns zu vertreiben.«
»Aber wir haben eine Geisel, den Sohn des Bürgermeisters. Er muß uns zu dem Grab führen, und dann bitten wir in Kairo um Verstärkung. Und wir können die Bootsmannschaften zur Bewachung des Grabes abstellen, wenn wir erst den Fluch als unwirksam entlarvt haben. Sie halten die Dorfbewohner sowieso für Wilde. Gemeinsam ist ihnen nur die Angst vor den Toten.«
»Ich glaube niemals, daß Michael der Verräter ist«, sagte ich, »aber wenn, dann wird er das Dorf vor unseren Plänen für diese Nacht warnen. Die Mumie wird also sehr vorsichtig sein.«

»Welch scharfen Geist Sie doch haben!« rief Lucas voll Bewunderung. »Das ist richtig, aber es muß ja so aussehen, als seien wir nicht im geringsten mißtrauisch, so daß wir die Mumie um so sicherer in die Hand bekommen. Nun, ich scheine zum Beispiel etwas mehr getrunken zu haben, als gut ist, aber ich will den Anschein erwecken, fest zu schlafen. Hätten Sie, Gentlemen, das nur auch getan! Es wäre viel überzeugender gewesen. Haben Sie Vorschläge?«

Es wurden einige gemacht und verworfen, so der von Emerson, er wolle eine ganze Flasche Wein austrinken und dann anscheinend schlafend und betrunken im Sand liegen. Und Evelyn erbot sich, nach Mitternacht zu einem Spaziergang aufzubrechen, doch dagegen protestierten wir alle – bis auf Lucas.

»Warum nicht?« meinte er. »Gefahr besteht doch keine. Der Schurke will nur einen von uns allein haben, um einen dummen Streich zu spielen.«

»Halten Sie das etwa für einen dummen Streich?« rief Emerson empört und deutete auf seine verletzte Schulter. »Sie sind total verrückt. Und du, Walter, hältst überhaupt den Mund, wenn du nicht ruhig sprechen kannst.«

»Wie kann man darüber ruhig sprechen?« fuhr Walter auf. »Ich weiß noch genau, was Mohammed, dieses Schwein, sagte, als wir im Dorf waren.«

»Lucas weiß das doch nicht, Walter«, versuchte ihn Evelyn zu beruhigen. »Ich weiß es, denn ich hörte Amelia und Mr. Emerson darüber sprechen. Mein Vorschlag erscheint unter diesen Umständen sicher vernünftiger.«

Lucas wollte nun wissen, worüber gesprochen wurde, und ich sah keinen Grund, es ihm zu verheimlichen. Aber ich fügte am Schluß hinzu: »Evelyn, es ist reine Eitelkeit, wenn du annimmst, daß die Mumie nur an dir interessiert ist. Mohammed sah mich an, als er sprach, und ich finde es daher nur vernünftig, wenn ich dich auf diesem Spaziergang begleite. Die Mumie hat also die Auswahl zwischen etwas Knusprigem und einer reiferen Dame.«

Davon wollte jedoch Emerson nichts wissen.
»Aber weshalb?« wandte ich ein. »Glauben Sie wirklich, ich sei für eine Mumie nicht mehr anziehend genug? Da muß ich aber schon sehr bitten, mich nicht zu beleidigen.«
»Sie sind eine Närrin, Peabody«, fuhr mich Emerson wütend an. »Und wenn Sie glauben, ich würde etwas so Blödes, Kindisches, Verrücktes ...«
Es wurde dann etwa so gemacht, wie ich es vorschlug. Wir diskutierten den Plan ausführlich. Wir, das waren Evelyn, Lucas und ich, denn Emerson knurrte nur, und Walter schwieg bockig. Er nahm Evelyns Verhalten als Beweis dafür, daß zwischen ihr und Lucas volles Einvernehmen herrschte, und ich ließ ihn in dem Glauben, um eventuellen Spionen einen Streit zu demonstrieren und sie so in die Irre zu führen.
Schließlich zog Lucas sogar eine Pistole. »Ich werde mich immer in Evelyns Nähe halten«, flüsterte er. »Unser bandagierter Freund wird Respekt vor diesem Ding haben, und wenn nicht, werde ich nicht zögern, die Waffe auch zu gebrauchen.«
»Und was ist mit mir?« fragte ich.
Emerson konnte die Gelegenheit nicht ungenutzt vorübergehen lassen. »Gott beschütze jeden, der sich mit Ihnen anlegt, Peabody«, erklärte er bitter. »Wir sollten dem Ding, um ihm die gleiche Chance zu geben, auch eine Pistole geben.« Damit ging er, und Walter folgte ihm. Lucas rieb sich die Hände. Er schien das Abenteuer gar nicht mehr erwarten zu können. Ich ging dann auch, obwohl ich Evelyn nicht gerne mit ihm allein ließ. Sie hatte mir nämlich vorgeschlagen, meinen ganzen Plan noch einmal zu überdenken.
Es war dann eine recht einseitige Auseinandersetzung, die ich damit beendete, daß ich mein Bettzeug nahm und in Michaels Zelt umzog. Dort konnte ich kein Licht machen, denn es war kein richtiges englisches Zelt, sondern nicht viel mehr als eine dünne Plane, die mir nicht einmal erlaubte, aufrecht zu stehen.

Ich mochte noch immer nicht daran glauben, daß Michael mich verlassen haben sollte und beschloß, das Zelt zu durchsuchen in der Hoffnung, irgendeinen Hinweis zu finden. Michaels geringe Besitztümer waren nicht mehr da, doch ich fand im Sand begraben einen metallenen Gegenstand, den ich im Mondlicht als sein Kreuz erkannte. Ein Stück der Kette war daran, also war sie wohl abgerissen worden. Dieses Kreuz war Michaels einziges Wertstück und ein Amulett gegen alles Böse; also hätte er es niemals freiwillig zurückgelassen. Und die Kette mußte während eines Kampfes abgerissen worden sein. Ich suchte nach weiteren Beweisen, fand aber nichts mehr.
Die Zeit verging sehr schnell, weil ich mich so in diese mysteriöse Sache vertieft hatte. Da hörte ich von draußen ein Geräusch. Ich legte mich platt auf den Boden, hob eine Zeltkante an und spähte hinaus.
Nichts war zu sehen, nicht einmal die Eingänge zu den Gräbern. Das war also ungünstig, denn ich wollte ja Evelyn beistehen können, falls sie von der Mumie angegriffen wurde; wenn ich ehrlich war, so glaubte ich nicht, daß sie hinter mir her war. Ich kroch also aus dem Zelt zum Ende eines niederen Felsrückens und schaute mich vorsichtig um.
Fast hätte ich aufgeschrien, denn nur ein paar Schritte entfernt sah ich das Ding, direkt hinter dem Felsrücken. Wir behaupten alle, nicht abergläubisch zu sein, da wir einem aufgeklärten Zeitalter entstammen, aber tief innen wimmerte ich doch. Es war auch ein schrecklicher Anblick.
In diesen Breiten läßt die klare, trockene Luft jeden Umriß deutlich hervortreten, doch das Mondlicht kann auch trügen. Helle Gegenstände nehmen eine bläßlich grüne Farbe an, die an Knollenblätterpilze erinnert, und so sah auch die Mumie aus, die aus sich heraus ein wenig zu leuchten schien. Die bandagierten Hände glichen den Stummeln von Leprakranken, und sie waren wie zur Anrufung eines Gottes erhoben. Sie hatte mir den Rücken zugewandt; der Kopf war

leicht nach rückwärts geneigt, als schauten die augenlosen Höhlen zum Sims.

Evelyn mußte nun gleich das Grab verlassen und dem Sims folgen. Vier starke Männer lagen in der Nähe auf Lauer. Und da tauchte auch schon ihr Licht unter dem Eingang der Grabkammer auf. Sie schaute zu den Sternen hinauf, und ich wußte, daß sie nun ihren ganzen Mut zusammennahm. Sie konnte die Mumie nicht sehen, denn in dem Augenblick, da sie aus der Kammer trat, war das Ding am Fuß der Klippe hinter einem Felsen verschwunden.

Ich habe vorher erwähnt, daß vier starke Männer warteten, doch dessen konnte ich nicht so völlig sicher sein. Wenn Emerson auch über mich immer schnieft, so bin ich doch keine dumme Person, denn ich hatte mir bereits etwas überlegt, das auch meinen intelligenteren Lesern schon eingefallen sein mußte. Mein Gehirn arbeitete also fieberhaft.

Walter hatte fest und steif behauptet, Mohammed habe das Dorf nicht verlassen, als uns die Mumie besuchte. Und ich mußte, wenn auch ungern, Emerson darin beipflichten, daß ein solches Komplott von dem Ägypter kaum zu erwarten sei. Mohammed war für solche Überlegungen viel zu wenig intelligent, sie entsprachen eher europäisch-romantischen Vorstellungen.

Wenn also Mohammed nicht die Mumie war, wer dann? Ein bestimmter Name hatte sich in meinem Kopf eingenistet, denn dahinter steckte nicht nur eine fruchtbare, wenn auch oberflächliche Intelligenz, sondern auch ein bizarrer Sinn für Humor.

Die größte Frage war dabei die nach dem Motiv. Warum sollte Lucas, Lord Ellesmere, seine Base auf so absurde Art erschrecken wollen? Oder wollte er mir Angst einjagen? Ich konnte mir nur vorstellen, daß Lucas Evelyn so zu ängstigen versuchte, daß sie bei ihm Schutz suchte und Ägypten verließ. Er war aber nicht gescheit genug, zu erkennen, daß ein solcher Plan nicht gelingen konnte.

Ich hielt also Lucas für den Schurken, und ich wollte auch,

daß er's war: ein gefährliches Krokodil, das dem Liebsten seiner Geliebten auflauerte, um selbst ihr Herz zu gewinnen. Der Instinkt einer Frau, finde ich, liegt immer richtiger als die Logik. Deshalb wartete ich ja auch so gespannt, ob Lucas zu Evelyns Rettung herbeieilen würde.
Evelyn folgte dem Pfad, der sie aus der Sicherheit wegführte, und ich bangte ehrlich um sie. Sie spielte die Gleichmütige. Als sie an Walters und seines Bruders Quartier vorüberging, warf sie nur schnell einen Blick auf den Eingang; dann straffte sie die Schultern und lief weiter.
Endlich hatte sie den Sand erreicht. Ginge sie hier weiter, so käme sie viel zu nahe an der Mumie vorüber. Vielleicht hatten die Männer noch gar nichts gesehen, und die Absichten dieser Kreatur kannte ich ja auch nicht.
Evelyn ging auf den Steinblock zu, hinter dem die Mumie versteckt lag. Doch sie war nicht mehr da! Während ich Evelyn mit den Augen verfolgt hatte, mußte sie davongehuscht sein. Wo war sie jetzt? Und wo waren unsere mutigen Verteidiger? In der tiefen Stille hörte ich mein Herz heftig pochen.
Dann bemerkte ich am Fuß des Pfades eine Bewegung, direkt zwischen Evelyn und dem Sims. Sie konnte sich also nicht in die Sicherheit zurückziehen. Die Spannung war unerträglich, und ich erhob mich langsam. In diesem Moment trat die Mumie in offenes Gelände heraus und stieß ein tiefes, stöhnendes Knurren aus, das Evelyn herum wirbeln ließ.
Drei Schritte war sie von dem Monster entfernt, mehr nicht. Evelyn griff sich an die Kehle und schwankte. Ich sprang auf, trat leider auf den Saum meines Kleides und lag der Länge nach auf der Nase. Und so sah ich, wie die Mumie sich Evelyn näherte. Sie schien vor Angst gelähmt zu sein. Ich wäre in einem solchen Fall längst davongerannt, und ich schäme mich nicht, das zuzugeben.
Da schrie ich. Evelyn stand noch immer wie versteinert da, und das Ding kam ihr immer näher. Und in diesem Moment

kam die Rettung. Walter rannte in großen Sprüngen vom Grab her, warf sich vom Felsrand des Simses und fiel den Sandhang hinab. Gleichzeitig verließ Lucas seine Deckung hinter einem Steinhaufen. Ich war unbeschreiblich erleichtert. Er schrie und zog seine Pistole.
Die Mumie blieb stehen, wandte den Kopf von einer Seite zur anderen und schien zu überlegen, was jetzt zu tun sei. Ich versuchte meine Röcke zu raffen, um zu Evelyn zu rennen, doch ein Schrei von Lucas hielt mich auf. Er wollte nicht, daß ich in die Schußlinie geriete. Aber Lucas wollte nur drohen und nicht schießen. Ich bewunderte ihn wegen seiner Ruhe.
Langsam trat Lucas vor, der augenlose Kopf folgte seiner Bewegung. Die Kreatur tat einen gräßlichen, jammernden Schrei. Das war zuviel für Evelyn. Sie sank zusammen. Die Mumie stöhnte heftig und humpelte auf sie zu.
Ich war überzeugt, daß unter den Bandagen der Mumie nicht Mohammed stecken konnte. Diese Leute hatten einen heiligen Respekt vor Schußwaffen, und als ich das dachte, schoß Lucas. Der Donner hallte durch die Nachtstille.
Die Mumie zuckte zurück, eine verbundene Hand legte sich auf die Brust. Ich hielt den Atem an. Nein, sie fiel nicht! Sie jammerte und knurrte nur, bewegte sich aber weiter vorwärts. Lucas schoß noch einmal, diesmal aus einer Entfernung von etwa zwanzig Schritten. Wieder legte sich eine verbundene Hand auf die Stelle, wo die Kugel getroffen haben mußte, aber das Ungeheuer bewegte sich noch immer weiter vorwärts.
Auf Lucas' blassem Gesicht standen dicke Schweißtropfen, sein offener Mund klaffte wie eine Wunde. Er fummelte in seiner Jackentasche. Offensichtlich mußte er seine Waffe nachladen.
Walter ließ sich weiter auf den steinigen Boden hinabfallen; er löste einen ziemlichen Steinrutsch aus, doch sein Gleichgewicht verlor er nicht. Er erreichte den ebenen Boden und rannte weiter.

Lucas brüllte etwas, doch ich verstand es nicht, weil die rumpelnden Steine solchen Lärm machten. Endlich hob er wieder die Pistole. Ich schrie, doch es war zu spät. Walter konnte seinen Schwung nicht abbremsen und warf sich in dem Moment auf das Ungeheuer, als Lucas schoß. Und diesmal fand die Kugel ein verletzliches Ziel. Walter stand still wie ein Stock, dann drehte er langsam den Kopf Lucas zu. Seine Miene drückte Verblüffung aus. Dann gaben seine Knie nach, und er fiel auf dem Sand in sich zusammen. Lucas stand wie versteinert da; die Pistole hing in seiner schlaffen Hand, und sein Gesicht war eine Maske des Entsetzens. Dann tat die Mumie etwas, das mir das Blut in den Adern gefrieren ließ – sie lachte, sie heulte vor Vergnügen, daß ich glaubte, die ganze Hölle sei losgelassen. Danach zog sie sich, noch immer lachend, zurück, und keiner der entsetzten Zuschauer vermochte es zu verhindern. Das Ding war schon längst um einen Felsen herum verschwunden, als ich noch immer das teuflische Gelächter hörte.

9. KAPITEL

Emerson war schon vor mir bei Walter. Er riß seinem Bruder das blutige Hemd auf und schaute zu Lucas, der inzwischen ebenfalls herangekommen war.

»In den Rücken geschossen«, stellte Emerson mit einer Stimme fest, wie ich sie an ihm noch nie gehört hatte. »Lord Ellesmere, Ihre Jagdkollegen in England würden das schärfstens mißbilligen.«

»Mein Gott«, stotterte Lucas. »Das ... wollte ich nicht. Ich warnte ihn doch. Um Himmels willen, Mr. Emerson, sagen Sie doch, er ist ... nicht ...«

»Nein, er ist nicht tot. Glauben Sie, ich würde mit Ihnen diskutieren, wenn Sie ihn erschossen hätten?«

Nun gaben meine Knie nach, und ich ließ mich in den warmen Sand fallen. »Gott sei Dank«, stöhnte ich.

Emerson warf mir einen mißbilligenden Blick zu. »Peabody, reißen Sie sich zusammen. Sie sollten sich besser um das andere Opfer kümmern. Ich nehme an, sie ist nur ohnmächtig. Walter ist nicht schwer verletzt. Die Wunde liegt hoch und ist sauber. Zum Glück hat seine Lordschaft nur eine Waffe kleinen Kalibers benützt.«

Lucas atmete erleichtert auf. »Ich weiß, daß Sie mich nicht mögen, Mr. Emerson«, sagte er demütig, und das stand ihm recht gut. »Aber es ist wirklich eine Erleichterung, das zu hören.«

»Hm. Nun, ich will Ihnen glauben. Gehen Sie und helfen Sie Amelia bei Evelyn.«

Evelyn war sehr schwach, aber sie machte sich nur Sorgen um Walter. Als sein Bruder ihn zum Bett trug, bestand sie darauf, mir dabei zu helfen, seine Wunde zu reinigen und zu verbinden. Ich war sehr froh, daß Emerson recht gehabt hatte. Die Kugel hatte nur eine fleischige Stelle der rechten Schulter durchschlagen und keinen Knochen getroffen.

Selbstverständlich war Evelyn mehr Hindernis als Hilfe, aber ich konnte sie einfach nicht wegschicken. Walter kam bald wieder zu sich und bedankte sich dann bei mir mit einem mühsamen Lächeln. Sein erster Blick hatte jedoch Evelyn gegolten.

Emerson hatte seit einiger Zeit die Gewohnheit angenommen, eine gräßliche Pfeife zu rauchen. Er war still in einer Ecke gesessen und hatte zugesehen, als wir Walter versorgten. Nun stand er auf und streckte sich. »Die Abendunterhaltung ist vorüber, und ich schlage vor, wir verschlafen den Rest der Nacht«, sagte er.

»Wie können Sie schlafen?« hielt ich ihm vor. »Ich habe so viele Fragen ...«

»Peabody, ich glaube, Walter ist noch nicht in der Verfassung, ihre Unterhaltung zu genießen. Da gehört schon ein sehr starker Mann her, der ...«

»Radcliffe, das genügt jetzt«, unterbrach ihn Walter, und dazu lächelte er mich bezaubernd an. »Miß Amelia hat recht. Wir haben sehr viel zu diskutieren.«

»Das glaube ich auch«, meldete sich Lucas. »Darf ich eine Erfrischungsrunde vorschlagen? Ein wenig Whisky könnte Walters Schmerzen ...«

»Nein, kein Alkohol«, wehrte ich ab. »Bei einer solchen Wunde!«

»Aber vielleicht für die Damen«, schlug Walter vor. »Sie haben einen großen Schock erlitten.«
Also bekamen wir Brandy. »Und wie lautet Ihre erste Frage?« begann Emerson, nachdem er einmal an seinem Glas genippt hatte.
»Erstens, was ist mit Abdullah geschehen?«
»Du lieber Gott, den habe ich völlig vergessen!« rief Lucas. »Wo ist er denn überhaupt?«
»Abdullah wird der Mumie folgen«, erklärte Emerson. »Ich habe ihm das aufgetragen, aber ich denke, er wird bald zurückkommen. Ah, da ist er schon!«
Abdullah hatte einen Posten in Lagernähe bezogen gehabt und die Schüsse gehört. So hatte er die Mumie gesehen, als sie uns verließ. Daß sie es so eilig hatte, erstaunte ihn. »Die rannte ja wie ein leichtfüßiger junger Mann«, erzählte er. Er mußte sich zwar gefürchtet haben, sich mit der Mumie anzulegen, aber soviel Mut brachte er auf, ihr in sicherer Entfernung zu folgen.
»Sie ist in den Wald gegangen, zum Grab. Ich bin nicht mitgekommen. Ich dachte, ich komme besser hierher, weil ich sicher gebraucht werde.«
»Nun, das kann man Abdullah nicht verdenken«, bemerkte ich. »Sicher hat dieser Schurke, wer immer es auch war, dort sein scheußliches Kostüm versteckt und ging später zum Dorf.«
»Ich glaube, wir sollten die Diskussion beenden, Walter braucht Ruhe«, warf Evelyn leise ein, und da mußte ich ihr recht geben. Ich scheuchte also alle auf, vor allem Lucas, der sehr zerknirscht war und Walter versicherte, es sei nicht seine Absicht gewesen, ihn zu verletzen. »Und wenn Sie sagen, Mr. Emerson, daß ich mich unglaublich ungeschickt benommen habe, so muß ich das zugeben. Als ich das entsetzliche Ding kommen sah ...« Er nahm die Pistole aus der Tasche. »Die werde ich niemals mehr benützen. Eine Kugel ist noch übrig ...« Er sprang auf, streckte die Hand aus und hatte den Finger am Abzug.

»Sie Narr«, knurrte Emerson um seinen Pfeifenstiel herum, als er Lucas' Handgelenk mit eisernem Griff packte. »Hier in diesem Gewölbe würde uns ein Schuß ertauben lassen, und dann ein Querschläger dazu ... Nein, Lord Ellesmere, die Waffe nehme ich in Verwahrung, und Sie gehen jetzt sofort zu Bett.«

Er fügte sich ohne Widerspruch, so daß er mir fast leid tat, weil er wie ein armer Sünder davonschlich. Evelyn und ich zogen uns in unsere Kammer zurück. Als sie eingeschlafen war, kehrte ich zum Sims zurück und entdeckte zu meinem Staunen, daß Emerson wieder eine Pfeife rauchte und seine Füße über den Felsrand baumeln ließ.

»Setzen Sie sich, Peabody«, forderte er mich auf. »Ich denke, wir kommen weiter, wenn wir beide uns in aller Ruhe unterhalten.«

Ich setzte mich. »Heute haben Sie mich schon einmal Amelia genannt«, hielt ich ihm vor.

»Nein, wirklich? Da war ich aber sicher geistig verwirrt.«

»Kein Wunder bei dem, was Ihrem Bruder zustieß. Aber es war nicht nur Lucas' Schuld. Walter ist direkt in die Schußlinie hineingelaufen.«

»Seine Lordschaft hatte schon zweimal ergebnislos geschossen und hätte vernünftiger sein können. Und holen Sie sich einen Schal. Sie frieren.«

»Ich friere nicht, ich habe Angst. Emerson, ist denn niemand bereit, auszusprechen, was wir alle sahen? Ich beobachtete, wie die Kugeln diese Mumie trafen! Haben Sie denn nichts gesehen?«

»Ich sah, daß das Ungetüm die Hände oder Tatzen oder was immer auf die Brust legte«, gab Emerson zu. »Aber, Peabody, seit wann glauben Sie an Gespenster? Ich könnte mir schon denken, weshalb die Kugeln nicht trafen. Solche Waffen sind nämlich außerordentlich ungenau, selbst in der Hand eines Experten, und der Lord ist gewiß keiner. Vielleicht hat die Mumie es nur gespielt, getroffen worden zu sein, um die Sache geheimnisvoller zu machen.«

»Das wäre möglich«, gab ich zu. »Stünde ich in den Sandalen der Mumie, würde ich mich aber nicht auf Lucas' Geschicklichkeit verlassen. Und Ihre andere Erklärung?«

»Eine Art Rüstung. Sie haben doch sicher schon in Büchern gelesen, daß fromme Männer, die ihre Bibel in der Brusttasche bei sich tragen, durch sie vor mancher verirrten Kugel – oder auch vor einer gezielten – gerettet wurden. Genügen würde da auch schon ein altes Lederwams, wie es früher die englischen Infanteristen trugen. Eine Kugel so kleinen Kalibers ist relativ leicht aufzuhalten.«

»Ja, zugegeben. Diese Bandagen könnten schon eine solche Wirkung haben. Aber würde Mohammed sich so etwas ausdenken können?«

»Sollen wir nicht besser die Idee aufgeben, daß Mohammed dahintersteckt? Er war es nämlich bestimmt nicht.«

»Woher wissen Sie das so genau?«

»Einen Augenblick lang stand Walter nahe genug neben der Mumie, so daß ich einen guten Größenvergleich anstellen konnte. Diese Mumie war gleich groß oder etwas größer als Walter, und Mohammed und die anderen Dorfbewohner sind kleine Leute. Das kommt von der schlechten Ernährung.«

»Wie können Sie so ruhig über die schlechte Ernährung der Leute reden, wenn Ihr Bruder verletzt ist?«

»Ach, wissen Sie, allmählich macht mir die Sache fast irgendwie Spaß. Vielleicht hat mich Lord Ellesmere mit seinen sportlichen Instinkten angesteckt. Ein guter Engländer muß ja immer kühl bis ans Herz hinan bleiben, sogar dann, wenn er schon im Kochkessel der Kannibalen schmort. Aber Sie dürfen überzeugt sein, daß ich den finden will und werde, der Walter verletzt hat oder dafür verantwortlich ist.«

Ich hatte den Eindruck, daß ich froh sein dürfe, diese Person nicht zu sein, doch ich ging lieber auf ein anderes Thema über. »Sie haben also Ihre Bandage abgelegt«, stellte ich fest.

»Peabody, Sie sind heute wirklich brillant. Ich kann es mir nicht leisten, wehleidig zu sein. Die Dinge treiben einem Höhepunkt entgegen.«

»Was sollen wir dann tun?«

»Das fragen Sie, Peabody? Sie müssen wohl Fieber haben.«

»Ihre Manieren lassen sehr zu wünschen übrig!«

Er hob abwehrend die Hand. »Machen wir doch lieber einen Spaziergang«, schlug er vor. »Sie wollen Miß Evelyn doch sicher nicht aufwecken. Wissen Sie, es scheint Ihnen unmöglich zu sein, eine vernünftige Unterhaltung zu führen, ohne Ihre Stimme zu erheben.«

Er half mir nicht sehr zart auf die Beine und stellte mich auf die Füße. Eine Weile gingen wir schweigend nebeneinander her. Selbst Emerson ließ sich von der Schönheit der Nacht anrühren.

Das weiche Mondlicht lag auf der trostlosen Öde, die einstmals die glänzende Hauptstadt eines Pharaos gewesen war. Ich stellte mir die Paläste in ihren Gärten vor, die weißen Mauern der Tempel, die herrlichen, bunt bemalten Reliefs, die im Wind flatternden Fahnen, die breiten, baumgesäumten Straßen, in denen fröhliche Menschen ihren Geschäften oder ihrem Vergnügen nachgingen. Und das war alles verschwunden, zu Staub zerfallen oder im Sand begraben.

»Nun?« fragte ich, als ich mich mit Gewalt aus meiner melancholischen Stimmung riß. »Ich warte atemlos vor Spannung auf Ihren Vorschlag.«

»Was würden Sie dazu sagen, daß wir morgen das Lager abbrechen?«

»Wir? Aufgeben? Niemals!«

»Das habe ich erwartet. Sie wollen also Miß Evelyn riskieren?«

»Sie meinen, die Mumie habe es auf sie abgesehen?«

»Nun, die Absichten dieses ehrenwerten Ungetüms kenne ich selbstverständlich nicht«, meinte er pedantisch. »Aber mir scheint, interessiert ist die Mumie an ihr und nicht an Ihrem

Charme, Peabody. Das Ding muß gewußt haben, daß Sie in diesem Zelt waren. Was hatten Sie dort zu suchen?«
»Ich wollte herausfinden, was mit Michael geschehen ist. Und da habe ich das hier gefunden.« Ich zeigte ihm das Kreuz mit der abgerissenen Kette.
»Dumm von dem Angreifer, einen solchen Beweis zurückzulassen.«
»Glauben Sie, er wurde entführt?«
»Ich halte es für möglich.«
»Und Sie tun nichts? Ein treuer Helfer und verläßlicher Freund ...«
»Was soll ich denn tun? Hatten wir denn bisher überhaupt Zeit, darüber nachzudenken? Und außerdem meine ich, Michael passiert nichts.«
»Ich wollte, ich hätte Ihre Zuversicht. Nun, wir können natürlich nicht ins Dorf gehen und seine Herausgabe fordern. Wie schade, daß wir die Mumie nicht festhalten konnten, etwa als Geisel oder so.«
»Wir könnten noch viel mehr erreichen, wenn wir die Mumie hätten, aber mir scheint, die Sterne sind gegen uns. Doch wir wollen unsere Zeit nicht mit unnützem Selbstmitleid vergeuden. Ich sorge mich um Miß Evelyn.«
»Ich etwa nicht? Ich muß sie wegbringen, am besten zur Dahabije. Dort kann sie von der ganzen Mannschaft bewacht werden.«
»Unser mumifizierter Freund würde sie sicher auch dort finden.«
Das traf mich wie ein Guß kalten Wassers. »Er wird es nicht wagen! Wenn es sein Ziel ist, daß Sie das Lager verlassen ...«
»Wie soll ich wissen, was sich eine lebendig gewordene Mumie als Ziel gesetzt hat? Aber glauben Sie, Walter würde Miß Evelyn hier lassen, wenn er glaubt, daß ihr hier Gefahr droht?«
»Aha, dann haben Sie das also auch bemerkt.«
»Bin ich denn blind oder aus Stein? Die beiden sind einander doch nicht gleichgültig.«

»Und das mißbilligen Sie, nicht wahr?«
»Warum denn, Peabody? Wissen Sie, ich brauche Geld für meine Grabungen. Für einen edlen Zweck, wohlgemerkt, für die Erhaltung wertvollster Kulturschätze, die der ganzen Menschheit dienen sollen. Und Walter könnte sich gut verheiraten. Er ist ein gutaussehender junger Mann. Glauben Sie, ich würde es gutheißen, daß er sich an ein armes Mädchen hängt? Und Miß Evelyn ist doch arm, nicht wahr?«
Er hatte seine Pfeife ausgeklopft und in die Tasche gesteckt, und während er das in einem sehr sarkastischen Ton vorbrachte, glaubte ich einen Geruch nach versengtem Stoff wahrzunehmen. »Sie ist arm«, erwiderte ich nur.
»Sehen Sie. Wie schade! Aber, selbst wenn sie für Walter zu arm ist, so ist sie doch für die Mumie zu schade. Ich schlage vor, wir testen unsere Theorie und lassen sie morgen auf dem Boot schlafen, dann sehen wir schon, was geschieht. Peabody, Sie müssen sich was ausdenken, damit sie auch dort bleibt. Freiwillig verläßt sie Walter nicht. Ich würde eine Expedition zum Boot vorschlagen, um ein paar nötige Sachen zu holen. Abdullah kann bei Walter bleiben.«
»Warum kann er nicht mitkommen? Das Boot wäre viel besser für ihn.«
»Wir sollten ihn, glaube ich, nicht transportieren. Walter wird übrigens nur für ein paar Tagesstunden allein sein, denn ich kehre sofort wieder zurück, nachdem ich Sie beim Boot abgeliefert habe. Sie müssen krank spielen oder sich sonst etwas ausdenken, damit Evelyn über Nacht dort bleibt. Natürlich müssen Sie aufpassen. Ich kann mich auch irren, und dann kommt die Mumie nicht. Wenn sie kommt, sind aber Sie für Miß Evelyns Sicherheit verantwortlich. Wollen Sie diese Verantwortung übernehmen?«
»Selbstverständlich.«
»Dann nehmen Sie das hier.« Zu meiner Verblüffung gab er mir Lucas' Pistole. Ich wehrte mich, sie zu nehmen, weil ich mit Feuerwaffen nicht umgehen könne. »Ah, dann haben Sie also doch eine Schwäche!« sagte er.

Nun stieg eindeutig ein kleines Rauchwölkchen aus der Tasche auf, in der er seine Pfeife verstaut hatte. Aber davon erwähnte ich noch immer nichts. »Ich komme auch ohne Waffe zurecht«, erwiderte ich. »Und ich bin mit Ihrem Plan einverstanden. Sie brauchen keine Angst zu haben, daß ich meine Rolle nicht richtig spiele. Gute Nacht, Emerson.«
Ich beobachtete ihn eine Weile und genoß die Lage, weil er ein so merkwürdiges Gesicht machte. »Übrigens«, fügte ich hinzu, »Ihre Tasche brennt. Ich dachte mir zwar, daß Sie Ihre Pfeife nicht ordentlich ausgeklopft haben, doch ich weiß ja, daß Sie nicht gerne einen Rat annehmen. Noch einmal: Gute Nacht, Emerson.«
Ich sah noch, daß er wie ein Derwisch herumtanzte und mit beiden Händen auf seine Tasche schlug.
Zu meiner unbeschreiblichen Erleichterung ging es Walter am nächsten Morgen besser. Trotzdem kamen wir überein, Walter nicht zur Dahabije mitzunehmen. Es war nicht leicht, Evelyn zum Mitkommen zu überreden, doch schließlich gab sie nach, weil sie glaubte, wir würden sofort wieder zurückkehren. Wir machten uns also auf den Weg. Als ich mich umschaute, hockte Abdullah mit hochgezogenen Knien am Sims, und auf den Knien lag der Kopf mit dem Turban.
Der Weg war anstrengend, und ich atmete erleichtert auf, als ich endlich die schlaffen Segel der *Philae* erblickte. Sie schaukelte sanft auf dem Wasser. Daneben lag die *Cleopatra*, Lucas' Boot. Es war kleiner als das unsere und lange nicht so schmuck. Seine Leute waren ebenso schmutzig und ungepflegt wie ihr Schiff, vor allem aber mürrisch und gleichgültig. Unsere Mannschaft dagegen begrüßte uns voll ehrlicher Begeisterung.
Ich verstand zwar die Worte nicht, aber Emerson fragte unseren Reis auf arabisch nach Michael, doch der Reis wußte nichts von ihm. Er behauptete es wenigstens, denn ich hatte das Gefühl, er sei vielleicht nicht ganz aufrichtig. Vielleicht hielt er sogar einen beschämten, geflüchteten Michael versteckt, weil er die Spukgeschichten der Dorfbewohner

gehört und geglaubt hatte. Offensichtlich wurde Emerson von ähnlichen Zweifeln geplagt. Er erfuhr aber nur, daß man Michael nicht gesehen habe.

Nun, auch Emersons zornige Ungeduld nützte nichts, denn wenn ein Ägypter nicht reden will, kann ihn nicht einmal ein Großinquisitor dazu bringen. Evelyn war inzwischen nach unten gegangen, um die aufgeschriebenen Sachen zu packen, und Lucas war auf seinem eigenen Boot. Ich stand mit Emerson auf dem Oberdeck.

»Ich muß jetzt wieder zurück«, murmelte er. »Peabody, es stimmt absolut gar nichts. Die Bootsbesatzung hat mit den Dorfbewohnern geredet. Ein Mann ist schon davongelaufen, und Hassan fürchtet, die anderen nicht mehr ganz unter Kontrolle zu haben. Zugeben darf er das natürlich nicht.«

»Ich hatte gleich das Gefühl, daß etwas nicht stimmte. Sie sollten aber wirklich zu Walter zurückkehren. Gehen Sie. Ich werde schon tun, was zu tun ist. Sie können sich darauf verlassen.«

»Die Situation ist unerträglich«, stellte er erbost fest, und der Schweiß rann ihm in dicken Tropfen über das Gesicht. »Amelia, schwören Sie mir, daß Sie genau das tun, was ich gesagt habe, daß Sie kein Risiko eingehen und sich nicht verraten.«

»Ich sagte Ihnen doch schon, daß Sie sich darauf verlassen können. Oder verstehen Sie kein Englisch?«

»Guter Gott! Sie begreifen nichts. Da sind Sie weit und breit die einzige Frau, der ich...«

Vom anderen Deckende näherte sich Lucas, die Hände in den Taschen, die Lippen zum Pfeifen gespitzt.

Emerson warf mir noch einen durchbohrenden Blick zu, drehte sich wortlos um und kletterte die Leiter zum Unterdeck hinab. Ich folgte ihm, weil ich Lucas jetzt nicht ertragen konnte, doch er war schon verschwunden. Dafür stieß ich dann im Gang, an dem die Kabinen lagen, mit Evelyn zusammen, denn ich hatte nicht aufgepaßt, weil mir auch zum Pfeifen zumute war.

»Amelia, ich habe Emerson gerade gesehen, er hat sich ohne uns auf den Rückweg gemacht!« rief Evelyn bestürzt. »Bitte, halt ihn auf, ich muß doch zurück zum Lager!« Evelyn versuchte an mir vorbeizukommen, doch ich hielt sie auf und lehnte mich schwer gegen sie.
»Ach, mir ist so schrecklich elend«, klagte ich. »Vielleicht sollte ich mich hinlegen.«
Evelyn half mir fürsorglich, wie erwartet, in meine Kabine und öffnete mir das Kleid; ich tat sehr schwach, ob Evelyn mir nun glaubte oder nicht. Sie hielt mir das Riechsalz so nahe unter die Nase, daß ich einen Niesanfall bekam. »Halt, halt!« stöhnte ich. »Mir fliegt sonst der Kopf weg!«
»Aber jetzt geht es dir schon wieder besser«, stellte Evelyn fest. »Das war deine alte Stimme. Kann ich dich einen Moment allein lassen? Ich will nur Mr. Emerson nachlaufen und ihm sagen, er solle doch warten.«
Ich ließ mich stöhnend auf das Kissen zurückfallen. »Evelyn, ich kann nicht gehen ... Ich muß hier bleiben ... Wenn du meinst ..., du mußt gehen, dann geh nur ... Ich will dich nicht ... aufhalten.«
Ich kam mir wie ein Judas vor, als ich Evelyn durch halbgeschlossene Lider beobachtete. Fast wurde ich schwach, aber ich konnte Emerson nicht so grausam enttäuschen, nachdem er, dieser arrogante Weiberfeind, mir gesagt hatte, ich sei weit und breit die einzige Frau, der er... Ich mußte mich jetzt zwischen Evelyn und Emerson oder zwischen Evelyn und meinen eigenen Grundsätzen entscheiden; ich mußte also Evelyn betrügen – zu ihrem eigenen Besten.
Es war eine schwere Prüfung für mich, ihren Kampf zu beobachten. Sie rang die Hände, bis die Knöchel weiß hervortraten, und ihre Stimme war voll Resignation. »Natürlich bleibe ich bei dir, Amelia. Eine ruhige Nacht wird dir guttun.«
»Ganz gewiß«, murmelte ich, und dabei hatte das arme Mädchen keine Ahnung, welche Nacht ich erwartete.
Ich hätte im Bett bleiben und alle Nahrung verweigern sol-

len, doch allmählich wurde ich von einem wütenden Hunger geplagt. Als die Dämmerung anbrach, fühlte ich mich sicher, denn nicht einmal Evelyn würde den Rückweg bei Nacht zurücklegen wollen. Ich sagte, mir gehe es besser, und ein wenig Nahrung würde mir sicher nicht schaden. Ich mußte mich beherrschen, daß ich nicht die herrlichen Sachen, mit denen der Koch sich selbst übertroffen hatte, gierig in mich hineinschaufelte.
Lucas hatte ein paar Flaschen Champagner mitgebracht. Er war im Abendanzug, der ihm ausgezeichnet stand, zumal er sehr tief gebräunt war. Wir speisten auf dem Oberdeck, und der Sternenhimmel über uns war schöner als jedes Palastdach. Mich überkam ein Gefühl der Unwirklichkeit. Die vergangene Woche schien es gar nicht gegeben zu haben. Das Boot schwankte leicht, die Wellchen klatschten an die Bootswand, die Männer unten sangen leise ihre wehmütigen Melodien oder unterhielten sich gedämpften Tones; es roch nach Fluß, nach Nachtwind, Kohlenofen und Wüste. Der Zauber des Abends nahm mich ganz und gar gefangen.
Lucas trank wieder einmal zuviel, wenn er, und das muß ich zugeben, auch ganz deutlich sprach und keine fahrigen Bewegungen machte. Nur seine Augen glänzten immer greller, je mehr er trank, und seine Reden wurden immer fantastischer. Einmal kündigte er an, er werde sofort zum Lager zurückkehren, um die Mumie nicht zu versäumen, und im nächsten Augenblick lachte er schallend über diese Geschichte, über die Brüder Emerson und ihr schäbiges Leben, über die Widersinnigkeit, nur nach zerbrochenen Scherben im Sand graben zu wollen, und dann kündigte er an, daß er selbst nach Luxor und dem glorreichen Theben weiterreisen wollte.
Evelyn saß da wie eine blasse Statue. Sie hatte keine Abendrobe angezogen, sondern trug ihren Morgenrock, dessen blaßrosa Seide mit winzigen Rosenknospen bestickt war.
»Ich will ja deine Kleider nicht kritisieren, Base«, sagte Lucas plötzlich. »Aber du solltest das tragen, was deiner

Schönheit und Stellung entspricht. Seit Kairo habe ich nicht ein Kleid an dir gesehen, das richtig zu dir gepaßt hätte. Schade, daß ich deine Kisten nicht mitbringen konnte.«

»Es wäre auch unnötig gewesen, Lucas«, antwortete Evelyn. »Es wird mir keinen Spaß machen, sie auszupacken. Die eleganten Kleider will ich nie wieder tragen. Sie würden mich schmerzlich an die Güte meines Großvaters erinnern.«

»Dann verbrennen wir sie ungeöffnet, sobald wir wieder in Kairo sind«, schlug Lucas großzügig vor. »Ich werde dir Kleider kaufen, die deiner würdig und mit denen keine schmerzlichen Erinnerungen verbunden sind.«

»Ich habe die Kleider, die meiner Stellung entsprechen«, erklärte sie nachdrücklich. »Und die Vergangenheit läßt sich nicht auslöschen, Lucas. Von einigen Dingen kann ich mich nicht trennen, und ich will sie aufbewahren, damit sie mich an glückliche Zeiten erinnern. Ich habe für so vieles dankbar zu sein, daß ich mich nicht an meine Fehler und Irrtümer verlieren darf.«

»Das war gut gesagt, Evelyn«, lobte ich sie. »Aber was geht unten vor? Die Männer machen solchen Lärm.«

Ich hatte recht, wenn ich auch das Thema nur wechselte, um Evelyn von trüben Gedanken abzubringen. Die Männer lachten und sangen laut.

»Oh, ich habe ihnen Whisky gestiftet«, verriet Lucas. »Sie vergaßen ganz gern, daß ihr Prophet den Alkohol verboten hat. Und ein Gläschen kann ja gar nicht schaden.«

»Aber Sie haben jetzt genug«, stellte ich fest und nahm ihm die Flasche weg. »Vergessen Sie bitte nicht, daß unsere Freunde im Lager in Gefahr sind. Wenn wir nachts ein Signal bekommen ...«

»Ihr Freund Emerson würde auch dann nicht um Hilfe rufen, wenn man ihn bei lebendigem Leib braten würde«, stellte er fest. »Warum ängstigen Sie Evelyn?«

»Ich habe keine Angst«, erklärte sie, »aber Amelia hat recht. Bitte, Lucas, hör zu trinken auf.«

»Dein Wunsch sei mir Befehl.« Aber Lucas hatte leider

schon viel mehr getrunken, als er eigentlich vertragen konnte.
Evelyn sagte, sie sei müde, schlug aber vor, ich solle auch zu Bett gehen, um meine Stärke wieder zurückzugewinnen. Ich hatte ganz vergessen, daß ich leidend war, aber ich ließ sofort den Reis kommen, weil ich fürchtete, Evelyn könne nicht schlafen, wenn die Leute so laut seien. Er verstand nur wenig Englisch, doch schließlich hatte ich ihn soweit, daß er begriff. Wenig später war Ruhe.
Als ich mich zum Gehen anschickte, sagte Lucas zu mir: »Entschuldigen Sie meine schlechten Manieren, Miß Amelia. Ich bin nicht so betrunken, wie es den Anschein hatte. Ich schlafe in einer der Kabinen unten, damit ich zur Hand bin, falls ich gebraucht werde.«
»Ich glaube nicht, daß wir Sie brauchen«, antwortete ich ihm. Er ahnte ja nichts von meiner Unterhaltung mit Emerson in der Nacht vorher, und ich hatte auch kein besonderes Vertrauen zu ihm, doch er schien zu den gleichen Schlüssen gekommen zu sein wie wir.
Wir gingen die enge Treppe zu den Kabinen hinab; da bat mich Lucas, einen Moment zu warten, er müsse mir etwas zeigen. Er betrat eine Kabine und kam mit einem langen Gegenstand zurück. Ich schaute genau hin und erschrak.
»Nein, keine Angst, Miß Amelia, diese Flinte hier ist nicht geladen, doch das wissen nur Sie und ich. Vielleicht hatte die Mumie allen Grund, eine Pistole mit kleinem Kaliber nicht zu fürchten, aber das Ding hier schaut so gefährlich aus, als könne es einen ausgewachsenen Elefanten umlegen. Jedenfalls gibt es aber eine ausgezeichnete Keule ab.«
»Ich halte es für eine verrückte Idee«, fuhr ich ihn an. »Wenn Sie aber unbedingt damit ... Gute Nacht, Lucas.« Ich ließ ihn waffenschwingend und mit einem blöden Grinsen im Gesicht stehen.
Sonst bewohnten Evelyn und ich getrennte Kabinen, aber nun wollte ich sie unter keinen Umständen allein lassen und gab vor, wieder einen Schwächeanfall erlitten zu haben.

Sie half mir ins Bett und blieb auch, da sie ehrlich um mich besorgt war, in meiner Kabine. Sie schlief bald ein.
Ich lag wach. Ich hatte nur ein Glas Wein getrunken, das sonst überhaupt keine Wirkung auf mich hat, aber jetzt mußte ich gewaltsam gegen den Schlaf ankämpfen. Ich klatschte mir im Badezimmer nebenan Wasser ins Gesicht, kniff mich am ganzen Körper und tat alles, um mich wach zu halten.
Endlich fühlte ich mich ein bißchen wacher und ging zum Fenster. Das war kein kleines Bullauge wie auf normalen Schiffen, sondern eine richtige, breite Öffnung mit einem Vorhang, der das Licht ausschloß, aber die Luft ungehindert durchließ. Es öffnete sich auf das untere Deck und konnte vom Boden aus leicht erreicht werden. Wenn also Gefahr drohte, mußte sie aus dieser Richtung kommen. Unsere Tür war sicher versperrt und verriegelt. Selbstverständlich wäre auch das Fenster zu schließen gewesen, doch dann hätten wir bald unter Hitze und Luftmangel gelitten, und außerdem hätte ich Lärm gemacht und Evelyn aufgeweckt. Von meinem Platz aus konnte ich das Deck überschauen. Der Mond schien so hell, daß ich sogar die Nägel im Holz erkennen konnte. Nichts bewegte sich, nur das Mondlicht tanzte in den silbrigen Wellchen. Ich weiß nicht, wie lange ich dastand. Ich mußte wohl ein wenig gedöst haben, doch plötzlich bemerkte ich eine Bewegung, die von rechts kam. Schlagartig war ich hellwach. In dieser Richtung lag Lucas' Kabine.
Ich hielt mich im Schatten und sah bald einen blassen, nun schon recht vertrauten Umriß. Ich weiß nicht, warum, aber diesmal fühlte ich nicht die abergläubische, lähmende Angst wie bei den früheren Besuchen; vielleicht deshalb, weil ich in vertrauter Umgebung war; oder der Eindruck schwächt sich durch die Wiederholung ab. Wirklich, die Mumie wurde allmählich lächerlich. Ihr Repertoire war doch sehr begrenzt! Warum fiel ihr gar nichts Neues ein, warum lief sie immer nur mit wedelnden Armen herum?

Ich war entschlossen, die Mumie im Alleingang zu fangen und vergaß völlig Emersons Warnungen. Um Hilfe rufen wollte ich nicht, weil ich sonst die Mannschaft aufgeweckt hätte; genützt hätten mir die Männer trotzdem nichts, weil sie vom ungewohnten Alkohol sicher schwer schliefen, was ich auch von Lucas annahm. Nein, ich wollte erst warten, was die Mumie vorhatte. Wenn sie versuchte, unsere Kabine durch das Fenster zu betreten, dann hatte ich sie ja. Neben mir stand ein großer, mit Wasser gefüllter irdener Krug, der sicher eine schmerzhafte Beule hinterließ, wo er traf. Die Mumie trat ins volle Mondlicht und kam immer näher. Sie war sehr groß, viel größer, als ich sie in Erinnerung hatte. Ob da der irdene Krug genügte? Ich hatte ganz vergessen, daß ja der Kopf dick umwickelt war. Ich war zwar ziemlich stark; wenn aber die Kreatur ein kräftiger Mann war, so konnte der mich in einem Handgemenge sehr wohl besiegen und brauchte dazu kein mit übernatürlichen Kräften begabtes Monster zu sein. Sollte ich ...

»Lucas! Lucas!« schrie ich. »Zu Hilfe! Lucas! Zu Hilfe!«

Es war sehr dramatisch.

Die Mumie blieb stehen, als sei sie überrascht, meine Stimme zu hören. Evelyn murmelte im Schlaf. Dann tat es einen lauten Krach und einen dumpfen Schlag, und Lucas sprang vom Fenster der nächsten Kabine auf das Deck.

Er war angezogen, hatte die Hemdärmel aufgerollt und den Kragen offen, so daß kräftige Arme und eine behaarte Brust sichtbar waren. In grimmiger Entschlossenheit umklammerte seine rechte Hand die Flinte. Das wäre der richtige Anblick für ein romantisches Mädchen gewesen.

»Halt!« rief er, »keinen Schritt weiter, oder ich schieße! Verdammt noch mal, ob dieses Monster wohl Englisch versteht? Wie absurd!«

»Das ist doch ganz egal, packen Sie's lieber!« schrie ich ihm zu.

Der Kopf schwang in meine Richtung. Ich schwöre, ich sah Augen blitzen unter der Dunkelheit einer verhüllten Stirn.

Das Ding hob die Arme und gab wieder den jammernden, knurrigen Schrei von sich, den ich schon kannte.
»Evelyn, bleib, wo du bist, Lucas und ich haben die Situation unter Kontrolle«, rief ich Evelyn zu. »Lucas, schlagen Sie das Ding auf den Kopf! So schlagen Sie doch zu, sonst tu ich's selbst!«
Ich begann durch das Fenster zu klettern, aber da hielt mich Evelyn von rückwärts her fest. Lucas grinste breit; nicht lange, denn das Monster holte mit einem Arm aus und schien etwas zu werfen, doch nichts verließ die bandagierte Hand. Aber Lucas taumelte, die Flinte entfiel seiner Hand und Lucas stürzte, das Gesicht voran, darauf.
Da begann die Mumie so gräßlich zu lachen, daß mir das Blut in den Adern zu gerinnen drohte. Und sie näherte sich langsam unserem Fenster.
Endlich hörte ich von links her Stimmen, denn die Männer waren erwacht. Das hörte die Mumie, hob einen Armstummel und schüttelte ihn drohend den sich nähernden Männern entgegen. Die sahen nun zwar das Monster, aber die Mumie tat ein paar akrobatische Sprünge und war verschwunden.
Ich befahl Evelyn, sie solle sich niederlegen, denn ich müsse zu Lucas gehen. Sie selbst sei jetzt in Sicherheit. Meine umfangreichen Nachtgewänder hinderten mich sehr, als ich durch das Fenster kletterte, aber meine Würde war mir im Moment völlig gleichgültig. Lucas lag noch immer bewegungslos da. Mühsam drehte ich ihn um, denn er war ein schwerer Mann, der bald fett sein würde. Verletzt schien er nicht zu sein, und sein Puls fühlte sich kräftig an, nur sein Atem pfiff, und sein Körper zuckte krampfhaft.
Langsam kamen ein paar Männer herbei, dann endlich erschien der Reis persönlich. Sie trugen Lucas in seine Kabine, legten ihn auf das Bett und rannten davon. Nur Hassan blieb. Wie sehr bedauerte ich jetzt, statt Latein, Griechisch und Hebräisch nicht Arabisch gelernt zu haben! Der Reis schien sich zu schämen, weil er und seine ganze Mannschaft

zu fest geschlafen hatten, doch der Schlaf sei wie ein Zauber gewesen, völlig unnatürlich. Ich entließ Hassan, nachdem ich angeordnet hatte, daß ein Mann Wache stehen müsse. Um Lucas mußte ich mich eben selbst kümmern. Für mich war es deprimierend, daß ich mich nicht mehr auf meine Mannschaft, nicht einmal auf den Kapitän verlassen konnte. Was die Erzählungen von der Mumie noch nicht geschadet hatten, das hatte dieser nächtliche Vorfall besorgt.
Lucas war noch immer bewußtlos, und nichts half, was ich auch tat. Ich rieb ihm Gesicht, Hände und Brust mit nassen Tüchern ab, legte seine Füße hoch – nichts holte ihn ins Bewußtsein zurück.
Inzwischen war Evelyn in die Kabine gekommen und schien sich große Sorgen zu machen. »Nein, nein«, redete ich ihr zu, »tot ist er nicht, und ganz sicher besteht auch keine Gefahr, daß er sterben könnte, aber ich weiß nicht, weshalb er nicht aufwacht.«
»Oh, ich ertrage es nicht«, flüsterte Evelyn. »Er ist mein Freund und Vetter, und ich mag ihn sehr gern, und seine Tapferkeit nötigt mir Bewunderung ab. Warum bringe ich Unglück über alle, die mich lieben? Erst Walter, dann Lucas. Muß ich dich auch verlassen, Amelia?«
»Unsinn«, fuhr ich sie an. »Bring mir lieber Riechsalz, das müßte Lucas wieder zu sich bringen.« Und richtig, kaum hatte Evelyn es gebracht und ich es ihm unter die Nase gehalten, als er Evelyns Namen flüsterte.
Sie kniete sofort neben seinem Bett. »Lucas, sprich zu mir, ich höre.«
»Evelyn ... so weit weg ... Wo bist du ... Laß mich nicht im Dunkeln allein. Ohne dich ... bin ich verloren ... Nimm meine Hand, Evelyn, und halte mich fest.«
»Ja, ja, Lucas. Ich bin ja da.«
So und ähnlich ging es eine ganze Weile weiter, und mir wurde es schon langweilig. Also schob ich die vor Mitleid fast zerfließende Evelyn ein wenig weg und sagte: »So, jetzt kommt er wieder zu sich. Was ist dir lieber – willst du ihm

versprechen, ihn zu heiraten, oder soll ich es weiter mit Riechsalz probieren?«
Evelyn wurde rot, Lucas schlug die Augen auf und flüsterte verzückt: »Evelyn!«
»Wie geht es dir, Lucas? Wir hatten solche Angst um dich!«
»Bißchen schwach noch. Aber es war deine Stimme, Liebling, die mich zurückbrachte. Du hast mir das Leben gerettet. Fortan gehört es dir.«
Evelyn schüttelte den Kopf und entzog ihm ihre Hand.
»Das genügt jetzt«, sagte ich barsch. »An Ihren Träumen bin ich nicht sehr interessiert, Lucas, ich will nur wissen, was geschehen ist. Ich sah, daß Sie taumelten und stürzten, aber ich konnte nicht feststellen, daß die Kreatur tatsächlich etwas geworfen hat.«
»Mich hat auch nichts getroffen«, antwortete Lucas. »Wenigstens nicht körperlich. Oder haben Sie eine Wunde oder Beule gefunden?«
»Nein«, antwortete ich. Evelyn sah seine nackte Brust, errötete und zog sich zurück. »Was fühlten Sie eigentlich?«
»Das kann ich nicht beschreiben ... Es war wie ein Blitzstrahl von großer Kraft, dann kam die Schwäche, schließlich die Ohnmacht. Ich wußte, daß ich fiel, doch den Aufschlag spürte ich nicht mehr.«
»Ah, wunderbar«, bemerkte ich sarkastisch. »Jetzt haben wir also eine Mumie, die Blitze schmeißt. Emerson wird sich riesig darüber freuen.«
»Emersons Meinung ist mir ... egal«, fauchte Lucas.
Das war kein Ausdruck für einen Lord.
Der Rest der Nacht verlief ruhig. Ich schlief gut, Evelyn vermutlich gar nicht. Als ich aufwachte, stand sie am Fenster und schaute in das erste Morgenrot hinaus. Sie hatte einen dunkelblauen Sergerock und dazu eine Bluse angezogen.
»Ich gehe zum Lager«, erklärte sie. »Du brauchst nicht mitzukommen, Amelia, denn ich bin bald wieder hier. Ich will Mr. Emerson überreden, seinen Bruder herzubringen,

und wir segeln dann sofort nach Luxor ab. Wenn sie nicht kommen wollen – ich denke, wir sollten dann trotzdem weiterreisen. Ich weiß zwar, daß dich ... die Archäologie sehr interessiert, und du wirst lieber bleiben wollen. Lucas wird aber mitkommen, wenn ich ihn darum bitte. Ich werde dann allein reisen, wenn du noch bleiben willst.«
Sie tat mir furchtbar leid, weil sie sich jetzt vor die Wahl gestellt fühlte – Lucas oder Walter. Ich mußte also sehr vorsichtig mit ihr sein.
»Aber ohne Frühstück wirst du doch nicht gehen wollen«, erwiderte ich und schwang die Beine aus dem Bett. »Mitten in der Wüste vor Hunger ohnmächtig werden – nein, nein, das wäre unangenehm.«
Evelyn erklärte sich also bereit, am Frühstück teilzunehmen. Der junge Habib, unser Diener, lächelte jetzt nicht mehr, und das sonst so fröhliche Geplapper vom unteren Deck war auch nicht zu vernehmen. Unsere ganze Mannschaft schien völlig verstört zu sein.
Lucas kam, als wir unseren Tee tranken. Ihm gehe es ausgezeichnet, erklärte er, als ich ihn fragte. Evelyn erzählte ihm sofort, was sie vorhatte, und er zog mißbilligend die Brauen hoch, aber ich versetzte ihm unter dem Tisch einen warnenden Tritt ans Schienbein, den er verstand.
»Ich sagte dir ja, Evelyn, dein Wunsch sei mir Befehl, und wenn du abreisen willst, sollst du das auch tun. Eine kleine Einschränkung habe ich jedoch zu machen. Du kannst mich um mein Leben bitten, nicht aber um meine Ehre als Mann und Engländer. Du kannst nicht verlangen, daß ich meine Freunde im Stich lasse. Nein, sag jetzt nichts. Ich befehle eurer Mannschaft, euch sofort sicher nach Luxor zu bringen, aber ich bleibe. Ich würde mich selbst verachten, würde ich jetzt fliehen.«
»Und ich reise nur ab, wenn die Emersons mitkommen«, erklärte ich. »Übrigens, Lucas, mit meiner Mannschaft verhandle ich selbst. Der Ihren können Sie befehlen, was Sie wollen.«

»Hm«, brummte er und ging, dies zu tun.
Evelyn ließ den Kopf hängen, und ich rief nach Reis Hassan, um einen neuen Versuch zu machen, die Sprachbarriere zu durchbrechen. Er sagte immer nur »gehen« und deutete flußaufwärts.
»Emerson?« fragte ich und deutete zum Lager.
Er nickte heftig. »Heute«, sagte er, und das wiederholte er mehrmals. Die Araber benützen viel häufiger das Wort ›morgen‹, es liegt ihnen viel besser. Deshalb sagte ich es auch.
Hassans Gesicht zog sich in die Länge, dann zuckte er resigniert die Achseln. »Morgen«, wiederholte er.

10. KAPITEL

Kurz nach dem Frühstück machten wir uns auf den Weg. Der Sand glühte blaßgolden, die Sonne schien schon grell. Wir unterhielten uns kaum. Ich machte mir Sorgen um Evelyn. Wie sollte ich sie von ihren seltsamen Ängsten befreien?

Die erste Person, die uns entgegenkam, war Walter. Er trug den verletzten Arm in der Schlinge, schien sich aber sonst wohl zu fühlen. Ich freute mich sehr darüber. Er gab zwar zuerst mir die Hand, schaute dabei jedoch Evelyn an.

»Ich bin sehr erleichtert, Sie zu sehen«, sagte er, »und ich war sehr böse auf Radcliffe, als er mir sagte, daß Sie gegangen seien.«

»Um uns brauchten Sie sich keine Sorgen zu machen«, erwiderte ich. »Wir waren um Sie besorgt. Wo ist Ihr Bruder?«

»Raten Sie«, meinte er lächelnd.

»Wahrscheinlich hat er in meiner Abwesenheit die Grabungen wieder aufgenommen. Hat er denn gar kein Gewissen? Hat er etwas gefunden? Etwa neue Malereien?«

»Miß Amelia, woher wissen Sie das?« rief Walter erstaunt.

»Ich kenne Ihren Bruder doch. Er ist zu jeder Dummheit

fähig, wenn es um Altertümer geht. Wo ist er? Ich habe mit ihm zu reden.«

»Das Pflaster ist nicht weit von dem zerstörten entfernt. Aber ...«

»Keine Widerrede!« unterbrach ich ihn. »Ihr kehrt jetzt alle ins Lager zurück, und ich hole Emerson.«

Ich hatte mich in einen richtigen Zorn hineingesteigert, als ich ihn fand. Er kauerte fast unsichtbar auf dem Boden, und fast wäre ich über ihn gestolpert. Er war so in seine Arbeit vertieft, daß er mich nicht hörte, und ich versetzte ihm daher mit meinem Sonnenschirm einen ziemlich kräftigen Schlag auf die Schulter.

»Oh, Sie sind's, Peabody«, sagte er. »Wer sonst würde einen Mann zur Begrüßung über den Kopf schlagen?«

Ich hockte mich neben ihn auf die Fersen. Daran hatte ich mich gewöhnt, und meine Knie protestierten längst nicht mehr dagegen. Er hatte ein Stück von etwa drei Fuß im Quadrat gesäubert. Auf dem blauen Grund, der Wasser bedeutet, schwammen drei herrlich geformte Lotosblüten mit grünen Blättern.

»Aha, Sie wollten also nur in Ruhe arbeiten. Sie sind doch der größte Egoist, den die Welt je gesehen hat! Und welche Zeitverschwendung, den Sand mit bloßen Händen wegzuschaufeln! Auf die Art legen Sie niemals das ganze Pflaster frei.« Da er nicht antwortete, fuhr ich fort:

»Sind Sie denn gar nicht neugierig? Wollen Sie nicht wissen, was vergangene Nacht geschehen ist?«

»Weiß ich doch«, antwortete er. »Ich war in aller Morgenfrühe beim Boot und habe mit Hassan gesprochen.«

Er sah sehr müde aus, das stimmte, aber ich brauchte eine Weile, um mich von meiner Verblüffung zu erholen. »Und was halten Sie davon?« fragte ich.

»Es ging genau, wie ich vermutete. Die Mumie erschien und wurde von ihnen ...«

»Von Lucas.«

»Seine Lordschaft schien nicht besonders nützlich gewesen

zu sein, denn sein Kollaps hat die Mannschaft zur Panik getrieben. Selbst Reis Hassan, der gewiß kein Feigling ist, hat jetzt Angst. Hat der Lord sich wenigstens von seinem Angstanfall erholt?«

»Ich weiß wirklich nicht, was mit ihm war und warum er ohnmächtig wurde. Aber ein Feigling ist er nicht.«

Emerson zuckte die Achseln und räumte weiter Sand weg.

»Sind Sie denn ganz von Sinnen?« fuhr ich ihn an. »Ein Pflaster haben Sie schon vernichtet, und wenn Sie das hier freilegen, geschieht es wieder so. Die einzige Sicherheit liegt darin, daß es keiner sieht.«

»Dieses Pflaster ist nicht meine größte Sorge. Besser, wir verlieren dieses Mosaik als Miß Evelyn.«

»Das kann ich Ihnen nun wirklich nicht recht glauben«, erwiderte ich.

»Es ist wahr, auch wenn Sie von mir die denkbar schlechteste Meinung haben.« Das klang so bitter, daß ich mich getroffen fühlte.

»Ich habe doch gar keine schlechte Meinung von Ihnen«, murmelte ich. Es muß ein urkomisches Bild gewesen sein, das wir boten. Er hockte auf den Fersen und beugte sich vorwärts, um mir ins Gesicht zu schauen. Er glich in dieser Haltung eher einem Orang-Utan als einem Menschen, und ich mußte mit meinen um mich gebauschten Röcken auch recht merkwürdig ausgesehen haben. Es war mir aber unwichtig, denn ich sah nur seine intensiven blauen Augen, die wie Saphire funkelten und meine Augen nicht losließen. Da mußte ich den Blick senken, und ich glaube, ich wurde flammend rot. »Hallo, Radcliffe!« hörte ich in diesem Augenblick Walter rufen, der auf uns zukam. »Was meinst du, was ...« Er schaute von einem zum anderen. »Was ist denn? Habe ich ... gestört?«

»Nein, hast du nicht«, knurrte Emerson. »Was ist, Walter? Du bist so aufgeregt.«

»Kein Wunder, und du wirst auch aufgeregt sein, wenn du hörst, was letzte Nacht geschehen ist.«

»Das weiß ich doch.«
»Dann hat es dir also Miß Amelia erzählt. Radcliffe, es muß etwas geschehen! Das ist doch entsetzlich. Du mußt die Damen überreden, noch heute abzureisen. Komm mit ins Lager. Ich habe keinen Erfolg bei Miß Evelyn und auch nicht bei Lord Ellesmere.«
»Na, gut«, brummte Emerson, und wir machten uns auf den Weg. Walter hörte nicht auf, über sein Entsetzen zu sprechen, bis ihn sein Bruder unterbrach. »Walter, hör doch endlich auf mit deinem Geplapper. Was erreichen wir damit, wenn wir Miß Evelyn wegschicken? Ist die Mumie etwas Übernatürliches, was ihr Narren alle zu glauben scheint, dann kann sie ihr folgen, wohin sie auch geht. Und sie kann ihr auch folgen, wenn sie nichts Übernatürliches ist. Da dir an ihrer Sicherheit mehr liegt als an unserer Arbeit hier, sollten wir vielleicht besser daran denken, die Motive dieser Kreatur zu erforschen, um ihnen wirksam begegnen zu können.«
Walter sah ziemlich geknickt drein, und ich versuchte ihn aufzuheitern. »Ich bin überzeugt, daß die Mumie Evelyn nichts Böses will. Sie und Lucas, Sie beide wurden angegriffen, aber nicht Evelyn.« – »Ah«, sagte Emerson und sah mich lange und nachdenklich an. »Peabody, ich versichere Ihnen, das ist mir nicht entgangen.«
Walter war besorgt, ich wütend, und so legten wir den Weg schweigend zurück. Evelyn und Lucas warteten schon auf uns, und wir setzten uns zu einer Diskussion zusammen, die uns anfangs auch nicht weiterbrachte. Das war mein Fehler; sonst fällt es mir nicht schwer, selbst zu einem Entschluß zu kommen und andere von dessen Richtigkeit zu überzeugen, aber diesmal gelang es mir nicht.
Am sichersten wäre es gewesen, wenn wir gepackt und das Lager aufgegeben hätten. Das kam für Emerson nicht in Betracht, und ich gab ihm insgeheim darin recht. Ich konnte aber auch die Emersons nicht im Stich lassen und unsere Vergnügungsreise fortsetzen, denn die beiden Brüder

waren nicht besonders gesund. Wie sollten sie Hilfe herbeiholen, wenn die Dorfbewohner vom passiven Widerstand zur offenen Feindseligkeit übergingen? In Amarna gab es schon in ruhigen Zeiten kaum Touristen.
Ich konnte natürlich auch auf der Dahabije bleiben und Evelyn mit Lucas nach Kairo zurückschicken, damit sie Hilfe holten. Ich konnte die beiden aber nicht gut allein reisen lassen, und Evelyn würde sich sowieso weigern, mich zu verlassen. Und Emerson würde wie ein Schakal heulen, wenn man ihn in seinem männlichen Stolz verletzte, das heißt, in Kairo für ihn um Hilfe bat.
Nun, ich nahm das Risiko auf mich, diesen Vorschlag zu machen. Alle protestierten außerordentlich heftig, nur der eine nicht, von dem ich es ganz bestimmt erwartet hatte – Emerson. Er kniff die Lippen zusammen und schwieg düster.
Lucas sah wieder ein Ziel in Reichweite. »Ich kann nur dann reisen, wenn ... Also unter ganz bestimmten Voraussetzungen, um Evelyns Ruf nicht zu schädigen«, erklärte er nachdrücklich. Evelyn wurde rot und schaute weg. Seine Absicht war nur allzu klar. Wenn sie als offizielles Brautpaar reisten mit dem Ziel, nach ihrer Ankunft sofort zu heiraten, so war das zwar auch unschicklich, aber die englische Kolonie in Kairo wäre nicht schockiert.
Walter begriff natürlich auch sofort und zog ein langes Gesicht. Emerson stopfte seine Pfeife und paffte dicke Wolken. Dabei musterte er uns mit bösen Blicken.
»Das ist alles absurd!« rief ich und sprang auf. »Der Tag vergeht, und ich bin erschöpft.«
»Natürlich, Amelia«, antwortete Evelyn sofort. »Du mußt ausruhen.«
Emerson nahm die Pfeife aus dem Mund. »Wirklich, Peabody, das sieht Ihnen gar nicht gleich, so unentschlossen zu sein. Ihr benehmt euch alle wie Kinder, die vor einem Schatten davonlaufen.«
»Schatten! War es etwa ein Schatten, der mit Felsen nach Ihnen warf? Oder der Walter verwundete?«

»Bei mir war es ein Steinschlag, und bei Walter ein ... unglücklicher Zufall«, erwiderte Emerson und schaute Lucas bedeutungsvoll an. »Kommen Sie, Peabody, und benützen Sie Ihren Kopf. Bis jetzt liegt kein Beweis dafür vor, daß die unglücklichen Vorkommnisse reiner Bosheit entsprangen, und die Ohnmacht von Lord Ellesmere in der vergangenen Nacht – nun, das Fleisch ist schwach, man ist müde, erregt, hat ein bißchen zuviel Wein ...«
Lucas wurde rot vor Zorn. »Das ist nicht wahr!« rief er.
»Nun, dann müssen wir an übernatürliche Kräfte der Mumie glauben«, antwortete Emerson trocken. »Damit bin ich aber nicht einverstanden. Ich suche nach einer vernünftigen Erklärung, und wenn mir niemand ein Motiv nennen kann ... Nun, Lord Ellesmere meinte, die Dorfbewohner wollen uns vertreiben, weil sie eine wertvolle Entdeckung gemacht haben. Ich lasse mich nicht vertreiben. So einfach ist das.«
Die Logik dieses Mannes beeindruckte mich sehr, und trotzdem fühlte ich noch immer einiges Unbehagen. »Was schlagen Sie dann vor?« fragte ich.
»Wir gehen zum Angriff über. Bisher haben wir uns nur verteidigt, und das wollen unsere Gegner ja. Wenn die Dorfbewohner ein Grab finden können, dann können wir das auch. Morgen beginnen wir mit der Suche und werden uns dazu der Hilfe Ihrer Bootsmannschaften versichern. Das wird nicht einfach sein, weil die Dorfbewohner sie beschwatzten, daß auf uns ein Fluch liege. Mit Schmeichelei, gutem Zureden und ein wenig Bestechung bringen wir sie schon auf unsere Seite. Wir brauchen Männer zur Bewachung der Damen und für eine ausführliche Suchaktion. Nun, ist der Plan in Ordnung?«
Ich hatte nichts zu sagen und fand den Plan gut, doch zugegeben hätte ich es nicht. Die anderen waren beeindruckt, Evelyn sogar deutlich erleichtert. »Dann besteht also keine Gefahr für uns?« fragte sie.
»Nein, meine Liebe«, antwortete Emerson. »Wenn es Ihnen

recht ist, verbringen wir diese Nacht eben in einem Raum, doch ich meine, das ist gar nicht nötig. In Ordnung? Peabody, gehen Sie zu Bett, Sie brauchen unbedingt Ruhe. Seit zehn Minuten haben Sie keine sarkastische Bemerkung mehr gemacht. Also müssen Sie außerordentlich erschöpft sein.«

In meinem Kopf herrschte große Verwirrung, und das erlaube ich diesem Körperteil sonst niemals. Ich war körperlich und seelisch richtiggehend ausgepumpt, so daß ich in einen von wilden Träumen zerrissenen unruhigen Schlaf fiel. Lichtstrahlen und tiefste Dunkelheit wechselten einander ab. Und es war dann auch ein Lichtstrahl, der mich aufweckte. Die Sonne ging eben unter; mein Laken und meine Haare waren schweißfeucht, und ich mußte mich aus den Tiefen des Schlafes emporkämpfen. Und dann hörte ich die Stimme: »Nicht bewegen, um alles in der Welt nicht bewegen!«

Am Fuß meines Feldbettes lag ein dickes, braunes Seil. Das bewegte sich plötzlich. Ein flacher Kopf hob sich, und zwei kleine, starrende, funkelnde Kreise ließen mich nicht los. Es war eine Schlange. Ich wagte mich nicht zu rühren. Emerson stand unter der Türöffnung und ließ den Reptilienkopf nicht aus den Augen, der sich nun wiegend vor- und rückwärts schaukelte. Seine Hand bewegte sich unendlich langsam zur Tasche. Ich war vor Entsetzen gelähmt, wollte schreien, wagte es jedoch nicht. Ein Nebel schien sich über meine Augen und mein Gehirn zu legen.

Dann sah ich, wie Emersons Arm sich schnell bewegte, es gab einen Blitz, einen rollenden Donner, und ich glaubte, der Himmel falle über mir ein. Von da an wußte ich nichts mehr. Ich war nicht lange bewußtlos; als ich aufwachte, konnte ich mich jedoch an nichts erinnern. In meinen Ohren dröhnte es noch, mein Kopf schwamm, aber irgendwie fühlte ich mich so behaglich wie ein Kind im Arm der Mutter. Dann berührte etwas mein Gesicht, meine Lippen, die geschlossenen Augen, meine Wangen; es war wie ein Fingerdruck, nur wärmer und weicher, und diese Berührung hatte eine unglaubliche Wirkung auf mich. Ich öffnete die Augen nicht, ich schloß sie noch fester, weil ich zu träumen glaubte. Ähnliche Empfindungen hatte ich bisher ausschließlich in Träumen erlebt. Warum sollte ich sie für eine Wirklichkeit aufgeben, die nicht, sogar bei weitem nicht, so vergnüglich war? Dann überlegte ich mir: Vielleicht hat mich doch die Schlange gebissen; ich bin vergiftet und im Delirium ...

Schreie und rennende Füße brachen dann den Zauber. Ich wurde zurückgelegt, geschüttelt, dann sogar ein paarmal – wie würdelos! – kräftig auf die Wangen geschlagen. Ich machte die Augen auf. Emersons Gesicht, die Maske eines Nachtmahrs, hing über mir, daneben erkannte ich Evelyns weißes Gesicht. Sie schob Emerson weg und umklammerte mich.

»Oh, Amelia, meine allerliebste Amelia, wir hörten den Schuß. Was ist geschehen? Bist du verwundet? Oder stirbst du?«

»Sie ist weder verwundet, noch liegt sie im Sterben, sie ist nur damenhaft in Ohnmacht gefallen«, erklärte Emerson, und darüber mußte ich mich schon wieder ärgern. »Peabody, zum erstenmal habe ich erlebt, daß Sie sich wie eine richtige Dame benehmen. Das muß ich in meinem Tagebuch eigens vermerken.«

Mir fiel leider keine beißende Antwort ein – ausnahmsweise. Ich funkelte ihn nur an. Dann tat Walter einen Schrei und hob die Schlange hoch.

»Radcliffe«, stöhnte er, »das ist ja eine Haubenkobra, eine der giftigsten Schlangen in Ägypten. Hast du geschossen? Bist du sicher, daß sie nicht vor dem Schuß gebissen hat?«

Evelyn untersuchte sofort meine Beine nach einer Schlangenbißwunde, doch ich schob sie weg. Mir ging es gut, denn Emersons Grobheit hatte meinen kämpferischen Instinkt wieder geweckt. »Mach doch kein Theater, Evelyn«, fauchte ich sie an. »Dieses Biest hat viel zu lange überlegt, ob es mich beißen soll oder nicht, und da hatte Emerson Zeit genug, zu schießen. In der gleichen Zeit hätte ich zehn Schlangen erschossen.«

»Bei Schlangen«, erklärte Walter, »muß man sich sehr behutsam bewegen, sonst beißen sie blitzschnell. Hu, mich schüttelt es vor Entsetzen. Zum Glück hattest du eine Waffe, Radcliffe.«
»Wahrscheinlich die meine«, bemerkte Lucas vom Eingang her.
»Es war ja noch eine Kugel drinnen«, antwortete Emerson.
»Sie hatten unverschämtes Glück. Wie leicht hätten Sie Miß Amelia treffen können.«
»Selbst dieses Risiko mußte man in diesem Fall in Kauf nehmen«, sagte Walter.
»Gott segne Sie und Ihre sichere Hand, Mr. Emerson!« rief Evelyn. »Sie haben Amelias Leben gerettet. Wie kann ich Ihnen das je danken?«
Emersons hoheitsvolles Gehabe fiel plötzlich von ihm ab, und er lächelte merkwürdig. »Ich werde Sie bei Gelegenheit daran erinnern, Miß Evelyn.«
Die Schlange wurde dann beseitigt, Evelyn und ich bekamen Tee, die Herren etwas Geistvolleres. Nur Lucas schien sehr ruhig zu sein. Er fragte, wie die Schlange in die Grabkammer gekommen sein könnte. Er vermutete, sie habe sich in einer Ecke zum Schlafen zusammengerollt und sei erst auf das Bett gekrochen, als ich schlief, weil Schlangen ja immer die Wärme suchen. Aber ich wollte dann wirklich nichts mehr davon hören und schlug vor, wir sollten uns entscheiden, was wir weiter tun wollten.
»Ich habe mich entschieden«, sagte Evelyn laut und deutlich. »Ich werde Lord Ellesmeres Heiratsantrag annehmen, und wir beide verlassen das Lager. Morgen früh segeln wir nach Kairo.«
Wir waren alle wie vom Blitz getroffen, das heißt Emerson, Walter und ich. Dann sprang Walter auf, tat einen Schrei und wurde dunkelrot. Auch Lucas stand auf, und seine triumphierende Miene machte mich wütend.
»Ich bin natürlich der glücklichste Mann der Welt«, ant-

wortete er ihr. »Allerdings wäre es mir lieber gewesen, du hättest meinen Antrag nicht so in aller Öffentlichkeit angenommen. Wenn du aber ...« Ehe wir's uns versahen, hatte er Evelyns Hand gepackt und sie an sich gezogen, um sie zu küssen. Walter schlug seine Hand weg, er atmete schwer. Wie Feinde standen die beiden jungen Männer einander gegenüber.

Lucas kniff die Augen zusammen. Jetzt schlug sein heißes Blut durch. »Was? Das wagen Sie? Emerson, dafür werden Sie mir noch Rede und Antwort stehen.«

Evelyn trat zwischen die beiden. »Lucas, Walter, schämt euch! Ich habe gesagt, was ich tun muß und tun werde, und nichts kann mich umstimmen.«

»Evelyn, das können Sie nicht tun!« rief Walter beschwörend. »Sie lieben ihn doch gar nicht. Sie wollen sich nur opfern, weil Sie glauben, Sie seien die Ursache ...«

Es war eine furchtbare Auseinandersetzung. Waiter beschwor sie, Emerson meldete seine Vernunftgründe an, ich redete ihr zu wie einem kranken Kind, und Lucas – nun ja, Lucas war überzeugt, daß Evelyn ihm schon so gut wie sicher war. Schließlich sagte ich, nachdem alle ihre Meinung geäußert hatten, auch die meine.

»Emerson ist zwar ein schrecklicher Dickkopf, aber er hat recht. Wir kennen das Motiv dieses ganzen Theaters nicht, und überstürzte Handlungen könnten sich sehr schlimm auswirken. Du könntest unbewußt genau das tun, was der unbekannte Gegner von dir will.«

Wäre ich nicht eine Frau gewesen, so hätte Lucas mich jetzt verprügelt, das weiß ich; aber ich hatte Evelyn soweit, daß sie noch einmal darüber nachdenken wollte. Dazu mußte sie allein sein. Sie ging den Sims entlang und stieg den Hügel hinab. Sie sah so verloren aus und tat mir unbeschreiblich leid.

Lucas sprang auf, um ihr zu folgen, die Brüder Emerson versuchten ihn zurückzuhalten, ein böses Wort gab das andere – es war schrecklich. Schließlich lief ihr Lucas doch

nach, um sein Süppchen an dem noch glimmenden Feuer gar zu kochen, aber ich sah dann, daß Evelyn den Kopf schüttelte.
Emerson sparte nicht mit sarkastischen Bemerkungen, wofür ich ihn scharf tadelte. Ich hatte plötzlich alles gründlich satt, selbst Evelyn und ihr morbides Märtyrertum, Lucas und seine Arroganz, Walters hündisches Leiden und am allermeisten Emerson. Er hatte ja gewonnen, weil er seinen Bruder behielt, und mit sadistischem Vergnügen drehte er das Messer in dessen Herzenswunde herum, indem er Walter versicherte, Evelyn heirate Lucas nur des Reichtums und des Titels wegen. Da wurde ich aber endgültig böse.
»Hören Sie endlich damit auf!« schrie ich ihn an. »Lieber sähe ich Evelyn in einem Kloster als in einer Ehe mit diesem Elenden! Sie liebt ihn ja gar nicht. Sie liebt einen anderen, und den wollte sie retten durch eine Heirat mit Lucas. Vielleicht hat sie recht, denn der Mann, den sie liebt, ist ein elender Schwächling, der nicht einmal den Mut aufbringt, sich ihr zu erklären.«
Walter griff nach meiner Hand. »Sie meinen ...? Glauben Sie wirklich, ich könnte ..., ich dürfte ...«
»Selbstverständlich, Sie junger Narr!« Ich versetzte ihm einen solchen Stoß, daß er taumelte. »Sie liebt doch Sie. Warum, das kann ich mir nicht vorstellen, aber es ist so. Jetzt laufen Sie. Halten Sie sie auf!«
Walter warf mir noch einen Blick zu, dann stürmte er davon. Und ich – nun, ich mußte mich Emerson stellen und meine Handlungsweise rechtfertigen.
Er wiegte sich in seinem Stuhl vor und zurück und ließ sich von einem lautlosen Gelächter durchschütteln. »Meine liebe Peabody, Sie erstaunen mich!« stöhnte er schließlich. »Ist es denn möglich, daß Sie insgeheim eine Romantikerin sind?«
Ich wandte diesem unmöglichen Menschen den Rücken und beobachtete das, was unten vorging. »Ich gehe auch hin-

unter«, verkündete ich. »Vielleicht war ich vorher doch ein bißchen voreilig...«
»Es könnte zweckmäßig sein«, gab Emerson zu. »Dem edlen Lord ist durchaus zuzutrauen, daß er einen Verwundeten schlägt, und mit einem Arm ist ihm Walter nicht gewachsen. Oh, verdammt! Ich habe zu lange gewartet.«
Er hatte recht, denn Lucas schlug auf Walter ein. Emerson rannte den Pfad entlang wie eine Bergziege, und ich folgte, wenn auch langsam. Evelyn versuchte, sich zwischen die beiden Männer zu werfen, doch Lucas schüttelte sie ab. Walter war nicht gestürzt und kehrte in den Kampf zurück, und ich konnte meine ehrliche Freude nicht unterdrücken, als er Lucas' Kinn mit einem soliden Haken traf. Lucas fiel um wie ein angesägter Baum. Ich raffte meine Röcke und rannte. Als ich ankam, stand Lucas gerade langsam und ziemlich benommen auf.
Äußerlich schien er unversehrt zu sein, doch von der Würde eines Lords war wenig mehr vorhanden. »Zwei gegen einen?« schrie er. »Das ist unsportlich!«
»Sie müssen von unsportlichem Verhalten reden!« schrie ich zurück. »Sie haben einen verwundeten Mann geschlagen!«
»Er hat mir Namen gesagt, die ich mir nicht gefallen lasse!«
»Der Namen wegen entschuldige ich mich«, erklärte Walter, »aber wenn Sie, Miß Amelia, gehört hätten, was er von Miß Evelyn sagte ...«
»Das ist wahr«, erklärte Evelyn, und alle schauten sie an. Sie trat einen Schritt zurück, als wolle sie ausdrücken, daß sie keine Unterstützung wünsche. »Nein, Amelia«, sagte sie leise und sehr bestimmt, »ich hatte die Hoffnung, dies vermeiden zu können, aber nun kann ich nicht mehr schweigen, weil Lucas es ausgesprochen hat. Ja, ich habe meine Unschuld an einen nichtswürdigen Menschen verloren, aber ich gab sie aus freiem Willen auf. Ich verließ einen alten Mann, der mich von Herzen liebte. Nur Amelias gütiges Herz hat mich davor bewahrt, mein Leben wegzuwerfen. Und jetzt bin ich dir Dank schuldig dafür, daß du mich vor

einer unbesonnenen Handlung bewahrt hast. Ich kann Lucas' nobles Angebot, mich zu heiraten, nicht annehmen. Es wäre keine feine Art, seine Güte zu vergelten. Ich werde niemals heiraten, sondern mein Leben guten Werken weihen.«

Armes Ding! Sie wollte noch mehr sagen, doch ihre Gefühle waren stärker als sie, und ihre Stimme brach in einem Seufzer. Und dabei schaute sie immer Walter an, nur Walter.

Er schien eine tödliche Wunde empfangen zu haben und wußte es nur noch nicht, daß er jetzt umfallen sollte. Emersons Gesicht war ausdruckslos wie der Fels hinter ihm. Aber nun wurde Walter plötzlich lebendig, und er fiel vor Evelyn auf die Knie.

»Sie sind das edelste Mädchen der Welt, das mutigste und schönste!« rief er. »Aber mein liebes, mein süßestes Mädchen, halten Sie so wenig von mir, daß Sie glauben, ich könnte Ihre tragische Geschichte nicht verstehen?« fragte er voll zärtlichen Vorwurfes. »Sie hätten mir doch vertrauen dürfen …«

Sie schaute ihn ungläubig an, dann seufzte sie, schloß die Augen und ließ ihren goldenen Kopf an seine Brust fallen. Walter drückte Evelyn fest an sich, und ich wischte mir die Tränen nicht ab, die mir über die Wangen liefen.

»Gott sei Dank, das wäre also erledigt«, meinte Emerson erleichtert. »Lange genug hat's gedauert. Komm, Walter, küß deine Braut, dann kehren wir ins Lager zurück. Ich bin halb verhungert und will essen.«

»Niemand wird Sie je der Sentimentalität beschuldigen«, hielt ich ihm zornig vor. »Wollen Sie etwa behaupten, daß Sie bereit sind, Ihren Bruder an ein armes Mädchen wegzuwerfen?«

»Nicht nur arm, nein, sogar ruiniert«, erwiderte Emerson fröhlich. »Aber wieso eigentlich ruiniert? Sie scheint in jeder Beziehung noch wie neu zu sein. Eine tüchtige Künstlerin ist eine wertvolle Ergänzung unserer Mannschaft. Ein

Gehalt kann ich ihr allerdings nicht bezahlen. Stellen Sie sich doch vor, was ich damit spare!«
Ich erschrak, als ich Lucas' Stimme hinter mir hörte. »Emerson, das können Sie doch nicht auch noch unterstützen. Das meinen Sie doch gar nicht so.«
»Oh, Eure Lordschaft scheinen meinen Charakter mißzuverstehen«, erwiderte Emerson samtglatt. »Wer bin ich, daß ich mich wahrer Liebe in den Weg stellen dürfte? Ich denke, das ist ganz ausgezeichnet für uns alle. Meinen Sie das nicht auch?«
»Vielleicht haben Sie recht«, antwortete Lucas nach einigem Zögern, und ich mußte ihn dafür bewundern. »Vielleicht war es so bestimmt.«
»Sehen Sie, jetzt benehmen Sie sich wie ein wahrer britischer Edelmann«, lobte ihn Emerson. »Wollen Sie Kohlen auf die Häupter der Verlobten sammeln, indem Sie uns helfen, einen Toast auf sie auszubringen? Komm, Walter, wach auf! Walter! Walterchen!«
Wie in Ekstase lief er gehorsam hinter seinem Bruder drein, und Evelyn konnte ihren verzückten Blick nicht von Walter lösen.
»Na, so edel bin ich auch wieder nicht«, meinte Lucas und lächelte dazu. »Entschuldige mich, Evelyn. Ich möchte ein bißchen allein sein.«
»Gott sei Dank«, sagte ich aus tiefstem Herzen, als er verschwunden war.

11. KAPITEL

Später machte ich mir doch Sorgen um ihn.

Walter und Evelyn waren in ihr Glück versunken, so daß Emerson und ich die ganze Unterhaltung allein bestreiten mußten.

»Peabody«, sagte Emerson schließlich, »ich glaube, von dem Lord haben wir zum letztenmal etwas gesehen. Hoffentlich. Allerdings meine ich, auch die Mumie war zum letztenmal da. Nein, Gefahr besteht keine mehr.«

»Unsinn«, erwiderte ich gereizt. »Lucas kann die Mumie gar nicht gewesen sein. Ich habe die beiden wiederholt zusammen gesehen.«

»Nun, vielleicht irre ich mich« – sein Ton bestritt diese Möglichkeit ganz entschieden –, »und es gibt wirklich ein Grab in den Hügeln, das die Dorfbewohner plündern wollen. Aber, Peabody, dieser Plan stammt nicht von einem Ägypter. Nur ein Europäer oder ein Engländer, höchstens noch ein Amerikaner könnte sich so etwas ausgedacht haben, denn die haben ihre skrupellosen Sammler. Und es gibt genug gewissenlose Kollegen, die alles tun würden, um ein solches Grab zu finden. Ich habe die Konzession in

Amarna, die mir nicht einmal Maspero wegnehmen könnte. Nicht, daß Maspero ...«
»Das ist eine absurde Idee!«
»Und die Alternative? Ich habe keine Feinde.«
»Ha!«
»Nun, ein paar Individuen mögen mich kritisieren. Ja, ein paar. Vielleicht sogar mehrere. Aber es sind professionelle, keine persönlichen Feinde. Walter hat überhaupt keine Feinde. Sein Charakter ist viel zu gut dafür. Sind Sie sicher, daß Sie nicht von sitzengelassenen Liebhabern verfolgt werden?«
Diese Frage konnte ich keiner Antwort würdigen.
»Dann muß es wohl Miß Evelyn sein, die zu solchen Aktivitäten herausfordert. Dann dürften die Ereignisse des heutigen Abends die Frage geklärt haben. Der Lord ist verschwunden ...«
Ich erkannte den Schritt von Lucas, der sich uns näherte.
»Lucas, ich bin sehr erleichtert, Sie zu sehen, denn ich machte mir Sorgen«, erklärte ich ihm voll ungewohnter Herzlichkeit.
»Ach, wie freundlich von Ihnen«, antwortete er und spähte in den Schatten, wo Evelyn und Walter saßen, die ihn nicht zu sehen schienen. »Ich hatte das Bedürfnis, allein zu sein und zu laufen, und das habe ich getan. Sie glaubten doch hoffentlich nicht, daß ich Sie verlassen würde?«
»Nein, ganz gewiß nicht«, versicherte ich ihm.
»Morgen werde ich meinen Kummer in Arbeit ertränken, und für heute habe ich eine Flasche Wein mitgebracht, wie Emerson es vorschlug, um einen Toast auf meine Kusine auszubringen.«
Ich weiß nicht, weshalb es für mich eine Genugtuung war, daß Lucas sich wie ein Gentleman benahm, denn ich hatte ihn noch nie gemocht. Er brachte Gläser und öffnete die Flasche.
»Ich kann es nicht wagen, Evelyn zu bitten. Wollen Sie das tun? Ich schäme mich nämlich meines Benehmens. Nun, ich war schon immer sehr leidenschaftlich.«

Ich rief also Evelyn, und sie kam und zog Walter mit sich. Ich muß zugeben, Lucas benahm sich großartig, als er den Toast ausbrachte. Auch Emerson nippte an seinem Glas, doch er zog eine Grimasse dabei, auch als noch ein Toast auf Walter folgte.

»Ich werde es nie vergessen, daß ich Ihnen mein Glück verdanke«, sagte da Walter zu mir. »Ich hoffe, daß ich mich dessen würdig erweise und Ihren Erwartungen entspreche. Und ich hoffe auch, daß Sie oft bei uns sind, um sich davon zu überzeugen, daß ich Evelyn glücklich mache.«

»Vielleicht nütze ich diese Einladung aus«, erwiderte ich lachend, und Emerson schaute dazu ergeben drein, obwohl er dann wieder vor sich hin brütete. Ein Glück, daß die Flasche bald leer war.

Lucas machte dann den Vorschlag, daß die drei Männer Wache halten sollten, um den Spuk endgültig zu vertreiben, und Emerson pflichtete ihm bei.

Man vereinbarte, daß Lucas die ersten drei Stunden übernehmen sollte, Emerson die folgenden drei, Walter den Rest der Nacht. Ich schleppte Evelyn in unsere Schlafkammer, und sie schlief auch fast sofort ein. Ich war ungeheuer müde, konnte jedoch nicht schlafen, fand aber auch den Grund für meine Unrast nicht. Ganz gewiß ging es jedoch nicht um die Mumienerscheinung, denn die machte mir keine großen Sorgen mehr. Es war eine andere Unruhe, und dabei hätte ich mich doch freuen sollen, weil ich der lieben Evelyn zu ihrem Glück verholfen hatte.

Da kam Lucas an meine Tür. »Miß Amelia!« rief er leise. »Ich höre, daß Sie wach sind. Darf ich Sie zu einem Glas Wein einladen? Ich finde heute einfach keine Ruhe.«

»Es ist aber unklug, Lucas, wenn Sie noch einmal Wein trinken«, wandte ich ein. Die Nacht war kühl, und ich zog meinen Schlafrock enger um mich.

»Nun, ich bin nicht aus Eisen, und ich wollte mich nur für das stählen, was getan werden muß. Kommen Sie, leisten Sie mir Gesellschaft.«

»Und ich werde wohl nicht eingeladen?« meldete sich Emerson. »Oder störe ich etwa eine persönliche Unterhaltung?«
»Seien Sie nicht so dumm«, erwiderte ich, doch meine Worte gingen in einem großen Gähnen unter. »Ach, bin ich müde. Ich möchte nur wissen, weshalb ich trotzdem nicht schlafen kann«, sagte er.
»Ich kann es auch nicht«, meinte Emerson. »Übrigens, ich übernehme jetzt die Wache. Mir macht es nichts aus. Manchmal schlafe ich ganze Nächte überhaupt nicht. Komisch, jetzt habe ich das Gefühl, als sollte ich niemals wieder schlafen.«
Da wußte ich, daß etwas ganz und gar nicht stimmte, und Emerson wußte es auch. Was er sagte, war eine Lüge. Sein schwarzes Haar war nämlich naß, denn er hatte Wasser über den Kopf geschüttet. Um sich wach zu halten?
»Schon gut«, meinte Lucas ziemlich verdrossen. »Wenn ich schon zu nichts nütze bin, kann ich die Flasche auch allein austrinken. Gute Nacht also. Ich schlafe unten im Zelt, und Sie, mein ritterlicher Freund Emerson, können mich ja mit einem Schrei wecken, falls etwas Unerwartetes geschieht.«
Dann wurde ich plötzlich an der Schulter gerüttelt. »He, Peabody, aufwachen! Verdammt noch mal, haben Sie denn nicht begriffen, daß wir unter Drogen gesetzt wurden?«
»Drogen?« wiederholte ich verständnislos.
»Ja, Drogen. Seit über einer Stunde kämpfe ich gegen den Schlaf. Haben Sie ein Mittel, das die Wirkung von Laudanum aufhebt?«
Ich dachte nach. »Riechsalz. Es ist ziemlich stark.« »Hm. Immer noch besser als gar nichts. Holen Sie's, aber schnell!«
Evelyn schlief viel zu fest, und ich konnte sie nicht aufwecken. Ich hielt mir das Riechsalz unter die Nase und spürte, wie es mich belebte. Dann eilte ich zu Emerson zurück, der mich anschielte und am Felsen lehnte. Ich drückte ihm das Fläschchen in die Hand.
»Und jetzt sagen Sie mir, was Sie fürchten«, drängte ich.
»Ich habe allerhand Unfug gedacht«, knurrte er. »Mir fehlt

ein Schlüssel zu der ganzen Geschichte, und ich vermute, den haben Sie, Peabody.«
Er schaute mich an, erst verständnislos, dann entgeistert. Mir stellten sich die Nackenhaare auf. Ich konnte nämlich bis zum Ende des Pfades schauen, und dort bewegte sich etwas. Ich hörte ein leises Stöhnen.
Ich wußte aber, daß dieses Stöhnen nicht von der Mumie kam, denn es klang viel menschlicher und drückte Schmerz aus. Ich sprang auf, aber Emerson war noch schneller als ich, und wir rannten den Pfad entlang. Ich hielt den Atem an, als Emerson ein Stück weiter in die Dunkelheit ging, um dem Stöhnen zu folgen. Als ich um die nächste Felsecke bog, sah ich ihn am Boden knien neben einem liegenden Mann, den ich kannte und – Gott möge mir verzeihen – fast vergessen hatte. Es war unser verschwundener Diener Michael.
»Guter Gott!« rief ich. »Ist er tot?«
»Nein, aber ich fürchte ...«
Michael trug das verblichene, blau-weiß gestreifte Gewand vom Tag seines Verschwindens, doch jetzt war es zerrissen und schmutzig. Ich tastete nach dem Puls und fand ein verschwollenes und blutiges Gelenk.
»Jemand hat ihn gefangengehalten, das sind Spuren von Stricken«, sagte Emerson. »Wir müssen ihn sofort versorgen. Er ist sehr schwach.« Emerson nahm ihn auf die Arme und trug ihn hinauf zum Grab.
Ehe wir um die Felsecke bogen, ertönte der gräßliche, schrille Angstschrei einer Frau. Und da stand auch die Mumie. Der blinde, bandagierte Kopf war uns zugewandt, und in den Stummelarmen hatte sie Evelyn. Kein Wunder, daß sie in eine tiefe Ohnmacht gefallen war.
Emerson war mit dem ohnmächtigen Michael vor mir und versperrte mir den Weg. Mir sollte dieses Monster nicht entkommen! Aber ich fühlte mich wie in Treibsand gefangen, denn jede Bewegung kostete mich eine unbeschreibliche Anstrengung. Doch dann passierte praktisch alles auf einmal.

Lucas kam aus dem Zelt und behauptete, Evelyns Schrei habe ihn geweckt. Er bewegte sich eigentlich erstaunlich flink, und deshalb stieß er mit uns zusammen. Emerson fand am Felsen Halt, doch ich wurde umgerissen. Die Mumie erkannte ihren Vorteil, beugte die Knie und sprang vom Sims. Fast hätte ich erwartet, daß das Ding Flügel bekäme und davonflöge. Aber es rannte, für eine Mumie sogar erstaunlich schnell.

»Laßt sie nicht entkommen!« schrie ich. Das heißt, ich glaubte es geschrien zu haben, doch Emerson versicherte mir, ich hätte nur Unverständliches gegurgelt. Mir wickelten sich die Röcke um die Beine, und so mußte ich mich auf Lucas verlassen.

»Ich werde Evelyn retten!« rief er und rannte davon.

Walter war eben aus seiner Schlafkammer gekommen. Auch er schien schwer geschlafen zu haben, doch in einer Mischung aus Wut und Entsetzen rannte er hinter Lucas drein. Ich versuchte ihm zu folgen, doch Emerson versetzte mir einen Tritt gegen das Schienbein, weil er keine Hand frei hatte.

»Peabody, behalten wenigstens Sie klaren Kopf«, stöhnte er. »Kommen Sie mit, Sie müssen bei Michael bleiben.«

Der Rat war ausgezeichnet, wenn auch nicht leicht auszuführen. Jedenfalls war es so, daß ich die Mumie bestimmt nicht fangen konnte, wenn es den jungen Männern nicht gelang. Ich rannte also hinter Emerson drein, der schließlich den armen Michael erstaunlich behutsam auf sein Bett legte. Er verlor keine Zeit und wandte sich sofort wieder der Tür zu. Ich griff nach der Lampe, um sie anzuzünden. Da hörte ich von draußen, unmittelbar neben der Tür, einen Schuß, dann ein Stöhnen, und gleichzeitig sah ich, wie Emersons hohe Gestalt in sich zusammensackte.

12. KAPITEL

Ich ließ die Lampe fallen, vergaß meinen verletzten Diener, sogar Evelyn und rannte dorthin, wo ich Emerson hatte stürzen sehen.

Dann griff eine Hand nach meinem Fußknöchel, und ich fiel auf Emerson. Er stöhnte vor Schmerz. Meine Hand fand sein Gesicht und ertastete eine klebrige Flüssigkeit. »Mein Gott, Emerson, Sie sind verwundet!« rief ich.

»Vielleicht hören Sie endlich auf, mich zu kitzeln«, erwiderte er gereizt. »Lassen Sie mich los, Peabody. Mich hat doch nur ein Stein getroffen.«

»Oh, aber der Schuß galt Ihnen. Was wollen Sie da draußen? Kommen Sie doch herein.«

Er kroch zum Eingang. »Das war ein Warnschuß. Solange wir nicht hinausgehen, sind wir in Sicherheit. Bitte, reichen Sie mir Walters Hemd, es liegt auf dem Bett. Und meinen Spazierstock, bitte. Danke. Und jetzt...«

Ein zweiter Schuß belohnte seine Demonstration, als er das Hemd über den Stock legte und nach draußen schob. Emerson holte es zurück. »Er ist zwischen den Felsen«, sagte er leise.

»Er? Wer?«
»Sie sind ja noch dümmer als ein Dorfesel. Wer? Sie müssen doch allmählich wissen, wer es ist. Ich wußte es schon seit einiger Zeit, nur das Motiv war mir unklar. Was, zum Teufel, treibt den Burschen an, sich auf diese Weise eine Frau zu suchen? Daß er so verrückt ist, hätte ich nicht gedacht.«
»Oh, ein Motiv gibt es natürlich«, antwortete ich. »Allmählich sehe ich klarer... Nein, das ist unmöglich! Anfangs verdächtigte ich auch Lucas, doch er war nicht da, sondern kam erst zu uns, nachdem die Mumie zum erstenmal erschienen war. Und er wußte auch nicht, daß wir hier...«
»Peabody, geben Sie Michael Wasser. Ich fürchte, sehr viel mehr können wir für ihn nicht tun, und Ihre Medikamente sind in Ihrer Kammer.«
Es war sehr wenig, was ich für Michael tun konnte. Er atmete noch, aber recht viel mehr ließ sich nicht von ihm sagen. Ich kroch zum Eingang und legte mich platt neben Emerson, der hinausspähte.
»Peabody«, flüsterte er, »eigentlich schade, daß wir einander immer nur angefaucht haben. Wir hätten sonst nämlich diese unglückselige Geschichte verhindern können. Wissen Sie, mir war seit ein paar Tagen klar, daß der edle Lord log. Reis Hassan hat nämlich mit dem Reis der *Cleopatra* gesprochen, und da habe ich einiges erfahren. Seine Lordschaft hat seine Mannschaft fürstlich bezahlt, und so segelte er am Tag nach Ihrer Abreise hinter Ihnen her. Als Sie hier landeten, legte er in Minieh an.
Der Lord hat sich ein Subjekt gekauft, das ebenso übel ist wie er, und dieser Bursche spielt die Rolle der Mumie. Wer dieser Mann ist, weiß ich nicht, das weiß niemand. Ich glaubte, er hätte Mohammed bestochen, um seine Hilfe zu finden. Sein Kostüm und seine Rolle waren, vermutlich schon in Kairo, gründlich geprobt, und ich nehme an, Lord Ellesmere kam einige Zeit früher in Kairo an, als er Sie glauben ließ. Haben Sie eine Idee, wer dieser Komplize sein könnte?«

»Nein, nicht die geringste. Aber Emerson, wie sollten die beiden wissen, wo sie die Sache inszenieren sollten? Wir hatten doch gar nicht geplant, hier zu halten.«
»Dann lügt Reis Hassan. Er sagte mir, alles sei schon in Kairo geplant gewesen. Man wollte Sie auch davon abbringen ...«
»Ah, ich habe einmal erwähnt, daß ich vielleicht Amarna besuchen würde, neben anderen Orten selbstverständlich. Aber woher wußte das Lucas?«
»Vielleicht von Michael. Hatte er denn Gelegenheit, mit ihm zu sprechen?«
»Natürlich. Ich selbst bat Michael, ihm zu helfen, einen Dragoman zu finden. Guter Gott, war ich eine Närrin!«
»Sie hatten keinen Grund zum Mißtrauen, auch Michael nicht. Der Lord war doch Evelyns Verwandter. Erst später, als die Sache hier ziemlich ernst wurde, machte sich Michael Gedanken über seine harmlose Indiskretion. Er ist intelligent und Ihnen treu ergeben. Am Tag seines Verschwindens versuchte er mit Ihnen allein zu sprechen. Einer von Lucas' Männern hörte das, und man schlug ihn nieder und hielt ihn in einer der Höhlen in den Klippen gefangen. Als wir nicht genug von dem Wein tranken, den Lucas mit Laudanum versetzt hatte, trug der Lord Michael hierher, um uns abzulenken, damit er zu Evelyn gelangen konnte.
Fantasie hat der Bursche, das muß ich zugeben, und er kann jede sich bietende Gelegenheit ausnützen. Leider taugt er sonst absolut nichts. Ich bin überzeugt, er und sein sauberer Komplice hatten noch allerhand Zwischenfälle vorbereitet, wenn sie auch vielleicht keinen Mord geplant hatten. Trotzdem scheinen sie auch den in Kauf genommen zu haben. Ich ließ mich auch täuschen. Als Sie am Nachmittag angegriffen wurden, war mir klar, daß Evelyn das Objekt der uns zuteil gewordenen Aufmerksamkeiten war, doch ich glaubte, sobald die Verlobung mit Walter perfekt sei, würde der Lord seine idiotischen und gefährlichen Spiele aufgeben.«

Emerson schob wieder den Stock mit dem Hemd hinaus, und ein Schuß belohnte ihn auch diesmal. »Der Kerl ist noch da. Ich bin neugierig, wie lange er aushält. Vermutlich ist er sogar überzeugt, daß er ungeschoren davonkommt. Sollen wir unsere Haut retten, Peabody, und sitzen bleiben?«

»Während Evelyn in den Klauen dieses Monsters ist? Emerson, das wollen Sie sicher auch nicht. Und Walter ...«

»Ja, um Walter mache ich mir auch Sorgen. Im Moment können wir aber nichts tun. Erst müssen wir wissen, was hinter der Sache steckt. Der Lord hat ein viel stärkeres Motiv als enttäuschte Liebe. Peabody, denken Sie nach. Wenn Sie je Ihr Gehirn anstrengen wollten, dann ist jetzt der richtige Zeitpunkt dafür.«

»Ich glaube, ich ahne die Wahrheit ... Aber wenn ich recht habe, dann haben wir beide uns wie Narren benommen. Also hören Sie, ich erzähle Ihnen kurz Evelyns Geschichte.«

Das tat ich. Er lauschte aufmerksam. Nur seine Augen bewegten sich.

»Ja, da ist hier irgendwo der Schlüssel«, sagte er schließlich. »Wenn es um sehr viel Geld geht, kann es leicht zu Gewalttaten kommen. Ist es möglich, daß der Lord über den Tod des alten Herrn die Unwahrheit sagte? Wenn er noch lebt und Evelyn als seine Erbin ...«

»Nein, er ist tot. Ein Bekannter von mir in Kairo wußte es sicher.«

»Peabody, wie das zugeht, ist mir nicht klar, aber Evelyn muß irgendwie Kontrolle über das Vermögen haben, nach dem der Lord so gierig ist. Er hat ihr eine leidenschaftliche Liebe vorgespielt, um sie zur Frau zu bekommen. Aber heutzutage kann ein englisches Mädchen zu keiner Heirat gezwungen werden, und aus freiem Willen heiratet Evelyn ihn ganz gewiß nicht. Nein, es ist nicht die Dame, die begehrt wird, sondern ihr Geld. Wüßten wir nur ...«

»Ich glaube, das weiß ich. Als Lord Ellesmere starb, ließ er Evelyn ihre ganzen Besitztümer zusenden, die er vorher selbst zusammengepackt hatte. Lucas erzählte mir, er habe das ganze Schloß unter Kontrolle gehabt, ehe der alte Herr starb, und Lucas hätte es sicher zu verhindern gewußt, daß die Anwälte zu dem Sterbenden kamen, um ein neues Testament aufzusetzen. Er kann aber trotzdem eines geschrieben haben, ich glaube, man nennt es ein Nottestament. Und der alte Herr sah nur eine Möglichkeit, es sicher in Evelyns Hände gelangen zu lassen – wenn er es zwischen ihren Sachen verpackte. So hoffte er wohl, Lucas' Verdacht zu umgehen.«

»Bei Gott, Peabody, Sie haben den Nagel auf den Kopf getroffen!«

»Ja, das meine ich auch. Lucas tat alles, um zu erreichen, daß Evelyn die Kisten ungeöffnet verbrennen ließe, und er hat auch versucht, sie bei Baring, wo sie gelagert sind, herauszuholen. Baring war ein Freund ihres Vaters und kennt Lucas' schlechten Ruf; also hatte er nicht die geringste Aussicht, die Kisten zu bekommen. Wenn er sie nämlich erhalten hätte ...«

»... wäre Evelyn jetzt in größter Gefahr. Er muß wohl annehmen, daß ein Nottestament vorliegt; deshalb hat er Evelyn ja auch so bedrängt. Als ihr Ehemann hätte er auf jeden Fall volle Kontrolle über ihr Eigentum, und dann hätte er auch ihre Kisten herausbekommen. Zum Glück scheiterten dank Ihrer Bemühungen seine Heiratspläne. Wie kamen Sie eigentlich darauf?«

»Nun ja, es war ziemlich an den Haaren herbeigezogen, doch ich wußte, daß nur ein unverschämter, amoralischer Mann sich etwas so Verrücktes ausdenken konnte. So kam ich auf die Antwort zu diesen Fragen. Und jetzt will ich hier heraus und Evelyn suchen. Wehe, er hat ihr etwas angetan. Dann bringe ich ihn nämlich um.«

»Da pflichte ich Ihnen bei, aber wir wollen uns doch einen sicheren Weg überlegen ... Abdullah traue ich nicht ganz, denn er ist zu arm. Reis Hassan gehört zu den wenigen ehrlichen Menschen hier; leider ist er abergläubisch. Also können wir nicht unbedingt darauf zählen, daß er kommt. Wir müssen uns also selbst etwas ausdenken.«

»Aber was?«
»Wenn ich Ihnen ein Signal gebe, werfen Sie Steinchen nach unten. Ich krieche in die andere Richtung, um ihn in die Irre zu führen. Vielleicht verschießt er dann seine sämtlichen Patronen in die kollernden Steine, und das höre ich ja. Wissen Sie, den Ehrgeiz hatte ich noch nie, ein Held zu sein. Wir müssen aber sehr bald und sehr umsichtig handeln.«
Emerson drehte mich um, so daß sein Gesicht über dem meinen war.
»Peabody, es ist nicht gewiß, daß wir die Nacht überleben. Ich möchte nicht weggehen, ohne ... Oh, verdammt noch mal, ich tu's einfach!« Und da küßte er mich voll auf den Mund.
Ich war so verblüfft, daß ich erst wie gelähmt war. Nun ja, es war nicht der erste Kuß, denn verschiedene Verehrer, die Papas Vermögen begehrt hatten ... Ich will ehrlich sein, die hatte ich dazu ermutigt, aber solche Küsserei fand ich entsetzlich langweilig. Nun machte ich die Erfahrung, daß man aus früheren Erlebnissen keine voreiligen Schlüsse ziehen soll.
Ich muß dann wohl die Augen geschlossen haben, und so sah ich Emerson nicht davonhuschen. Ich kam dann wieder von einer Kugel zu mir, die über meinem Kopf in den Stein schlug, so daß die Splitter auf mich herabregneten. Ich griff mir eine Handvoll Kiesel und warf sie nach unten. Sie machten viel Lärm, doch Emerson machte noch viel mehr Krach. Ich warf also alles nach unten, was mir in die Finger kam – Stiefel, Bücher, Flaschen, Konservendosen, den Spiegel und Rasierzeug. Was Lucas darüber dachte, ahnte ich nicht, doch er muß wohl geglaubt haben, wir seien irrsinnig geworden. Besonders der Spiegel machte einen unheimlichen Lärm, als er zerschellte.
Diese Aktion hatte den gewünschten Erfolg. Lucas verlor die Nerven und gab auf die Stiefel, die Spiegelscherben und Erbsendosen einen Schuß nach dem anderen ab. Dann folg-

te eine Pause. Jetzt mußte er wohl nachladen. Und Emerson dürfte inzwischen unten angekommen sein.
Das war er, denn von unten hörte ich Kampfgetümmel. Ich sprang auf, um ihm Beistand zu leisten und Lucas, so dies möglich wäre, ordentlich mit den Fäusten zu bearbeiten. Als ich unten anlangte, sah ich, daß Emerson sich offensichtlich mit zwei Gegnern herumschlug. Der eine war der vermißte Abdullah. Im Verlauf des Kampfes lag Emerson einmal auf dem Rücken, und Lucas legte seine Flinte auf ihn an.
Ich war noch ein Stück entfernt und schrie aus Leibeskräften, da ich nichts anderes tun konnte. Da sprang Abdullah plötzlich auf und entwand Lucas die Flinte. Der Schurke hatte schon den Finger am Abzug gehabt, doch nun ging der Schuß harmlos in die Luft. Dann sprang Emerson auf und packte den Lord an der Kehle; er schüttelte ihn, bis er wie ein Lumpenbündel in seiner Faust hing.
»Umbringen können wir den Kerl noch nicht«, keuchte er. »Erst muß er uns erzählen, was wir wissen wollen ... Abdullah, du mußt dich entscheiden, auf welcher Seite du stehen willst. Ich bin bereit, alles zu vergessen, wenn du jetzt mithilfst.«
»Ich wußte doch gar nichts«, murmelte Abdullah. »Er sagte, er will nur die Frau, und sie gehört ihm. Was ist schon eine Frau, daß man solchen Lärm um sie macht?«
»Das ist Moslem-Philosophie, mein Freund. Aber siehst du, er log. Und wäre es nach ihm gegangen, dann hätte er dich ebenso umgebracht wie uns alle, weil er keine Zeugen brauchen konnte. Und jetzt...« Er schüttelte Lucas heftig, »du elender Schurke, sprich! Wohin hast du sie bringen lassen? Und behaupte nur ja nicht, du wüßtest es nicht. Dann erwürge ich dich nämlich jetzt sofort. Also, heraus mit der Sprache!« Sein Ton war fast freundlich, doch der trog natürlich. Er meinte es ernst, und Lucas ahnte es.
»Das Königsgrab«, ächzte er. »Das ist die Wahrheit. Lassen Sie mich jetzt los? Ich kann doch keinen Schaden mehr anrichten.«

Emerson warf ihn auf den Boden. »Aber Sie beleidigen meine Intelligenz, Lord Ellesmere. Peabody, Sie müssen einen Unterrock opfern, aber schnell.«

Wir ließen Lucas gefesselt dort liegen, wo er lag, und dazu opferte ich nicht meinen Unterrock, sondern meinen Morgenrock. Ah, war ich froh, als mir die Stoffmengen nicht mehr um die Beine wallten! Ich nahm mir vor, mir als nächstes Hosen schneidern zu lassen.

Abdullah blieb zu Lucas' Bewachung zurück, denn er hatte erklärt, er habe nicht auf Lucas' Seite gestanden, sondern nur versucht, die beiden Engländer zu trennen. Nun, das war glaubhaft.

Wir rannten los. Ich hatte zu dem Zweck mein Nachthemd ein Stück aufgerissen und die Rockteile mit Stoffstreifen um meine Beine festgebunden, damit ich beweglicher war. Auch so ließ mir Emerson kaum Zeit, richtig Atem zu holen, und an Reden war gar nicht zu denken. Nun, ich hätte es auch nicht getan, denn seine kühne Tat – der Kuß – beschäftigte mich über alle Maßen. Er hätte dafür ja wirklich eine passendere Zeit wählen können, obwohl – nun ja, auch die war mir recht.

Auf allen vieren krochen wir schließlich zum Grabeingang empor. Zum Glück hatte die verrückte Mumie dort nicht Wache bezogen, weil sie ja auf Lucas' Sieg vertraute. Als ich ins Dunkel spähte, sah ich einen winzigen Lichtschimmer. Er mußte ziemlich weit weg sein.

Ich hatte Angst um Evelyn und um Walter und wäre am liebsten hineingestürmt, doch Emerson, dessen Sorge um nichts geringer, dessen Vorsicht jedoch größer war als die meine, hielt mich zurück. Wir schlichen also lautlos weiter und folgten einem langen, ziemlich steilen Korridor.

Zum Glück gab es einige Dinge, die Lärm machten, da wir ihn doch nicht ganz vermeiden konnten. Es gab nämlich sehr viele Fledermäuse, die umherflogen.

Das Licht wurde allmählich heller, und dann hörten wir auch seine Stimme. Es war die eines Mannes, und sie erschien mir ziemlich bekannt, doch Walter war es nicht, der sprach. Dann verstand ich auch die Worte. Wer konnte in einem ägyptischen Königsgrab so unbekümmert reden? Emerson hielt mich am Eingang zu einer Seitenkammer auf, aus der das Licht fiel. Da kauerten wir eine Weile, bis mir die Wahrheit dämmerte. Welch eine Närrin ich doch gewesen war!

»... und jetzt siehst du, mein Herzblatt, daß dein Vetter Luigi und ich zwei ganz gescheite Burschen sind, nicht wahr? Du sagst, ich hätte Glück gehabt, deine Liebe zu gewinnen, doch es war mein Charme, auch mein schönes Gesicht, und dein alter Großvater hat dich von allen Männern ferngehalten. Wenn dein Großvater gescheit gewesen wäre, hätte er Luigi reich gemacht, und Luigi hätte ein neues Testament geschrieben. Er kann fein schreiben! Ja, das weiß ich, weil er viele Schecks geschrieben hat, ehe sie ihn fingen. Er ist fast so gerissen wie ich. Dann haben sie ihn nach England geschickt. Der alte Großvater hat dann ein neues Testament gemacht, in einer Kiste versteckt und sie weggeschickt. Ich habe in Kairo dein Zimmer durchsucht, aber die Kiste war nicht da. Also war ein anderer Plan notwendig. Warum sollte ich nicht als Mumie gehen? Ich bin ein guter Schauspieler, und ich habe euch Angst eingejagt. Ich hab' Luigi von dem jungen Narren erzählt, den ich im Museum gesehen habe. Den hast du so angeschaut wie einmal mich, und ...«

Evelyn tat einen Schrei der Entrüstung, und ich war sehr froh, ihre Stimme zu hören. »Wäre er nicht verwundet und unter Drogen gesetzt worden, hättest du ihn nie ..., nein, nein, er ist nicht tot! Der Held lebt!«

»Aber warum machst du ein solches Geschrei? Bald seid ihr beide tot, wie Aida und Radames in der herrlichen Oper von Verdi, so romantisch. Luigi sagt, ich soll euch töten. Er will seine Hände nicht schmutzig machen. Ich lasse euch hier, weil ich auch ein Gentleman bin und keine schmutzigen Hände will. Eine Frau töte ich nicht, oder wenigstens nicht oft. Keine Frau, die ich in den Armen hielt ...«

Das war zuviel für Emerson. Mit einem donnernden Gebrüll stürmte er in die Kammer, und ich folgte ihm auf den Fersen. Evelyn sah mich sofort. Sie rief »Amelia!« und brach vor Erleichterung und Freude zusammen.
Das arme Kind sah schrecklich aus; blaß, mit schmutzverschmiertem Gesicht und wirrem Haar, die Hände hinter dem Rücken gefesselt. Ich hob sie auf, während Emerson den elenden Alberto würgte. Ja, die Mumie, Lucas' Verbündeter, war Evelyns Verführer, ihr früherer Liebhaber Alberto, der seine Komplizenschaft mit seinen Prahlereien selbst enthüllt hatte. Ich mischte mich nicht ein, als dessen Gesicht purpur anlief und seine Arme schlaff herabhingen. Emerson warf ihn schließlich auf den Boden und lief zu seinem Bruder, der an Händen und Füßen gebunden in einer Ecke lag. Er war bewußtlos und hatte eine tiefe Schramme an der Stirn. Evelyn kam wieder zu sich, als Emerson rief: »Er lebt! Er ist nicht schwer verletzt!« Daraufhin fiel sie wieder in Ohnmacht, und ich hatte alle Hände voll zu tun, sie wieder aufzuwecken. Mein Blick fiel auf das Mumienkostüm, das auf dem Boden lag. Jetzt erschien es mir absurd, daß er uns damit soviel Angst eingejagt hatte. Die Gesichtsmaske lag daneben.

13. KAPITEL

Seit dieser Zeit sind zwei Jahre vergangen, zwei sehr aufregende Jahre. Maspero hatte seinen Posten aufgegeben, den jetzt M. Grebaut innehat, den Emerson aber noch mehr verachtet als Maspero. Und Emerson selbst ... Ich sitze, während ich dies schreibe, auf der Felsleiste über der geliebten Ebene von Amarna. Wenn ich meine Augen hebe, sehe ich geschäftige Gruppen von Arbeitern, die wie Ameisen über den blaßfarbenen Sand huschen, um die Ruinen von Khuenatens Stadt auszugraben. Einige herrliche Plastiken wurden bereits gefunden. Emerson ist unermüdlich, und Abdullah hat sich als ausgezeichneter und sehr geschickter Vormann bewährt. Emerson sagt, es gebe kein besseres Mittel als eine kleine Erpressung, um die Fähigkeiten eines Mannes voll herauszuholen. Abdullah erwähnt die Ereignisse jenes Winters niemals.

Mir scheint, sie hätten sich erst gestern abgespielt. Mein ganzes Leben hatte ich noch nichts so Interessantes erlebt. Natürlich gab es manche Unbequemlichkeit, aber Abenteuer und Gefahr sind doch die wahre Würze des Lebens. Wir mußten damals die Arbeit für ein paar Wochen unter-

brechen, da wir zu Emersons Enttäuschung unsere Gefangenen nach Kairo bringen und den Behörden alles erklären mußten. Ich hätte am liebsten Alberto im Grab gelassen, doch dagegen protestierte Evelyn.
Bei Sonnenaufgang kehrten wir also zum Boot zurück, wo Emerson der versammelten Mannschaft eine feine Rede hielt. Er erklärte, der Fluch sei eine Lüge gewesen und die Mumie eine Fälschung. Zum Beweis dafür brachte er seinen zitternden Gefangenen herbei. Die Tatsache, daß ein Engländer wie ein gewöhnlicher Verbrecher gefesselt war, brachte sie ganz auf unsere Seite. Lucas' Mannschaft machte uns überhaupt keine Schwierigkeiten. Deren Treue war mit Geld erkauft und fand ein Ende, als der Geldstrom versiegte.
Wir genossen die Reise nach Kairo. Michael erholte sich ziemlich schnell, und darüber war ich sehr froh. Die Mannschaft überbot sich selbst an Zuvorkommenheit, der Koch zauberte die herrlichsten Gerichte für uns, und Reis Hassan gehorchte schon meinen unausgesprochenen Wünschen. Der Mond schien hell auf das Wasser, der Fluß war romantisch und friedlich – und Emerson sagte kein Wort.
Ich hatte damit gerechnet, daß er sein kühnes Benehmen irgendwie erklären, vielleicht eine Entschuldigung dafür finden würde, doch er schwieg und ging mir, so gut das möglich war, aus dem Weg. Erschien ich auf Deck, um den Mondschein zu bewundern, verschwand er in seine Kabine. Betrat ich den Salon, verließ er ihn gerade. Walter nützte mir gar nichts. Er hielt Händchen mit Evelyn und schaute ihr tief in die Augen. Evelyns Vermögen störte sein Glück nicht. War es möglich, daß Emerson ...«
Nach zwei Tagen wurde mir das alles zu dumm. Wenn durch eine Verzögerungstaktik nichts gewonnen wird, dann ist Geduld keine Tugend. Also drängte ich Emerson geschickt eines Abends in eine Deckecke. Aus seiner Miene hätte man schließen können, ein Krokodil drohe ihn nun mit Haut, Haaren und Stiefeln zu verschlingen.

Vorher hatten wir zusammen diniert. Ich trug noch mein rotes Abendkleid, und mit meinem Haar hatte ich mir viel Mühe gegeben. Wenn Evelyns Schmeicheleien keine Lüge waren und mein Spiegel die Wahrheit sagte, dann sah ich gut aus. Als ich mich Emerson näherte, war ich mir des angenehmen Raschelns meiner Röcke und Spitzenrüschen bewußt.

»Nein, Emerson, Sie entkommen mir nicht«, erklärte ich ihm, als er seitlich auszuweichen versuchte. » Ich sage jetzt meinen Spruch auf. Mir ist egal, ob Sie dabei sitzen oder stehen, ich rede besser im Stehen, weil ich da klarer denken kann.«

Er straffte die Schultern. »Gut, ich will stehen, da fühle ich mich sicherer. Fangen Sie an, Peabody. Ich weiß, daß ich Sie besser nicht unterbreche, wenn Sie in Fahrt sind.«

»Ich möchte Ihnen einen geschäftlichen Vorschlag machen«, begann ich. »Es ist ganz einfach. Ich habe nämlich ein kleines Vermögen. So reich wie Evelyn bin ich nicht, doch ich habe mehr, als ich brauche, außerdem keine Erben. Ich wollte mein Vermögen dem Britischen Museum vermachen, doch jetzt meine ich, daß ich es schon zu meinen Lebzeiten gut verwenden kann, zumal mir das auch persönlich Freude machen würde. Ich werde, ähnlich wie Miß Amelia B. Edwards, eine Gesellschaft zur Erforschung ägyptischer Altertümer gründen und Sie als archäologischen Fachmann anstellen. Nur eine Bedingung stelle ich ...« Der Rest war schwieriger als alles Vorhergehende.

»Ja?« fragte Emerson. »Und wie lautet sie?«

Ich holte tief Atem. »Ich bestehe darauf, bei allen Ausgrabungen mitarbeiten zu dürfen. Warum sollen die Männer immer allen Spaß allein haben?«

»Spaß? Halten Sie die glühende Sonne und den Sand für einen Spaß? Und die Schlangen und Steinschläge? Peabody, was Sie als Vergnügen ansehen ... Ich finde das außerordentlich merkwürdig.«

»Merkwürdig oder nicht – es ist meine Vorstellung von Vergnügen. Warum führen Sie dieses Leben? Weil es Ihnen offensichtlich Spaß macht. Machen Sie keine großen Sprüche von Pflicht und so, ihr Männer habt immer hochtrabende Entschuldigungen für alles. Während ihr Berge erklettert und die Nilquellen erforscht, sollen wir Frauen zu Hause sitzen und Deckchen sticken. Ich kann nicht gut sticken, ich grabe lieber aus. Und wenn Sie wollen, werde ich Ihnen gerne meine Qualifikationen ...«

»Nein, nein, die kenne ich«, wehrte er ab. Seine Stimme klang sehr unsicher, und dann zerquetschte er mich fast in einer Umarmung.

»Aufhören, Emerson! Das war nicht einkalkuliert, und Sie verwirren mich. Ich will nicht...«

»Wirklich nicht?« Erstaunlich zart nahm er mein Kinn in die Hand und drehte mein Gesicht dem seinen zu. Nun, und dann legte ich ihm meine Arme um den Hals.

»Du bist dir doch klar darüber, Peabody, daß ich deinen Heiratsantrag nur annehme, um an dein Geld zu kommen«, sagte er etwas später. »Denn du kannst nur dann an meinen Ausgrabungen teilnehmen, wenn du meine Frau bist, denn ganz Ägypten würde sich sonst aufregen, und ich verlöre meine Konzession. Das willst du doch nicht?«

»Natürlich nicht. Aber hör endlich auf, mich zu zerquetschen. Ich kann nicht mehr atmen.«

»Ist auch gar nicht nötig«, erklärte er ziemlich herzlos.

»Und ich«, sagte ich nach einiger Zeit, »nehme deinen Antrag nur an, um meine Ziele zu erreichen. Wie schade, daß ich nicht hundert Jahre später geboren wurde! Dann wäre ich nicht gezwungen, einen so lauten, arroganten, groben Burschen zu heiraten, nur um graben zu dürfen.«

Er drückte mich wieder so fest an sich, daß mir der Atem ausging. »Jetzt habe ich ein herrliches Mittel entdeckt, dich zum Schweigen zu bringen«, meinte er lachend. Aber dann wurde er ernst. »Trotzdem sollst du die Wahrheit hören. Peabody, ich bin ganz verrückt nach dir. Seit dem Tag, da du ins Grab kamst und anfingst, uns alle herumzukom-

mandieren, warst du die einzige Frau für mich. Warum ging ich dir die letzten Tage so aus dem Weg? Weil ich versuchte, mir ein graues, eintöniges Leben ohne dich vorzustellen, ohne deine zornige Stimme und deine funkelnden Augen, deine herrliche Gestalt. Peabody, hat dir noch niemand gesagt, wie großartig du bist? Wenn du nämlich heute nicht gesprochen hättest, wäre mir nichts anderes übrig geblieben, als in Albertos Mumienkostüm zu steigen und dich in die Wüste zu entführen. Bis du jetzt zufrieden?«
Ich glaube, meine Antwort genügte ihm, denn er lachte schallend, als er wieder zu Atem kam. »Die Archäologie ist schon eine feine Sache, Peabody«, versicherte er mir. »Man kann ja nicht Tag und Nacht arbeiten. Wir werden viel Spaß haben!«
Emerson hatte, wie gewöhnlich, recht. Wir haben viel Spaß. Nächstes Jahr werden wir in Gizeh graben. Hier gibt es zwar noch viel zu tun, aber aus praktischen Gründen wollen wir näher bei Kairo sein. Dort will auch Petrie arbeiten, der zu den wenigen Archäologen gehört, die Emerson sehr hoch schätzt, obwohl sie erbittert miteinander streiten, wenn sie sich begegnen. Petrie ist ein sehr netter junger Mann, doch mit Tonscherben weiß er nichts anzufangen.
Der wahre Grund, in der Nähe von Kairo zu sein, ist ein anderer: Emerson ist überaus vorsichtig, doch ich fühle mich sehr wohl. Man behauptet, ein erstes Kind in meinem Alter sei keine einfache Sache. Emerson glaubt das, obwohl ich keine Bedenken habe. Ich habe dieses Kind sorgfältig geplant. Es paßt genau zwischen zwei Ausgrabungsperioden. Von Evelyn erwarten wir täglich die Nachricht, daß ihr zweites Kind zur Welt gekommen ist. Sie hat schon einen blonden Jungen, ein reizendes Kind, das schon jetzt in Schlammpfützen und Sandbergen herumtummelt – sicher ein Erbe von den archäologischen Vorfahren. Ich bin seine Patin und werde als parteiisch gescholten, doch ich glaube nicht, daß ich die Schönheit, Intelligenz und den Charme des Jungen übertreibe.

Walter studiert derzeit in England Hieroglyphen und verspricht einer der größten Wissenschaftler auf diesem Gebiet zu werden. Seine Bibliothek auf Ellesmere Castle ist mit Büchern und Manuskripten gefüllt, und wenn wir die jüngeren Emersons im Sommer und Herbst dort besuchen, dann streiten die beiden Brüder über die Übersetzungen.
Und Lucas? Wir wissen nicht, wo er ist. Ohne das Geld kann er mit seinem Titel in England nichts anfangen. Ich wollte ja diesen Schuft so verfolgen lassen, wie es ihm gehört hätte, aber Baring riet mir ab. Er war uns eine große Hilfe, als wir mit unserer Bootsladung von Verbrechern in Kairo ankamen. Tatsächlich fand Evelyn unter Büchern und anderen Dingen in einer Kiste ihres Großvaters Nottestament, und es war der Beweis für Lucas' Schurkerei. Da er keine Gefahr mehr für Evelyn darstellte, ließen wir ihn auf Barings Rat hin laufen. Ich glaube, er lebt irgendwo auf dem Kontinent, und wenn er sich nicht zu Tode trinkt, wird ihn wohl einmal ein wütender Ehemann erschießen.
Alberto sehe ich jedesmal, wenn ich durch Kairo reise. Ich habe ihn einmal gewarnt, daß die ägyptischen Gefängnisse sehr ungemütlich und ungesund seien, und davor hat er große Angst.
Michael hat eben zum Mittagsimbiß geläutet, und Emerson kommt auf mich zu. Ich habe mit ihm ein Hühnchen zu rupfen, denn ich glaube nicht, daß er ein Relief am Kopf des häretischen Pharaos richtig gedeutet hat. Ich halte ihn für den jungen Tutenchamun, Khuenatens Schwiegersohn.
Noch etwas muß ich hier anfügen. Ich denke oft an den Tag in Rom, da ich ein ohnmächtiges Mädchen im Forum rettete. Wie seltsam sind doch die Wege des Schicksals! In meinen wildesten Träumen hätte ich nicht daran zu denken gewagt, daß diese einfache, selbstverständliche Tat mich mit einer lieben, schwesterlichen Freundin belohnen würde, mit einem Leben voll faszinierender Arbeit und …
Evelyn hatte recht. Mit dem richtigen Mann und unter den richtigen Umständen ist es eine großartige Sache!